北京阿里朗

Beijing Arirang

북경 아리랑 하

천년의 사랑
올떼랑!

OLTTERANG COFFEE

OLTTERANG CAFE

OLTTERANG BAKERY

OLTTERANG FOOD

OLTTERANG COSMETICS

北京阿里朗
Beijing Arirang

북경 아리랑 ^하

윤종식 장편소설

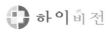 하이비전

차 례

• 프롤로그

한국과 중국은 고대로부터 동병상련(同病相憐)의 관계를 쭉 유지하며 살아왔다. 한때 외교적 관계가 단절되는 불운도 겪었지만, 서로의 문화를 공유하면서 인류문명발전에 지대한 영향을 미쳤다.

일례로, 근래 동북아시아에서 발견된 「홍산문화(紅山文化)」의 유물들이 '세계시원문화(世界始原文化)의 원류(原流)'임을 실증적으로 대변하고 있다.

본 작품을 구상하게 된 동기는 글로벌시대를 살아가면서도 개인주의, 지역·집단이기주의 등 우물 안 개구리처럼 자기논리에 빠져 화합과 상생, 모두의 발전에 엄청난 부담을 주는 현실에서 벗어나 개인, 집단만이 아니라 사회와 국가, 세계를 볼 수 있는 거시적 안목과 한국인의 바람직한 인간상을 한번 제시하고 싶어서였다.

아울러 인생행로에서 수없이 닥치는 희로애락(喜怒哀樂)을 슬기롭게 헤쳐 나가는 오뚝이인생들의 삶을 통해 작은 어려움에도 쉽게 자포자기(自暴自棄)하는 우리들의 현실을 되돌아보고, 어떠한 역경도 거뜬히 이겨내 자신의 꿈을 성취할 수 있도록 용기를 주려는 의도로 시작했다.

표제를 '북경아리랑(北京阿里朗, Beijing Arirang)'으로 붙인 이유는 한·중 간의 유대관계가 영원히 이어지기를 바라는 마음에서 한국인의 마음의 고향이자 삶의 영혼인 '아리랑'과 중국인들이 평생 한번이라도 가보고 죽고 싶다는 '북경'을 조합했다.

세상의 중심이 서양에서 동양으로 넘어오는 21세기를 맞이하여 한·중 간의 돈독한 관계가 어느 때보다 중요하며, 1992년 9월 외교관계를 수립한 이래 양국 간의 교역규모와 인적교류는 하루가 다르게 기하급수적으로 늘어나고 있는 실정이다.

그러나 한·중 간의 상호협력과 양국 국민 간 이해의 폭을 항구적으로 넓히기 위해 구심적 역할을 할 수 있는 공동체는 아직 설립되어 있지 않다. 이런 문제점을 해결할 수 있는 방안으로는 바로 중국의 수도인 북경에 (가칭)북경서울대학(北京首尔大学)을 설립하는 것보다 더 좋은 대안은 없다고 본다. 이는 한국과 중국에 엄청난 이익이 될 뿐 아니라 인류의 번영과 안녕을 위해서도 꼭 해결해야 할 과제이다.

독립투사 후손인 쭝양민주대학(中央民族大學) 황요우푸(黃有

福) 교수님께서 오랜 기간 한·중우호증진과 조선족의 열악한 교육환경 개선을 위해 북경서울대학 설립을 꾸준히 추진하여 왔지만, 여러 사정으로 대학설립에 필요한 재원을 마련하지 못한 채 오늘에 이르게 되었다. 그 원인은 북경서울대학 설립의 절박성에 대한 홍보가 부족하기도 했지만, 불행하게도 한국에 외환위기가 왔고, 뜻을 같이하는 동지들을 제대로 만나지 못한 까닭이다. 특히 양국의 매스컴과 지식인·기업인·교육자·독지가 등 사회지도자층들의 무관심이 이러한 결과를 초래하지 않았나 싶어 몹시 안타까웠다.

그래서 한·중 간의 우호증진과 상호이해의 폭을 넓히는데 절대적으로 필요한 북경서울대학 설립의 당위성과 세계인의 화합과 상생을 위해, 부족한 능력에도 불구하고 필자가 직접 중국유학에서 겪었던 경험과 생각을 밑바탕으로 '북경아리랑'을 쓰게 되었다. 고로 북경서울대학 설립의 당위성을 이해하고, 한·중우호증진과 인류공영에 뜻을 모아 양국의 매스컴·지식인·기업인·교육자·독지가 등 사회지도자층들의 많은 참여를 학수고대한다.

양국 국민 간 상호이해의 폭을 넓히기 위해 이 책을 한국어판(韓國

語版)과 중국어판(中國語版)으로 각각 출판하고, 내년 상반기 안으로 드라마 제작에 들어가 한·중수교기념일인 9월부터 한국과 중국에서 동시 방영되는 것을 목표로 하고 있다.

끝으로 본 작품을 쓰는데 물심양면으로 도움을 주신 동리목월창작대학(東里木月創作大學) 교수님들과 많은 지인들에게 지면으로나마 깊은 감사의 마음을 전한다.

2013년 12월 16일 우거(寓居)에서

윤종식(尹鍾植)

18. 파도를 낚는 어부

그녀들을 보내고 집으로 돌아온 정혁은 모친에게 전화를 넣었다. 사실 아까 그녀들을 따라 한국으로 돌아가고 싶은 충동에 잠시 시달렸다. 그래서 더욱 어머니 생각이 났는지도 모르겠다. 마침 모친이 전화를 받아 정혁은 한결 마음이 놓였다. 모친께서 많이 좋아져 움직이는데 지장이 없다고 했다. 모친의 건강한 목소리만으로도 정혁은 가슴이 먹먹했다.

그동안 미뤄놓았던 논문을 쓰기 위해 책상에 다가앉았다. 며칠간 자리를 뜬 표시는 여지없이 났다. 집중이 잘 안 돼 정혁은 애를 먹었다. 어느 정도 정리를 한 뒤 저녁을 먹기 위해 밖으로 나가려는데 전화기가 울렸다. 쌰오짱이었다.

"따꺼! 손님들 때문에 고생 많았겠네요. 지금 뭐해요?"

"지금 막 밥 먹으러 나가려는 참이야."

"아파트 밑으로 내려오세요. 기다리고 있을게요."

짱위에홍이 명랑한 목소리로 전화를 끊었다. 밑으로 내려가니 쌰오짱이 친구 왕삔(王濱, 왕빈)과 함께 있었다.

"왕삔 씨! 오랜만입니다."

"안 그래도 짱위에홍한테 오 선생님 소식은 종종 듣고 있었습니다. 지난번에 짱위에홍이 한국에 갔을 때 도움을 많이 주셨다고요?"

"제가 뭐 한 게 있다고……."

"제가 한국에 출장가도 그렇게 도와주실 건가요?"

"글쎄요? 쌰오짱한테 물어보고요."

"그렇습니까? 짱위에홍! 나도 한국에 출장을 가서 오 선생님에게 도움을 받으면 안 될까?"

"그건 절대로 안 되지…… 앞으로 나한테 잘 보이면 모를까?"

"에이 요런 깍쟁이!"

왕삔이 오른손을 머리 위로 치키고 한 대 칠 기세로 크게 웃었다.

"따꺼! 해물요리 좋아하시죠? 왕삔 삼촌이 북경에서 큰 호텔을 운영하고 계시는데, 오늘 왕푸찡에서 별도로 일식요리전문점을 개업한다고 해요. 우리 거기 가서 저녁을 먹어요."

"쌰오짱! 가격이 상당히 비쌀 텐데 돈 없는 유학생이 그런 곳에 갈 수 있겠어? 사정 좀 봐주라."

"오 선생님! 특별손님 서른 분에 한해 공짜로 식사를 제공하고 있습니다."

왕삔이 자랑스럽게 얘기했다.

"아무리 공짜라고 해도 마음이 쓰여 음식이 목구멍으로 넘어가겠습니까? 그러지 말고 가까운데서 먹도록 합시다."

"오 선생님. 그럼 제가 대접하겠습니다. 제가 삼촌한테 한국 손님 모시고 간다고 미리 약속했어요. 평소 저희 삼촌께서 오 선생님을 한 번 만났으면 해서 일부러 마련한 자리이니 가세요!"

"따꺼! 왕삔 삼촌의 특별초청인데 함께 가요. 덕분에 저도 바다가재요리 얻어먹고 좋잖아요, 네?"

"공짜 좋아하면 안 되는데……."

"제가 왕삔 삼촌 비즈니스에 업무적으로 많이 도와드리고 있으니까 걱정 안 하셔도 돼요."

정혁은 쌰오짱과 왕삔이 하도 조르는 통에 더 이상 거절할 수 없었다. 개업식 날이라 그런지 분위기는 상당히 어수선하고 시끄러웠다. 세 사람이 일식전문점에 도착하니 종업원이 반갑게 인사를 했다.

"왕삔 누님! 어서 안으로 들어가시죠. 별실에 저녁상을 봐뒀습니다."

별실로 들어간 정혁은 실내인테리어를 꼼꼼히 살펴봤다. 한국과 별 차이는 없었으나 규모는 대단히 컸다.

"오 선생님! 분위기가 어때요?"

"내부가 상당히 화려하네요."

"한국하고는 차이가 많이 납니까?"

"한국의 고급 일식집은 실내인테리어가 대체로 소박한 편입니다."

"왕삔 씨! 삼촌 연세가 얼마나 되시지요?"

"오 선생님하고 비슷할 겁니다."

"그런데 삼촌은 언제 그 많은 재산을 모았습니까?"

"중앙정부에서 오랫동안 계시다가 퇴직을 하고 호텔사업에 뛰어들어 성공한 케이스입니다. 일전에 제가 삼촌에게 오 선생님에 대해 말씀을 드린 적이 있었어요. 그때 한국에서 사업을 하다 늦은 나이에 중국으로 유학을 왔다고 말씀드리니까 깜짝 놀라시면서 한 번 만나봤으면 했습니다. 중국에서는 상상도 할 수 없는 일이라며 친구로 지내면 얼마나 좋을까 해서 제가 마음먹고 자리를 마련했습니다. 조금 있으면 삼촌이 건너오실 겁니다. 제가 보기로는 앞으로 두 분께서 좋은 친구가 되지 않을까 싶은데요?"

잘 모르는 사람들이 자신을 호의적으로 보는 건 기쁜 일이다. 정혁은 기분 좋은 미소를 지었다.

"그래요?"

"당연하죠. 만약 오 선생님께서 중국에서 사업을 한다면 많은 도움이 될 겁니다. 저희 삼촌 말이에요. 중국에서 왕발로 통하는 사람이에요."

알아둬서 나쁠 것 없는 사람이다. 이 또한 인맥이 될 수도 있다. 어느새 저절로 구르는 바퀴가 되었나? 이젠 스스로 찾아 나서지 않아도 이렇게 좋은 사람들을 만나게 되니 신기한 일이다. 요 며칠간 봉사는 한국사람에게 했는데 보답은 중국사람에게서 온다. 정혁이 잠시 생각에 빠져 있는데 왕삔이 재촉했다.

"오 선생님! 신선한 생선회 구경만 하실 거예요?"

정혁은 재빨리 회 한 점을 입에 넣으며 말했다.

"정말 입에서 살살 녹습니다. 그런데 이런 최고급 해산물들을 어디에서 갖고 옵니까?"

"중국의 칭따오(青島, 청도), 샤먼(廈門, 하문) 등지에서 비행기로 공수해 온다고 들었어요."

"그래서 그건지 해산물이 상당히 신선하네요. 샤오짱! 바다가재만 먹지 말고, 참치나 광어회도 먹어봐. 귀한 음식 골고루 먹어야지."

"안 그래도 먹고 있습니다, 따꺼."

"내륙지방인 북경에서 이런 요리를 다 먹다니! 덕분에 가난한 유학생 입이 제대로 호강을 합니다."

이때 방문이 열리고 왕삔 삼촌이 들어 왔다.

"삼촌! 제가 말씀드렸던 오 선생님이세요."

"안 그래도 질녀(姪女)한테 오 선생님에 대해 듣고 깜짝 놀랐습니다. 중국에서는 상상도 할 수 없는 일인데, 귀한 분을 알게 돼 몹시 기쁩니다. 앞으로 종종 연락을 하면서 지냈으면 좋겠습니다. 저는 왕레이(王磊, 왕뢰)라고 합니다. 이렇게 만난 것도 인연인데, 술부터 한 잔 합시다."

왕레이가 정혁 앞에 있던 술잔에 술을 따르기 시작했다.

오정혁과 왕레이는 오랜 친구처럼 술잔을 기울이며 우정을 쌓아 갔다. 몇 순배 술잔이 돌아가고 왕 사장은 다른 손님을 접대하기 위해 밖으로 나갔다.

"짱위에홍! 실컷 먹었어?"

"정신없이 먹었어요. 따꺼도 바다가재 한번 들어보세요. 맛이 끝내줘요."

"대식가인 쌰오짱이 먹고도 이렇게 많이 남은 걸 보면, 그야말로 상(床)다리가 부러진다는 말이 딱 맞네. 왕삔 씨가 너무 무리한 게 아닌지 모르겠네요?"

왕삔이 손사래를 치며 말했다.

"여기 있는 것은 삼촌께서 오 선생님을 위해 준비한 것으로 저는 한 푼도 보태지 않았습니다. 다른 방도 대부분 비슷합니다. 그런데요, 오 선생님! 짱위에홍이 한국으로 유학을 갈 거라고 하는데, 그게 사실입니까?"

"그거야 쌰오짱이 결정할 문제 아닐까요?"

"짱위에홍의 말이 전부 사실인가보네요. 며칠 전 한국말을 가르치는 가정교사를 구해 공부를 시작했다고 해 처음에는 장난인 줄 알았어요. 짱위에홍은 대학교시절부터 독종소리를 들었으니까, 한국에 유학을 가더라도 잘해낼 겁니다. 벌써 박사학위 논문제목까지 정했다고 하네요. 뭐라고 하더라……? 맞아! '한·중 지도자의 국가관과 미래전략(박정희와 떵샤오핑 중심으로)'라는 제목으로 연구를 해볼 생각을 갖고 있는 것 같았어요."

"저도 기대가 큽니다."

"학위논문을 제대로 작성하려면 오 선생님의 도움이 절대적이라고 보는데, 오 선생님의 생각은 어떻습니까?"

"지금까지 짱위에홍을 지켜봤을 때, 아주 우수한 논문이 탄생할 것으로 기대하고 있습니다. 물론 제가 도와주면 좀 더 완벽한 논문이 되겠지만요."

"짱위에홍은 대학시절부터 둘도 없는 친구였는데, 한국으로 공부하러 간다니까 저도 따라가고 싶어요."

"그럼 왕삔 씨도 함께 유학을 오시면 되겠네요. 둘이 의지도 되고 좋잖아요?"

"그러고 싶은데 저는 쨍위에홍만큼 학구적이지 못해 엄두가 나지 않습니다. 그러나 쨍위에홍이 한국으로 유학을 간다면 자주 놀러 갈 생각입니다. 그때 가서 모른다고 하시지는 않겠지요?"

"글쎄요? 아마 모른다고 할 확률이 높을 겁니다."

세 사람이 왁자하게 웃음을 터트렸다.

"왕삔 씨의 자제분은 몇 살이나 되었나요?"

쌰오쨍이 정혁의 팔을 꼬집으며 소리쳤다.

"따꺼! 왕삔도 저처럼 미혼이에요!"

"혹시 독신주의자?"

"그건 아니고요. 오 선생님도 많아 들어보셨겠지만, 남성들에 비해 고학력여성들이 넘쳐나다 보니 자신에게 맞는 남성을 찾기가 쉽지 않습니다. 그래서 대도시는 노처녀가 계속 늘어나고 있는 실정이죠. 그렇다고 조건이 나쁜 사람과 결혼할 수도 없어 그냥 세월만 까먹고 있습니다."

"두 사람은 빼어난 미인에 능력도 출중한데 정말 안타깝네요."

"오 선생님 주위에 좋은 사람이 없습니까? 오 선생님처럼 멋진 남성이 있다면 오늘이라도 당장 시집가고 싶습니다."

어이쿠! 말을 잘못 꺼냈구나 싶어 정혁은 말머리를 쌰오쨍에게 돌렸다.

"쌰오쨍! 벌써 한국말을 배우기 시작했어?"

"며칠 되었어요."

"한국어선생은 어디서 구했어?"

"한국에서 국문학을 전공한 유학생인데, 아는 분의 소개로 알게 되었어요. 매일 한 시간씩 배우고 있는 중이에요."

"공부를 해보니까 어렵지는 않아?"

"하루 이틀 배우고 가늠할 수는 없겠지요."

"마음먹고 시작한 일이니 중간에 그만두지 말고 끝까지 노력하면 이 년 후에는 상당한 수준에 도달하게 될 거야."

"따꺼만 믿고 겁도 없이 시작은 했지만 결과가 어떻게 될지 걱정입니다."

"시작이 반이라고, 그런 정신으로 쭉 밀어붙여."

"잘 알겠습니다, 따꺼!"

짱위에홍이 활짝 웃으며 경례를 올려붙였다.

"왕삔 씨! 맛있는 해물 요리도 얻어먹고 좋은 친구도 사귀고 했으니 오늘은 운수가 좋은 날인가봅니다. 고마워요."

"오 선생님! 여기 오시길 잘하셨죠? 아까 계속 사양하실 때 저는 진땀이 나서 혼났어요. 혹시 이쪽의 호의를 곡해하면 어쩌나 걱정도 됐고요."

"나야 왕삔 씨께 부담이 될까 해서 그런 거지 다른 뜻은 없었습니다."

"오 선생님의 인품을 잘 알기에 말씀드리기가 조심스러웠습니다. 저의 삼촌께서 오 선생님을 특별히 초청하기 위해 마련한 자리인 만큼 앞으로 두 분께서 자주 만나 우정을 나누시고 서로 원윈하시면 좋겠습니다. 오 선생님! 다음에도 기회가 되면 종종 초대할 테니 기대하세요."

"왕삐 씨! 마음써줘서 고맙습니다. 그럼 오늘은 이 정도로 하고 일어나면 어떨까요?"

"오 선생님! 저는 이곳에서 삼촌 일을 좀 더 도와드리고 가겠습니다."

"따꺼는 제가 집까지 모셔다드릴게요."

쌰오짱이 자리에서 일어나면서 말했다. 정혁은 왕레이에게 정중하게 인사를 하고 나왔다. 짱위에홍의 차에 오르자 아리랑의 음률이 조용히 흘러나오기 시작했다.

"쌰오짱! 이건 어디서 났어?"

"며칠 전 한국어 선생님으로부터 선물로 받았어요. 한국을 알려면 한국정서가 담겨 있는 노래를 배워두는 것도 좋은 방법이 될 것이라고 해서 듣고 있어요."

"멋진 한국어 선생님을 만난 모양이네! 외국어를 배울 때 가장 효율적인 방법이 그 나라 노래를 배우는 거라고 들은 적이 있어. 평소 나도 중국을 제대로 알기 위해 중국 노래를 많이 따라 부르고 있거든."

정혁은 어머님 젖가슴 같은 한국민요를 들으면서 자신이 살고 있는 아파트로 돌아왔다.

19. 대륙에 경제를 묻다

　정혁의 중국 생활은 하루하루 빡빡하게 짜여 있었다. 그러다보니 한 주일이 눈 깜짝할 사이 지나고 새로운 일요일 아침이 밝아왔다. 정혁이 아침을 먹고 논문자료를 구하기 위해 밖으로 나가려고 하는데 전화벨이 울렸다. 전화를 받아보니 현대관도유한공사의 양철호 사장이었다.

　"오형! 오늘 뭐합니까?"

　"논문자료를 구할까 해서 서점에 가려고요."

　"다음에 가면 안 됩니까?"

　"급한 것은 아니지만 무슨 일이라도 있습니까?"

　"다름 아니고, 저희 가족을 포함해 주중미국대사관의 캐롤씨 부부와 중국사회과학원(中国社会科学院)에서 박사과정을 밟고 있는 도윤기 씨 가족을 동반하고 북경외곽으로 바람이나 쐬러가려는데 오형도 시간이 괜찮으면 함께 갑시다."

"단체로 움직이려면 비용이 상당히 들겠네요?"

"오형! 그 점은 걱정할 필요 없습니다. 캐롤 씨 부부가 주중미국대사관에서 대형승합차 한 대를 빌려오기로 했습니다. 그리고 오늘 먹을 음식은 이미 충분히 준비해 뒀습니다. 오형은 몸만 가면 됩니다. 잠시 후에 승합차를 몰고 오형이 살고 있는 아파트로 갈 테니 그렇게 알고 계세요."

정혁은 외출 준비를 마치고 아파트관리실 앞에서 기다렸다. 잠시 후, 주중미국대사관이라고 쓰인 대형승합차 한 대가 정혁 앞에 멈춰 섰다. 그 광경을 유심히 보고 있던 아파트관리원이 놀라서 밖으로 뛰쳐나왔다.

"오 선생님! 아시는 분입니까?"

그렇다고 하자 그때서야 안심을 했는지 관리실로 되돌아갔다.

"오형! 미리 나와 기다렸군요. 많이 기다렸습니까?"

"아닙니다."

그때 자동차에 타고 있던 사람들이 하나 둘씩 내리기 시작했다. 양 사장이 일일이 오늘의 멤버들을 소개시켜주었다. 인사를 나누고 다시 차에 오른 뒤 북경시 순의구 동북에 위치한 미윈저수지로 출발했다.

'주중미국대사관승합차'는 중앙민족대학 서문을 떠나 쭝꽌춘(中关村, 중관촌), 까오리잉쩐(高丽营镇, 고려영진), 뻬이써차오쩐(北石槽镇. 북석조진), 뻬이팡쩐(北房镇, 북방진), 써리푸쩐(十里堡镇, 십리보진), 씨웡쭈앙쩐(溪翁庄镇, 계옹장진)을 거쳐 미윈저수지(密云水庫, 밀운수고)에 도착했다.

북경외곽의 풍경은 한국의 농촌과 진배없었다. 가끔 달구지가 지나다니기도 하고, 농부인 듯한 사람들이 자전거를 타고 들판으로 나가는 모습도 눈에 띄었다. 미윈저수지에 도착한 일행들은 하루를 즐겁게 보낼 적당한 장소를 정하고 짐들을 내려놓기 시작했다. 그리고 점심식사 준비를 위해 각자 역할을 정하고 실행에 들어갔다.

텐트를 치는 사람도 있고, 가스레인지에 고기를 굽는 사람도 있고, 일회용 그릇에 반찬을 담아 돗자리 위에 나란히 내려놓는 사람도 있었다. 정혁은 주중미국대사관의 캐롤 씨와 텐트를 치고, 중국사회과학원에서 박사과정을 밟고 있는 도윤기 씨는 임시화장실을 준비하고, 캐롤 씨 부인은 반찬을 담고, 현대관도유한공사의 양철호 대표 부부는 고기 굽는 일을 맡았다. 도윤기 씨의 부인은 중국에 온지 얼마 되지 않아서 그런지 아무 일도 하지 않고 그냥 돗자리에 앉아 강변만 쳐다보고 있었다. 그리고 자신의 애들이 텐트 안팎을 마구 뛰어다녀 모래먼지가 음식에 들어가고 있는데도 불구하고 아무런 제재도 하지 않았다.

정혁은 이런 사람과 하루를 어떻게 보내야할지 걱정이 되었다. 그야말로 예의는 눈곱만큼도 없어 보였다. 한국에서 윤리선생까지 했다고 하니 더욱 기가 막혔다. 이 광경을 쭉 지켜보고 있던 양철호 대표 부인이 화가 나서 따끔하게 쏘아붙였다.

"도윤기 씨 부인도 이쪽으로 와서 밥도 좀 담고, 데리고 온 애들도 함부로 뛰어다니지 못하도록 단속 좀 해주세요."

그제야 비로소 도윤기 씨 부인이 불쾌하다는 듯한 표정을 지으며 마지못해 움직였다. 정혁도 우군을 만난 듯 도윤기 씨 부인에게 한마디를 보냈다.

"젊은 사람이 그렇게 눈치가 없으면 쓰겠어요? 이곳에 그 댁 남편보다 못난 사람도 없거니와 다들 연장자이신데……."

그때서야 도윤기 씨 부인이 재빠르게 움직이기 시작했다. 점심상이 다 차려지고 오순도순 이야기를 나누면서 분위기가 많이 부드러워졌다. 정혁은 점심을 먹으면서 양철호 사장에게 주중미국대사관 고위인사인 캐롤 씨 부부를 어떻게 알게 되었는지를 물어봤다.

"그게 말이요 오형. 사실은 안사람들끼리 먼저 알게 되었고 남자들은 나중에 인사를 트게 되었어요. 우리 안사람이 한국에 다녀오는 비행기 안에서 캐롤 씨 부인을 우연히 알게 되었는데 공교롭게도 같은 경주김씨라 언니동생으로 가깝게 지내면서 말이오."

정혁도 이날의 만남으로 캐롤 씨 부부와 자연스럽게 친해졌다. 이날 좋은 사람들도 사귀고 맛있는 음식도 얻어먹으면서 즐거운 하루를 보낸 정혁은 뿌듯한 기분으로 저녁 늦게 돌아왔다. 집에 들어오자마자 중국 국무원발전연구중심 찐렌씨웅(金仁雄, 김인웅) 고급연구원에게 전화를 걸었다.

"찐(金, 김) 교수님! 오정혁입니다."

"오 선생! 한국에 갔다더니 언제 왔습니까?"

"좀 됐습니다. 그보다 찐 교수님! 내일 저녁에 시간 좀 내주시겠습니까?"

정혁은 한국기업의 중국투자문제도 있고, 조선일보 북경특파원과의 만남도 주선해드릴까 한다고 용건을 밝혔다.

"그런 일이라면 없는 시간이라도 만들어내야죠."

이어서 조선일보 북경특파원인 지해범 기자에게 바로 전화를 걸었다.

"지 기자님! 중앙민족대학 오정혁입니다. 일전에 지 기자님께서 부탁하신 중국 국무원발전연구중심 찐렌씨웅 고급연구원님과의 약속이 드디어 잡혔습니다."

"어이구 고맙습니다. 제가 언제 어디로 나가면 됩니까?"

오랜만에 이발소에 들러 머리를 깎고 돌아온 정혁은 약속장소에 갖고 나갈 상담 자료를 챙기기 시작했다. 그때 전화가 왔다. 조선일보 북경특파원 지해범 기자였다. 잠시 후 중앙민족대학 북쪽에 있는 한나싼식당에 도착한다는 전화였다.

아직 약속시간은 많이 남아 있었지만 정혁도 서둘러 나갔다. 가는 도중에 중국에서 '민족이론학' 분야에 최고권위를 자랑하는 중앙민족대학 찐뼁하오(金炳鎬, 김병호)교수를 만났다.

"오 선생. 그동안 잘 보이지 않는 것 같은 데, 혹시 한국에 갔었습니까?"

"예. 일이 있어 잠시 한국에 갔다 왔습니다. 그건 그렇고 사방에서 찐 교수님에 대한 평가가 대단하던데요?"

"어디서 그런 소리를 들었습니까?"

"제 고향후배가 어떻게 찐 교수님을 알았는지 침이 마르도록 칭찬을 해서 자세히 물어보기도 했습니다."

"그래, 그분이 뭐라고 하던가요?"

"후배가 말하기를 '민족이론학' 분야에서 중국에서 최고일 뿐만 아니라 '우수교수칭호'를 두 번이나 받았다고 했습니다."

정혁의 말에 찐 교수는 허허허! 크게 웃으며 손을 흔들고 가던 길을 재촉했다.

한나싼식당에 도착해 안으로 들어가니, 지해범 기자가 기다리고 있었다.

"아직 찐렌씨웅 고급연구원님은 도착하지 않은 모양이네요? 약속을 잘 지키는 분이니까 금방 도착할 겁니다."

"먼저 식사를 주문할까요?"

"아닙니다. 손님이 오시면 시키도록 합시다."

그때, 찐렌씨웅 고급연구원이 정혁을 찾는 소리가 들렸다. 역시나 칼같이 시간을 지키는 분이었다.

"찐 교수님! 이쪽입니다."

정혁은 처음 만난 두 사람을 소개시켜주었다.

"오 선생님으로부터 말씀 많이 들었습니다. 저는 조선일보 북경특파원인 지해범 기자입니다. 중국총리만 삼십 년째 보좌하고 계실뿐 아니라 한·중수교가 있기 전에 비밀접촉을 위해 중국특사로 한국에 여러 번 다녀가셨다는 이야기도 들었습니다."

"벌써 나에 대해 다 알고 계시네요? 기자양반이 나를 보자고 했으면 묻고 싶은 게 많을 텐데……."

"거시경제학 쪽에 대가(大家)라는 말씀을 듣고 한번 뵀으면 했습니다. 제가 한중 간 경제교류에 대해 관심이 특별히 많거든요. 찐렌씨웅 고급연구원님께서 보시는 한중 간의 경제교류에 대해 고견을 들어봤으면 합니다."

"사실 이번 여름에도 한국의 대구와 창원에서 국제회의가 있어 출국할 예정입니다. 그리고 한국기업 중국진출을 위한 자문도 있고 해서 오 선생님과 함께 한국기업을 방문하러 갈 겁니다."

　"그렇습니까?"

　"아마 기자양반이 묻고 싶은 것도 이와 비슷할 것으로 생각합니다만……."

　"맞습니다. 바로 그런 내용들입니다."

　"지구촌은 공동운명체로서 국가 간 경제교류는 이미 돌이킬 수 없는 대세라고 봐야 할 겁니다. 시간이 지나면 지날수록 경제교류는 더욱 빈번해 국가 간의 장벽은 거의 사라지게 되겠지요."

　"제가 알기로는 한국정부에서 경제수석을 지낸 문희갑(文熹甲) 대구시장님하고도 잘 알고 지내는 사이라고 들었습니다."

　"한·중수교를 조율하기 위해 한국에 갔을 때 알게 돼 지금껏 좋은 관계를 유지하고 있습니다. 이번에 한국에 들어가면, 문희갑 대구시장님을 찾아뵙고 돌아올 예정입니다. 오랫동안 문희갑 대구시장님을 뵙지 못해 근황이 어떠한지 궁금합니다. 또한 중국에는 한국기업들이 많이 들어와 있기 때문에 문희갑 대구시장님도 알고 싶은 것들이 많을 것으로 생각하고 있습니다."

　"한국기업인들과도 돈독한 관계를 유지하고 계신다는 이야기도 들었습니다."

　"한·중수교 전에 신분을 감춘 채, 한국에 갔는데도 한국 대기업 총수들이 어떻게 알고 왔는지 여러분들과 만나 대화를 나눈 적이 있었지요. 아마 한국 대기업 총수 가운데 상당히 많은 분들이 찾아왔던 것으로 기억하고 있습니다. 한국 기업인들의 입장에서 중국시장 이야말로 아주 매력적이고 개척 가능성이 높은 곳으로 판단하고 저를 찾아오지 않았나 생각을 합니다. 아무튼 한국 기업인들의 열정은 대단했습니다."

"잠깐만요! 말씀을 나누시느라 식사주문을 깜빡 했네요. 찐 교수님, 무얼 시키면 좋을까요?"

"두 분이 좋아하시는 것으로 시키세요. 저야 아무거나 잘 먹습니다."

"그러면 해물탕요리와 다른 음식을 몇 가지 더 시키면 되겠네요. 지 기자님 생각은 어떻습니까?"

"오 선생님께서 찐 교수님 식성을 잘 아실 테니까 알아서 주문해주세요."

식사를 주문해놓고도 찐 교수와 지 기자의 대화는 계속 이어졌다.

"찐 교수님! 한국기업들의 국제경쟁력을 어떻게 보십니까?"

"지금 한국이 IMF 환란 속에 있기 때문에 이 문제를 얼마나 잘 수습하느냐에 따라 한국의 운명이 결정될 것으로 생각합니다. 근래 텔레비전을 보니까 IMF 관리체제를 벗어나기 위해 국민들이 똘똘 뭉쳐 '금모으기운동' 하는 것을 보고 깜짝 놀랐습니다."

그때, 주문한 저녁식사가 방으로 들어왔다.

저녁을 먹으면서 찐 박사와 지 기자의 대화가 어느 정도 마무리되어가자, 정혁이 찐 박사와 한국기업 방문계획에 대해 이야기를 나누기 시작했다. 대구에서 농기계를 생산하고 있는 아세아종합기계, 경산에서 기계자수제품을 생산하는 아미실업, 중국에서 농산물을 수입하는 아주농산 그리고 기타 업체방문 계획을 조율하고 집으로 돌아왔다.

집에 돌아온 정혁은 중앙민족대학의 취엔우쩌(权五泽, 권오택) 대학원장님과 중국과학원(中国科学院)의 한찡칭(韩京请, 한경청) 교수님에게 논문자료 협조요청을 하기위해 전화를 드렸다.

다행히 두 분 교수님은 흔쾌히 승낙을 하면서 편리한 시간에 들르라고 했다. 안 그래도 연락이 되지 않아 걱정을 많이 했다며 그동안의 안부를 물었다. 정혁은 다음날 방문하기로 약속을 드렸다.

중국에서 논문자료를 구하려면 일일이 발품을 팔지 않고는 달리 방법이 없었다. 국가도서관뿐만 아니라 각 대학에서 운영하는 도서관에도 없는 자료가 상당히 많았다. 도서목록에 있는 자료라도 실제는 없는 경우가 허다했다. 처음에는 왜 그럴까 의아했는데, 나중에 알고 보니 문화혁명기간에 많은 자료가 소실돼 도서목록에 있는 자료라도 실제는 없는 경우가 허다하다고 도서대출 담당자가 귀띔을 해줬다.

다음날 정혁은 아침을 일찍 먹고 중앙민족대학 대학원장실로 향했다. 취엔우쩌 대학원장님이 녹차를 권하며 반겼다.

"오 선생! 학위논문제목이 뭔가요?"

"1949년부터 현재까지 보통고등교육, 소수민족고등교육, 성인고등교육의 발전과정과 문제점을 알아보고 21세기 중국고등교육이 나아갈 방향을 제시해보려고 「중국고등교육 50년사와 21세기 개혁방안의 연구(中国高等教育50年史与21世纪改革方案的研究)」라고 정했습니다."

"쉽게 도전할 수 있는 문제가 아닌 듯한데, 범위를 너무 넓게 잡은 게 아닌가요?"

"이미 반 너머 논문을 작성해뒀습니다."

"그래요? 정말 대단합니다. 오 선생! 그런데 그 방대한 자료를 언제 모두 구했나요?"

"대학원에 입학할 때부터 조금씩 준비해왔습니다."

"내가 도와드릴 부분이 어떤 것인가요?"

"'중국소수민족 관련자료'라면 뭐든지 좋습니다."

"잘 알았어요. 최대한 빨리 구해드리도록 하지요."

취엔우쩌 대학원장은 시원스럽게 대답했다.

정혁은 다음 약속장소로 부지런히 움직였다. 중국과학원의 한찡칭 교수님댁이었다. 정혁이 들어서자 사모님이 만두며, 과일이며 먹을 것을 내왔다. 여기서도 정혁은 한 교수님에게 필요한 논문자료를 부탁했다. 주변 여러 사람들의 도움 없이는 할 수 없는 일이었다. 그러고 보니 세상에 혼자 굴러가는 바퀴는 굴렁쇠밖에 없었다. 그것도 스스로 구르는 게 아니라 누군가 굴려줘야 한다.

집에 돌아온 정혁은 학기별 제출해야할 논문을 모두 작성해두고 학위논문작성에 더욱 심혈을 기우렸다. 그러다보니 시간은 흘러 여름방학이 코앞에 이르렀다. 여름방학을 앞두고 미리 지도교수님을 찾아가 여름방학동안 한국에 나가 있겠다고 말씀을 드리고 한국 갈 준비를 했다. 준비를 마친 정혁은 중국 국무원발전연구중심 찐렌씨웅 고급연구원님에게 한국으로 나간다는 소식을 전하고 그 다음날 한국으로 떠났다.

20. 왕서방의 외출

한국에 도착한 정혁은 모친의 병환을 살피면서 여느 때와 마찬가지로 학위논문 준비에 바쁜 나날을 보내고 있었다. 밤새 비가 내리고 화창하게 개인 아침, 찐렌씨옹 고급연구원 님으로부터 전화가 걸려왔다. 오후 두 시경 동대구역에 도착할 것이라는 전언이었다.

정혁은 동대구역에 나가 귀빈을 맞이했다.

"찐 교수님! 먼 길 오시느라 고생 많으셨습니다."

찐 교수는 창원에서 국제회의를 마치고 온 것이었다. 점심은 창원에서 먹고 왔다기에 숙소부터 정하기로 했다.

먼저 쌰오짱이 머물렀던 인터불고호텔로 정해 놓고, 바람도 쐴 겸 영천에 있는 은해사(銀海寺)로 갔다. 자동차 안에서 2박 3일간의 일정을 최종적으로 조율했다. 내일 오전 10시 문희갑 대구시장 방문을 시작으로 오후에는 아세아종합기계, 아미실업의 경영자를 만나기로 정했다. 그 다음날은 나머지 업체를 방문하는 것으로 계획을 잡았다.

정혁은 중국유학을 가기 전에 관여했던 청통온천개발(淸通溫泉開發) 현장에도 잠시 들러 주위환경과 투자가치성에 대해 집중적으로 브리핑을 하고, 은빛세계가 바다처럼 겹겹이 펼쳐진다는 은해사로 들어갔다. 차후, 화교자금을 청통온천개발에 유치하기 위한 고도의 전략이 숨어 있었다.

깊은 산중이라 그런지 골짜기마다 하얀 구름들이 내려 앉아 천년 고찰답게 아늑하기 그지없었다. 사방이 소나무로 둘러싸여 더욱 마음에 들었다. 오랜만에 조용한 산사를 찾은 정혁에게 희귀한 연리지(連理枝)¹⁾가 눈에 들어왔다. 가던 걸음을 멈추고 찐 교수를 불러 세웠다.

"찐 교수님! 이쪽으로 한번 와보세요? 참나무와 느티나무가 서로 엉켜 붙어 자라고 있습니다."

"그거 참 희한하네! 이런 일이 있으면 경사스러운 일이 생긴다고 했는데……."

"그러게요. 찐 교수님을 모시고 오니까 제가 이런 인연을 만나게 되네요. 혹시 찐 교수님의 종교를 여쭈어봐도 실례가 안 되겠습니까?"

"허어. 저야, 무신론자라 특별한 종교가 없습니다."

은해사는 조선 31본산(本山)의 하나이자 대한불교조계종(大韓佛敎曹溪宗) 제10교구본사(第10敎區本寺)이다. 809년(신라 헌덕

---

1) 뿌리가 다른 나뭇가지가 서로 엉켜 마치 한 나무처럼 자라는 현상.

왕 1) 혜철(惠哲)이 해안평(海眼坪)에 창건한 사찰로 처음에는 해안사(海眼寺)라고 불렀다. 그 후 1264년(고려 원종 5)에 홍진(弘眞)이 중창·확장하였는데, 1545년(조선 인종 1)에 소실되어 1546년(명종 1)에 천교(天敎)가 지금의 자리로 옮겨지었다. 그리고 법당과 비석을 세워 인종(仁宗)의 태실(胎室)을 봉하고 은해사라고 하였다. 1563년(명종 18)에 다시 소실되어 이듬해 묘진(妙眞)이 중건했고, 1589년(선조 22)에 법영(法英)·의연(義演)·광심(廣心)의 원력(願力)으로 다시 중창하여 대가람(大伽藍)이 되었다.

그러다가 1847년(현종 13)에 또다시 불탄 것을 팔봉(八峰)·해월(海月)이 중수하였다. 1860년에는 응허(應虛)·침운(枕雲) 등이 운부암(雲浮庵)을 중건하여 법전·설선당·조실·영각·노전 등을 세웠다. 1869년(고종 6)에는 백흥암(百興庵)의 명부전(冥府殿)을 중수하고, 1876년에는 백흥암에 나한전 및 석조를 만들었고, 1878년에는 보화루를 중건하였다.

은해사는 추사(秋史) 김정희(金正喜)[2]의 흔적이 많이 남아 있다. 추사 김정희는 안동김씨와 세도싸움에서 패한 후, 1840년 제주도로 유배를 갔다가 1848년에 방면되었다. 그리고 1851년 친구인 영의정 권돈인(權敦仁) 건에 연루돼 함경도 북청으로 다시 유배를 당했다. 불과 이 년 남짓의 짧은 서울생활 동안 은해사의 대웅전, 보화루, 불광각, 일로향각 등 편액(扁額)[3]을 모두 썼다. 그만큼 은해사와 추사의 인연은 깊다고 볼 수 있다.

---

2) 1786(정조 10)~1856(철종 7). 조선 말기의 문신·실학자·서화가이다.
3) 종이, 비단, 널빤지 따위에 그림을 그리거나 글씨를 써서 방 안이나 문 위에 걸어 놓는 액자.

역대 고승들을 살펴보면, 신라시대에는 원효(元曉)·의상(義湘)·설총(薛聰), 고려시대에는 지눌(知訥)·일연(一然), 조선시대에는 홍진(洪震)·성규(聖奎), 최근에는 향곡(香谷)·운봉(雲峰)·성철(性澈)·일타(日陀)가 큰 업적을 남겼다. 현재는 비구선방(比丘禪房) 운부암(雲浮庵), 기기암(寄寄庵)과 비구니선방(比丘尼禪房) 백흥암(百興庵) 등에서 백여 명의 스님들이 수행을 하고 있다.

또한 한국불교 최고의 경율론삼장법사과정(經律論三藏法師課程)인 대한불교조계종 은해사승가대학원에서 십여 명의 석학들이 정진수학 중이다.

오정혁과 찐렌씨웅 교수는 대웅전, 지장전4), 산령각, 설선당, 심검당, 단서각, 우향각, 성보박물관, 오층석탑, 청풍당, 조사전, 도선당, 호연당, 쌍거북바위, 종루5), 보화루, 요사채, 부도전 등을 천천히 둘러봤다.

여름날 오후의 산사는 길손의 발걸음을 붙잡고 놓아주지 않았다. 매미·개구리·산새들의 합창에 시간 가는 줄 몰랐다. 두 사람은 사찰 입구에서 저녁을 해결하고 숙소인 인터불고호텔로 돌아왔다.

호텔에서 함께 숙박한 오정혁과 찐렌씨웅 교수는 오전 열 시 문희갑 대구시장을 만나기 위해 대구시청으로 갔다. 시장 비서관이 일층 현관까지 내려와 있었다. 비서관의 안내로 시장실에 들어가니 문희갑 시장이 반갑게 맞이했다.

---

4) 불교사찰에서 저승세계인 유명계(幽冥界)를 상징하는 당우(堂宇).
5) 종(鐘)을 걸어놓는 누각(樓閣).

정혁은 중국국무원발전연구중심 쩐렌씨웅 고급연구원님의 개인 용무로 대구시장을 만나는 것이었지만, 결과적으로 정혁에게도 유익한 만남이었다. 문희갑 시장과 쩐렌씨웅 고급연구원 간의 대화는 대략 한 시간가량 이어졌다.

한·중수교 전에 한국과 중국을 대표해서 만났던 사이인지라 두 사람의 관계는 매우 돈독했다. 서로의 안부에서부터 '한중 간의 경제관련 문제'에 이르기까지 다양하게 의견을 나눴다. 정혁은 옆에서 듣고만 있다가 질문에 간간히 대답하는 형식이었다.

다음 일정은 대구성서산업단지에서 농기계를 생산하고 있는 아세아종합기계의 김신길 대표를 만나는 거였다. 그곳에 도착하니 김신길 대표를 비롯한 회사중역들이 회의실에서 기다리고 있었다. 곧바로 아세아종합기계의 중국진출에 대해 본격적인 상담이 시작되었다.

중국의 대내외적인 경제정책에서부터 지역별 현황에 이르기까지 아세아종합기계가 중국 농기계시장에 진출하는데 알아야 할 사항들을 꼼꼼히 체크해 들어갔다. 상담은 아세아종합기계 중역들이 주로 질문을 하고, 쩐렌씨웅 고급연구원이 대답하는 형식을 취했다.

질문내용은 다양했다. 중국의 제도와 법률, 중국인들의 습관, 중국농업의 전망, 중국농업의 기계화 수준, 중국농민들의 농기계 수요규모, 중국의 지역별 특성 등 헤아릴 수 없을 만큼의 많은 질문이 쏟아졌다. 식사시간을 포함해 세 시간가량 대화를 나누고서야 아세아종합기계의 중국진출 상담이 끝났다.

나머지 기업들과의 중국진출 상담도 아세아종합기계와 비슷하게 진행되었다. 빡빡한 일정이었지만 상담은 원만하게 이루어졌다. 이렇게 2박 3일간의 일정을 모두 마치고, 찐 교수는 먼저 한국을 떠났다.

정혁은 지도교수인 황요우푸 교수님의 전갈을 갖고 대구가톨릭의료원장 박창수 신부님을 찾아갔다.

"황 교수님 전갈을 갖고 오신 분이십니까?"

"그렇습니다. 오정혁이라고 합니다."

신부님이 계시는 곳이라 그런지 사무실 분위기가 소박하면서 정갈했다.

"요즘 황 교수님은 어떻게 지내십니까?"

"워낙 유명하셔서 학교강의 뿐만 아니라 국내외 초청 강의가 많아 눈코 뜰 새가 없습니다. 그리고 다음 달 개최 예정인 '중국조선족학술대회준비'로 더욱 바쁘게 보내고 계십니다."

"학술대회를 하려면 엄청난 경비가 들어갈 텐데, 그 많은 돈을 어디에서 조달합니까?"

"대부분 황 교수님께서 국내외 강의를 하고 받은 돈과 일부 독지가들의 협조로 겨우 유지하고 있습니다. 게다가 없는 돈에 '북경한국어학교'까지 운영하시니 아무튼 열정이 대단하신 분입니다."

"그래요. 황 교수님이야말로 '중국조선족의 등불'이라고 해도 틀린 말이 아닐 겁니다. 오 선생님 생각은 어떻습니까?"

"저도 신부님과 같은 생각입니다. 어느 누가 그분의 역할을 대신할 수 있겠습니까?"

"저도 중국에 여러분을 알고 지내지만, 황요우푸 교수님처럼 중국조선족을 걱정하시는 분은 만나보지 못했습니다."

"신부님은 황 교수님을 어떻게 알게 되셨습니까?"

"황 교수님께서 한국에 강의를 자주오시다보니 자연히 알게 되었습니다. 그분은 미국·일본·한국에서 초빙교수 생활을 해 인맥이 탄탄하시잖아요? 서울대학교를 비롯한 전국 각 대학의 인맥이 상당할 겁니다."

"신부님! 제가 약속이 있어 그러는데, 황 교수님께 혹시 전할 말씀이라도 있습니까?"

"특별히 전할 말씀은 없고요. 이것을 황 교수님께 전해주시면 고맙겠습니다."

신부님이 준 것은 봉투였다.

"중국조선족학술대회 준비에 보탬이 될까 해서 조금 넣었습니다."

"틀림없이 전해드리도록 하겠습니다."

정혁은 서둘러 저녁 약속장소로 향했다.

"오빠! 여기요."

"지혜 씨도 함께 나오셨네요."

"오 선생님이 오셨다는데 당연히 나와야죠. 지난번엔 신세를 많이 졌습니다."

"오빠! 이 집은 한식에다 고등어자반이 전문인데 그걸로 시킬까요?"

"미숙이가 알아서 주문해."

"오 선생님은 귀국해서도 몹시 바쁘신가보네요?"

"중국에서 부탁받은 일도 있고, 저 개인용무도 있고 해서 그동안 이리저리 뛰어다녔습니다. 이삼 일 더 머물다 중국으로 가야지요."

"오신 지 얼마나 됐다고 벌써 나가세요?"

"중국에 들어가서 할 일이 있어서요. 지난번 미용사업을 위해 중국 방문한 일은 업무에 도움이 되셨나요?"

"만약 뷰티샵을 북경에 낸다면 큰 도움이 될 것으로 생각하고 있습니다."

"두 분이 한국으로 돌아가시고 참고할 만한 '중국 미용관련 자료'가 있어 구해 왔습니다."

"역시, 오빠는 알아줘야 해. 부탁하지도 않았는데 알아서 찾아다 주고 말이야."

정혁은 그녀들이 중국에 진출할 때 유의할 점과 필요한 자료를 추가로 전달하고 집으로 돌아왔다.

다음날 아침 정혁은 지도교수인 황요우푸 교수님의 부탁으로 아주대학교 의과대학 임상병리학과 석좌교수로 와 있는 재미 의학자 현봉학 박사를 만나러 경기도 수원으로 갔다.

현봉학 박사는 1922년 함경북도 성진 출신으로 미국 펜실베이니아 의과대학에서 이학박사학위를 받은 임상병리학계의 세계적 권위자이다. 아울러 1951년 흥남철수작전 때, 고문관6)으로 근무하면서 미 10군단장 에드워드 M. 알몬드 장군을 설득 해 십만 명의 피난민을 거제도(巨濟島)로 안전하게 월남시킨 '한국의 쉰들러(Oscar Schindler)'7)로 칭송받고 있다. 그리고 서재필8)기념재단 초대 이사

---

6) 자문(諮問)에 응하여 의견을 말하는 직책을 맡은 관리를 가리킨다.
7) 나치시대 때, 수많은 유태인들의 목숨을 구한 인물.
8) 徐載弼. 대한제국의 정치인, 언론인, 독립운동가, 언론인이다.

장을 비롯해 안창호[9], 안중근[10], 장기려[11] 등을 기리는 사업과 우리민족서로돕기운동 보건의료협력본부 고문을 맡기도 했다. 특히 중국 찌린썽(吉林省) 룽찡(龙井, 용정)에서 윤동주(尹東柱)[12]의 묘를 찾아내 새롭게 단장하고 '윤동주문학상'을 제정하였다. 이렇게 일평생 한·중 우호증진과 남북화해협력을 위해 노력 중인 대단한 분이었다.

정혁은 현봉학 박사 연구실에 들어가 인사를 올렸다.

"중앙민족대학 황요우푸 교수님 밑에서 박사과정을 공부하고 있는 오정혁이라고 합니다."

정혁은 황 교수가 부탁한 것부터 내놓았다. 다음 달 개최되는 '중국조선족학술대회' 초대장이었다. 흐음, 하며 초대장을 살펴본 현 박사가 고개를 끄덕였다.

"오 선생! 조선족학술회의 참석 가부는 내가 따로 황 교수에게 전화 넣을 테니 점심이나 먹으로 갑시다."

현봉학 박사는 학교 앞 칼국수 집으로 정혁을 안내했다. 칼국수를 먹으면서, 미국 하버드대학에서 초빙교수생활을 했던 황 교수와의 만남, 6.25때 급박했던 흥남철수작전의 실제상황, 한·중 우호증진과 남북화해협력 활동상황 등을 상세히 들을 수 있었다. 정혁은 진정한 애국자인 현봉학 박사를 만나 기쁘기 그지없었다.

"오 선생은 어떤 계기로 중국에 유학을 가게 되었습니까?"

---

9) 安昌浩. 대한제국의 개혁·계몽운동가, 독립운동가, 교육자, 정치가이다.
10) 安重根. 대한제국의 독립운동가, 의병장, 정치사상가이다.
11) 張起呂. 대한민국의 외과의사, 의학자, 종교인, 자선가이다.
12) 중국 찌린썽 출생으로 독립운동가, 시인, 작가이다.

정혁은 그간의 사연을 간단하게 설명했다.

"선택을 잘하셨네요. 멀지 않은 장래에 중국의 시대가 도래할 겁니다. 그리고 보니 오 선생도 인복이 많은 모양입니다."

"……?"

"아무나 황 교수 같은 세계적인 석학 밑에서 공부를 할 수 있나요?"

"아, 네. 저도 그렇게 생각하고 있습니다."

식사를 마치고 다시 현봉학 박사 연구실로 돌아온 두 사람은 커피를 한 잔하면서 이야기를 이어갔다. 대화 도중에 현봉학 박사가 자신이 쓴 책 한 권을 오정혁에게 선물했다. 《중공의 한인들》이었다.

"현 박사님! 이렇게 귀한 책을 주셔서 대단히 고맙습니다. 집에 돌아가서 찬찬히 읽어보겠습니다."

정혁도 자신이 중국에서 공부하면서 쓴 책 한 권을 현봉학 박사님께 답례로 드리고 대구로 내려왔다.

다음날 아침 정혁은 중국으로 출국하기에 앞서 경북 영천시 북안면 돌할머니(石头老婆儿) 근방에 있는 '산소 예정지'를 둘러보러 갔다. 산소 예정지에 올라가서 갑작스런 장례에 대비해 필요한 조치를 해두고 산을 내려오던 정혁은 사람들이 몰려 있는 '돌할머니' 쪽으로 발을 옮겼다. 어디서 왔는지, 참배객들이 상당히 많았다. 그들은 돌할머니의 상징인 돌덩이를 들어보기 위해 줄을 서서 기다리고 있었다. 정혁도 맨 뒤에 서 있다가 부질없다는 생각에 픽 웃고는 자리를 떴다. 집으로 돌아온 오정혁은 다시 떠날 채비를 했다.

김포공항에서 북경으로 가는 비행기를 기다리고 있는데, 동행인 듯한 일본인 한 명과 한국인 한 명이 정혁의 옆 좌석에 앉았다. 이분들도 중국 북경으로 가는 손님들이라 자연스럽게 통성명을 하게 되었다. 한 분은 고려대학교 교수이고, 다른 한 분은 고려대학교에서 박사과정을 밟고 있는 일본인 호사카 유지(保坂祐二)13) 씨였다.

정혁은 옆에 앉은 두 사람에게 중국 북경에 무슨 일로 가는 지 물어봤다. 그들은 북경에서 국제회의가 있어 간다고 했다. 일본인 호사카 유지 씨가 정혁에게 무슨 일을 하느냐고 물었다.

"북경 중앙민족대학대학원에서 현재 박사과정을 밟고 있습니다."

"그럼 중앙민족대학 찐삥하오(金炳鎬) 교수님을 아시나요?"

"그럼요. 저와 나이가 비슷해 특히 가깝게 지냅니다."

"내일 주제발표를 그분이 하십니다."

세상이 넓다 해도 두세 사람만 건너면 다 아는 세상이다. 그러니 죄 짓고는 못 사는 세상, 언제 어디서나 당당할 수 있는 인생이어야 한다. 정혁은 김포공항대합실에서 생면부지의 사람들과 이야기를 나누면서 좁디좁은 세상을 또 한 번 실감했다.

---

13) 현재는 한국에 귀화해 세종대학교 교양학부 부교수, 세종대학교 독도종합연구소 소장직책을 맡고 있다.

21. 복조리

북경에 도착한 정혁은 먼저 지도교수인 황 교수님에게 전화를 드리고, 대구가톨릭의료원장 박창수 신부님과 나눈 이야기뿐만 아니라 한국에서 있었던 다른 일들도 간단히 알려드렸다. 그리고 다음날 황 교수님과 점심을 함께 하면서 박창수 신부님이 '중국조선족학술대회'를 준비하는 데 보태 쓰라고 준 금일봉을 전했다.

팔월 중순 어느 날 한국 집으로부터 전화가 걸려왔다. 일본인 호사카 유지 씨가 서신과 함께 자신의 박사학위논문집 한 권을 보내왔다는 것이다. 정혁은 중국으로 유학을 오면서 생명부지의 사람들과 공항에서 의외로 많이 만났다. 지금껏 좋은 관계를 유지하는 사람들도 있고 여건상 가끔 연락하는 사람도 있지만, 공항이라는 곳은 정혁에게 이미 친숙한 공간이 되었다.

구월 초, 정혁은 논문자료를 구하러 중앙민족대학도서관에 들렀다가 터키 이스탄불대학에서 중앙민족대학으로 유학 온 '나일 두랄' 씨를 우연히 만났다. 나일 두랄 씨는 터키 이스탄불대학에서 '동양문화인류학'을 강의하는 교수였다. 정혁이 한국에서 사업을 하다 중앙민족대학대학원에서 박사과정을 공부하고 있다고 하자 몹시 놀라워했다. 나일 두랄 씨는 터키에서 중국으로 유학을 온 후, 마음을 터놓고 대화할 친구가 많지 않아 힘이 들었는데 좋은 친구를 만나서 반갑다고 했다. 두 사람은 서로 궁금한 것을 이것저것 묻고 대답했다. 나일 두랄 씨는 불교철학에 관심이 있어 그쪽 분야로 논문을 준비한다고 했다.

"터키는 회교국(回敎國)인데, 불교철학에 관심이 있는 터키인들이 많습니까?"

"중국, 한국, 일본 등 한자문화권에 대한 관심이 많은 편입니다. 특히 한국드라마가 인기가 좋습니다."

"터키인들의 한국 상품에 대한 선호도는 어느 정도 입니까?"

"한국의 삼성, 현대, 두산, 효성, 한화, LG, KOLON, SK, POSCO 등 한국기업에 대해 평판이 매우 좋습니다."

"나일 교수님은 한국기업의 이름을 많이 알고 계시네요."

"저도 한국제품을 많이 사용하고 있습니다."

"주위에 다른 나라에서 유학 온 사람들도 있습니까?"

"미국, 프랑스, 영국 등에서 초빙교수로 온 분들이 몇 분 있습니다. 언제 시간을 봐서 오 선생님께 소개시켜드리겠습니다. 이분들도 이 년 정도 중앙민족대학에 머물면서 강의도 하고 동양문화에 대해 논문을 준비하고 있습니다. 모두 자신의 전공한 분야에서 국제적으로 상당히 명망이 높은 분들입니다."

"나일 교수님은 어디에 묵고 계십니까?"

"교수아파트에서 살고 있습니다. 오 선생님 숙소는 어디입니까?"

"저도 교수아파트에서 살다가 시설이 너무 낡아 중앙민족대학 서문 쪽에 개인아파트를 빌려 생활하고 있습니다."

정혁은 나일 교수와 오랫동안 담소를 나누고 필요한 논문자료를 구해 집으로 돌아왔다. 집에 도착하니 황요우푸 교수의 석사생인 홍춘하이(洪春海)가 기다리고 있었다.

"시내 나갔다가 오 선생님께 필요한 논문자료가 구했는데 집에 전화를 드리니까 연락이 되지 않아 기다리고 있었습니다."

"무슨 돈으로 사왔습니까?"

"지난번에 오 선생님께서 주신 돈으로 사왔습니다."

"수고 많았습니다. 다음번에도 좋은 자료가 있으면 구해다주세요? 비용과 사례는 충분히 해드리겠습니다."

정혁은 자료를 주고 돌아서는 홍춘하이를 불러세웠다.

"홍춘하이 씨! 저녁때도 다 되었는데, 한나싼찬팅(한라산식당)에서 식사나 하고 가세요."

"아닙니다. 오늘은 선약이 있습니다."

홍춘하이는 자전거를 타고 휑하니 돌아갔다. 고마운 여자다. 남의 부탁을 여벌로 듣지 않고 눈에 띌 때마다 챙겨서 갖다 주니 이보다 고마운 일이 어디 있겠는가? 공짜로 해주는 일은 아니지만 이렇게 도와주는 친구들이 있어 정혁은 논문을 순조롭게 준비할 수 있었다.

정혁은 자전거 뒤꽁무니를 보며 중얼거렸다. 고마워요 홍춘하이.

중국조선족학술대회 개최를 며칠 앞두고, 정혁은 조선일보 북경 특파원인 지해범 기자에게 전화를 걸었다. 이런 저런 안부 끝에 본론을 애기했다.

"지 기자님! 이번 주말 중앙민족대학 쭝훼이로우(中慧楼, 중혜루) 대강당에서 중국조선족학술대회가 열리는데 알고 계십니까?"

"몰랐습니다. 어떤 분들이 참석합니까?"

"중국 각 지역에 살고 있는 조선족 지도자급인사들이 모두 참석합니다. 중국인민정치협상회의(中国人民政治协商会议) 짜오난치(趙南起, 조남기) 부주석, 통일전선부(统一战线部) 리떠쭈(李德洙, 이덕수) 장관, 장군, 대학교수, 연구원, 신문사대표, 기업체대표, 특파원, 유학생 등 수백 명이 참석하는 대규모 학술대회입니다."

"학술대회는 어떤 내용들로 이뤄집니까?"

"조선족의 정체성과 미래교육입니다. 주제별로 강의와 토론이 함께 진행됩니다."

"저도 참석할 수 있을까요?"

"황요우푸 교수님께 특별히 부탁해둘 테니 시간에 맞춰 놀러오세요."

"오 선생님! 좋은 정보 감사합니다."

정혁은 시간에 맞춰 꼭 참석하도록 당부하고 전화를 끊었다.

학술대회 당일, 정혁은 일찌감치 아침을 먹고 명함을 챙겨 중앙민족대학 쭝훼이로우 대강당으로 갔다. 회의장에는 이미 많은 사람들이 도착해 있었다. 정혁은 지도교수인 황 교수님께 먼저 인사를 드리고, 학술대회에 참석한 사람들과 일일이 인사를 나눴다. 참석자들이 많다보니 일부는 복도에까지 나와 있었다.

이번 조선족학술대회는 정혁에게 중국인맥을 구축할 수 있는 절호의 기회였다. 중국과학원의 빠이류예(白柳叶, 백유엽) 교수, 북경침구골상대학의 찐용싼(金永三, 김영삼) 교수, 중국전자공업발전계획연구소의 페이하오(裴浩, 배호) 부주임, 중국인민번역국의 췌이요우쒸에(崔有学), 중국사회과학원의 쩡씬쩌(郑信哲, 정신철) 교수, 북경대학 전자학과의 찐뚱환(金东浣, 김동완) 교수, 길림대학 화공학과의 한넝쩌(韩能直, 한능직) 교수, 북경대학 화공학과의 쨩샤잉(张侠英, 장협영) 교수, 중앙민족대학의 왕쥔(王军, 왕군) 교수, 중국전자공업부전자과학연구원의 쩡쭝쯔(郑重子, 정중자) 고급공정사(高级工程师), 중앙민족대학 음악학과(音乐系)의 퍄오창톈(朴长天, 박장천) 교수, 북경화공대학의 찐르꽝(金日光, 김일광) 교수, 중앙인민방송국의 찐청롱(金成龙) 기자, 퍄오르싼(朴日善, 박일선) 기자, 민족단결잡지사의 퍄오푸싼(朴福善, 박복선) 주필, 흑룡강신문의 짜오춘취엔(赵春权, 조춘권) 북경특파원, 요녕일보의 리떠취엔(李德权) 북경지사장 등 수 많은 지식인들과 교류할 기회를 가졌다.

학술대회가 본격적으로 진행되자 중앙민족대학 황요우푸 교수를 필두로 주제별로 강의와 토론이 진행되었다.

주제발표와 토론 내용을 요약해보면 다음과 같다.

Ⅰ. 중국조선족이 공동체를 유지할 수 있었던 요인

첫째. 생존수단이다. 19세기 후반 중국동북지방으로 건너간 많은 이주민들의 직업이 대부분 파산한 농민들이었다.

둘째. 상부상조의 공동체의식이다. 인연·지연·혈연을 중시하고 상부상조하는 마을공동체의식을 가졌던 민족전통문화가 초기 공동체형성에 크게 기여하였다.

셋째. 민족교육이다. 남달리 교육열이 높은 조선민족은 생계를 위해 중국으로 건너가 모진 고생을 하면서도 자식교육만은 포기하지 않았다.

넷째. 종교이다. 종교는 조선족 농민들이 생활의 어려움을 이겨내는 데, 큰 힘이 되었을 뿐 아니라 그들을 단결시키고 민족공동체형성에도 기여했다.

다섯째. 일제(日帝)에 의한 강제이민이다. 1931년 일제는 중국동북 지역을 자신들의 전략적인 근거지로 만들기 위해 이민계획을 수립하였다.

II. 공동체 해체가 조선족사회에 미친 영향

첫째. 도시로 진출한 사람들은 전통적인 관념을 바꿔 의식구조의 변화를 가져왔고, 외국으로 나간 사람들은 선진문명과 현대적인 의식을 받아들여 개인능력 발전에 도움이 되었다.

둘째. 공동체 해체에 따른 심각한 사회문제는 민족교육 문제이다. 농촌인구의 감소는 학생자원을 줄어들게 해 농촌학교들이 문을 닫는 주요 원인이 되었다.

셋째. 민족 언어문자의 상실 가속화이다. 특히 뻬이찡, 텐찐, 쌍하이와 같은 대도시 조선족 청소년의 90퍼센트 이상 조선문자와 언어를 모른다.

Ⅲ. 공동체 해체에 대한 문제의식

첫째. 민족의 혈연적 공통분모는 언어 · 풍속 · 심리적 특질 등 민족문화의 특성을 보존하고 계승 · 발전시키는 자양분이며 뿌리 깊은 민족의식을 자각하는 토대이다.

둘째. 중국조선족으로서 자체문화를 지켜간다는 것은 중국문화, 한반도문화와 어느 정도 질적인 차이가 있음을 전제로 한다.

중국특색의 조선족 문화육성에 대한 학계의 의견도 이와 비슷하다.

Ⅳ. 결론

오늘날 사회는 이미 산업화 단계를 뛰어넘어 정보화 사회로 변모하고 있으며, 네트워크사회(Network Society)[14], 디지털경제 (Digital Economy)[15]는 우리에게 다원화된 생존수단을 제공한다. 고로 농촌공동체의 해체대안으로 정보화, 산업화문명을 기반으로 한 '코리아타운(Korea Town)'이 대안으로 떠오르고 있다. 농촌공동체를 유지하면서도 새롭게 형성되는 도시공동체를 중심으로 한 자녀교육, 민족교육이 절실하다.

오정혁은 중국조선족들이 직면한 문제점을 듣고 가슴이 먹먹해졌다. 조선족들은 백 년 이상 자신들의 정체성을 고스란히 유지하면서

---

14) 정보통신기술과 디지털기술의 도입을 통해 빠르게 변화하는 정치 · 경제 · 사회 · 문화적 특징을 드러내기 위해 사용되기 시작했다.
15) 인터넷을 비롯한 정보통신산업을 기반으로 이루어지는 모든 경제활동을 일컫는다. 전자상거래, 인터넷쇼핑몰, 검색서비스 등이 이에 속한다.

중국 소수민족 가운데 가장 우수한 민족으로 인정받아왔다. 그러나 개혁개방과 한·중수교로 조선족공동체는 대혼란을 맞이했다. 기회만 되면 도시로 해외로 나가다보니, 조선족의 정체성과 민족교육은 위기에 봉착할 수밖에 없었다.

정혁은 조선족학술대회에 참석한 것을 계기로 중국조선족과 한중 간에 기여할 방법을 본격적으로 생각하게 되었다.

조선족학술대회가 마무리가 되고 모두들 저녁을 먹으러 대형식당으로 갔다. 짜오난치(趙南起, 조남기) 부주석을 비롯해 많은 사람들이 참석했다. 저녁을 먹고 집으로 돌아가는 사람도 있고 노래방으로 놀러 가는 사람도 있었다. 백오십 평이나 되는 큰 노래방에서 짜오난치 부주석이 무희와 단둘이 춤을 추면서 노래를 부르고 있었다. 정혁은 지도교수인 황요우푸 교수님께 상의를 드린 후 노래방 안으로 들어가 짜오난치 부주석에게 정중히 인사를 드렸다. 그랬더니 짜오난치 부주석이 노래나 한 곡 하라며 갑자기 마이크를 건넸다. 정혁은 엉겁결에 받아든 마이크라 무슨 노래를 부를까 고민하다 주현미의 '우중의 여인'을 부르기 시작했다. 노래를 끝나고 짜오난치 부주석에게 마이크를 넘기자 몇 곡 더 불러보라고 했다. 그래서 타이완 가수 떵리쮠(登麗君)의 '워떠칭런찌우쎠니(我的情人就是你)' '예라이샹(夜来香)' '웨량따이빠오워떠씬(月亮代表我的心)', 그리고 한국가요로 '고향역' '돌아가는 삼각지' '울고 넘는 박달재' '봉선화연정' '원점' 등을 부르면서 자연스럽게 얼굴을 익히는 기회가 되었다. 이런 걸 대박이라고 하던가? 정혁은 저절로 벙글어지는 표정을 제어할 수 없었다.

22. 이심전심

전화벨소리에 놀라 눈을 뜨니 벌써 해가 중천에 떠 있었다. 전화를 받아보니 현대관도유한공사(現代管道有限公司) 양철호 사장이었다.

"오형이 웬일로 아직 한밤중입니까? 어서 일어나 이리 오세요. 귀한 손님이 와 계십니다."

양 사장 부인이 당뇨병이 있어 중국한의사를 특별히 초청했으니 와서 진찰을 받아보라는 거였다.

웬 떡이냐 싶은 정혁은 벌떡 일어나 대충 집안을 정리하고 양 사장댁으로 향했다.

"오형! 인사하세요. 이분은 중국정부에서 주석주치의를 지낸 찐쭈르(金柱日) 선생입니다."

정혁은 찐쭈르 씨와 인사를 나누고 바로 진맥을 받았다.

몸이 많이 쇠약하다며 전기침을 놓고, 특별히 조제하였다는 한약도 받아먹었다. 양 사장 가족은 이미 여러 날 치료를 받고 있는 중이었다.

"오 선생님! 허리가 좋지 않아 이틀에 한 번씩 전기침을 맞아야 하겠습니다."

"찐(金) 선생님! 전기침을 얼마나 맞아야 합니까?"

"한 열흘 정도 맞으면 괜찮을 겁니다."

이날 이후 정혁은 이틀에 한 번씩 전기침을 맞았다. 허리가 나빠진 원인은 교수아파트에 살 때 사용하던 오래된 스프링침대 때문이었다. 침대에 누우면 스프링이 푹 꺼져 제 기능을 하지 못했던 것이다. 그 방은 미국인 교수가 사용했던 방으로 비품상태가 엉망진창이었다. 학교 측에 비품교체를 요청해보았지만, 학교재정이 열악해 바꿔줄 수 없다고 했다. 하는 수 없이 정혁은 이사를 결정해 지금 사는 아파트로 옮겨왔다.

양 사장님 덕분에 허리치료를 마친 정혁은 가뿐한 몸으로 학기별 제출해야 할 논문작성에 심혈을 기울이고 있었다. 한창 몰입해 있는데 전화통에서 불이 났다. 이번에도 현대관도유한공사의 양철호 사장이었다.

"오형. 오늘 저녁 우리 집에서 밥이나 한 끼 합시다."

양 사장 목소리가 심상치 않았다. 정혁은 두말도 않고 곧 가마고 했다.

역시나 집안분위기가 평소와 달리 가라앉아 있었다. 양 사장 부인은 힘이 하나도 없어보였다.

"오형! 이쪽 방으로 들어와 술이나 한 잔 합시다."

"양 사장님! 아직 날이 밝은 데 약주를 드셔도 됩니까?"

"오늘 회사에 출근하지 않았습니다."

양 사장은 곧 한국으로 되돌아가야 할지도 모를 상황에 당황하고 있었다.

"IMF가 저한테까지 영향이 미칠 줄 몰랐습니다. 애들 공부도 남아 있고, 앞으로 어떻게 해야 할지 걱정이 태산입니다."

"양 사장님. 너무 낙망 말고 같이 방법을 한번 찾아봅시다."

정혁은 양 사장과 밤늦게까지 술잔을 기울이며 방법을 모색하기 시작했다. 어느 정도 취기가 오르자 양 사장이 정혁에게 지나가는 소리로 한마디 툭 던졌다.

"오형! 회사 하나 인수할 수 있겠습니까? 전망이 밝은 회사입니다만 사람을 잘못만나 고전하는 회사가 하나 있는데, 잘 만하면 큰돈을 벌 수 있습니다."

"양 사장님. 지나가는 소리로 말씀하지 마시고 구체적으로……."

"대략적인 자료는 갖고 있습니다. 내일 회사 소유주를 직접 만나 이야기를 들어보고 현장에도 한번 가보는 게 어떻겠습니까?"

공장은 북경시 외곽에 있고, 고급단열재와 주방기구를 생산하는 곳이었다. 공장부지가 4,500평에 건축면적은 2,000평 정도로 규모가 꽤 큰 공장이었다.

"투자금액은 얼마나 됩니까?"

"한국 돈으로 약 25억 원 정도 들어갔습니다."

"양 사장님 말씀에 의하면 공장규모도 상당하고 아이템도 괜찮은 것 같은데, 회사를 매각하려는 특별한 사정이라도 있습니까?"

"전라도 광주에서 오랫동안 공장을 운영하다 거대한 중국시장을 보고, 1992년 한·중수교 때 중국으로 건너온 삼보실업(三寶實業)의 김정렬 대표란 분이 계십니다. 초반에 의욕만 갖고 사전 준비 없이 중국으로 오다보니 많은 어려움에 봉착하게 되었지요. 중국 동업자를 잘못만나 사기를 당하기도 하고, 한국과학기술연구원(KIST)에서 개발한 고급단열재에 대한 특허마저 중국정부에서 인정해주지 않아 중국에서 특허를 다시 받는 등 아무튼 고생을 엄청나게 했다고 합니다. 그러다가 갑자기 중풍이 와서 외부활동이 자유롭지 못해 하는 수 없이 회사를 처분하려고 하려는 거지요."

"양 사장님 말씀을 들어보면, 상당히 매력적인 기업인데 어째서 새 주인을 만나지 못했습니까?"

"한국의 대기업에서 관심을 갖고 회사인수를 본격적으로 추진한 적이 있었습니다만, 제시한 금액이 너무 낮아 성사되지 못했습니다. 이런 와중에 병세가 더욱 약화돼 병원에 입원을 하면서 공장매각 시기를 놓치게 되었지요."

"지금은 건강상태가 좋아졌습니까?"

"아닙니다. 아직도 휠체어에 의지해 생활을 하고 있습니다."

"그런데 양 사장님께서는 김정렬 대표와 어떻게 인연이 되셨습니까?"

"북경한인상공인 모임에서 알게 된 후, 꾸준히 교류하고 있습니다. 마침 김정렬 대표 부인이 대구 사람인지라 저희 집에도 자주 놀러 오고요."

"그쪽에서 원하는 공장매각 금액은 어느 정도입니까?"

"한국 돈 10억 정도 희망하고 있습니다. 오형이 본격적으로 공장매입 상담에 들어간다면, 7억 정도면 충분히 매입할 수 있을 겁니다."

다음날 오전 오정혁은 김정렬 대표를 만나 회사내역과 매각조건을 꼼꼼히 물어봤다. 어느 정도 사업성이 있다고 판단한 정혁은 삼보실업 김정렬 대표의 안내로 현대관도유한공사 양철호 대표와 함께 공장이 위치한 북경시 통쪼우취(通州区)로 현장답사를 떠났다.

공장에 도착하니 공장규모와 건물상태는 마음에 들었으나 절단기16) · 절곡기17) · 목공기계 등 많은 기계설비가 녹슨 상태로 방치되어 있었다. 공장설비가 비록 먼지를 뒤집어쓰고 있었지만, 정혁의 눈에는 조금만 손을 보면 새 기계와 다름없이 활용할 수 있을 것으로 판단됐다.

급선무는 매입자금을 최대한 빨리 마련하는 거였다. 그 때문에 고민하고 있는데, 양철호 대표가 정혁에게 다가왔다.

"오형! 공장을 둘러본 느낌이 어떻습니까?"

"오랜 기간 공장을 돌리지 않아 기계설비가 완전히 엉망이 되었네요."

"오형이 기술자이시니까 기존설비를 활용할 방법이 있을 거 아닙니까?"

"방법은 있겠지만 추가비용이 상당히 들어가겠습니다."

---

16) 철판이나 기타재료 따위를 원하는 형태로 자르는 기계.
17) 금속판을 상하형틀에 끼워 압력을 가하여 굽히는 기계이다. 형틀을 교체하면 여러 종류의 각도나 형상으로 굽힐 수 있으며, 수동과 전동형식으로 나눈다.

"공장을 인수할 의향은 있습니까?"

"특별히 다른 하자가 없고 가격만 맞는다면 검토해보겠습니다."

"오형 생각으로 인수가격이 어느 정도면 적당하다고 봅니까?"

"한국 돈 5억 정도면 인수하겠습니다."

"알겠습니다. 김정렬 대표와 상의를 해보겠습니다. 중국에서 단열재와 주방기구는 시장성이 상당히 높고 매력적인 아이템입니다. 오형이 삼보실업을 인수한다면, 박사과정을 마칠 때까지 신경을 쓰지 않도록 제가 잘 운영하겠습니다."

"양 사장님! 제가 지금 현금이 없기 때문에 공장 인수자금을 준비하는 데, 적어도 두 달 정도 시간이 필요할 겁니다. 그리고 지도교수인 황요우푸 교수님께 부탁해 중국은행에서 공장을 담보로 대출이 가능한지도 적극적으로 알아보겠습니다."

집에 돌아온 정혁은 지도교수님을 만나 인수 및 은행대출 문제에 대해 협조요청을 드렸다. 황 교수는 마침 썬양(沈阳, 심양)에서 은행장으로 근무하는 친구가 있다며 바로 알아보고 연락을 주겠다고 했다.

정혁은 공장 인수자금을 마련하기 위해 은행에 근무하는 한국 친구에게도 전화를 걸어 협조요청을 구해뒀다. 저녁이 되자 정혁이 살고 있는 아파트로 양철호 대표가 직접 찾아왔다.

"양 사장님! 벌써 삼보실업 쪽과 공장매각 상담이 끝났습니까?"

"대충 합의를 보고 왔습니다. 어디 가서 저녁을 먹으면서 이야기합시다."

둘은 중앙민족대학 북문 쪽에 위치한 한국식당으로 가서 저녁을 시켜놓고, 허심탄회하게 얘기를 나누었다.

"오형이 원하는 금액으로 합의를 봤습니다. 그리고 공장인수 후 삼 개월간 공장운영에 필요한 노하우를 모두 전수해주기로 했습니다. 그나저나 공장 인수자금이 쉽게 마련되겠습니까?"

"낮에 지도교수를 만나 상의해봤는데 가능성이 높을 것으로 생각하고 있습니다. 이번 주말 썬양에서 은행장으로 근무하는 친구분을 만나기 위해 황 교수님께서 그쪽에 다녀오기로 했습니다."

"중국은행에서 은행대출이 성사된다면, 바로 삼보실업 북경공장을 인수해 본격적으로 운영하도록 합시다."

"양 사장님! 집에 여유자금 좀 없습니까?"

"지금 자금을 끌어 모으고 있습니다만 얼마나 준비가 될지 모르겠습니다. 저도 자금이 준비되는 대로 투자하도록 하겠습니다."

"양 사장님께서 공장 인수금액의 오십 퍼센트만 분담해주시면, 공장인수 후 공장운영이 훨씬 쉬울 것으로 생각하고 있습니다만."

"저와 오형에게 운이 있다면 삼보실업 북경공장 인수는 원만히 끝날 겁니다."

양 사장과 고무적인 이야기를 나누고 집으로 돌아오는데 아파트 관리실 입구에 눈에 익은 자동차 한 대가 보였다. 쨩위에홍의 자동차였다.

정혁은 눈을 유리창에 바짝 대고 자동차 안을 들여다보았다. 쌰오쨩은 한국어테이프를 틀어놓고 열심히 한국어공부를 하고 있었다. 갑자기 장난기가 발동한 정혁은 긴 나무막대기를 하나 구해 막대기 끝에 붉은 헝겊을 묶은 다음 쨩위에홍 자동차 뒤에 숨어

가끔씩 오른쪽으로 한번, 왼쪽으로 한번 흔들기 시작했다. 샤오짱은 자신이 타고 있는 자동차 위에 뭔가 왔다 갔다 하는 것을 보고 혼비백산 밖으로 뛰쳐나왔다. 자동차 안에서 놀라 뛰쳐나온 짱위에 홍이 주위를 살펴보고도 불안했든지 물 한 모금을 마시며 긴 호흡을 했다. 그런 다음 자동차 주위를 천천히 한 바퀴 돌았다. 운전석으로부터 시작해 자동차 앞, 조수석, 그리고 자동차 뒤쪽으로 가다가 갑자기 큰소리를 질렀다.

"치엔뻬이! 어쩐지 낌새가 이상하다 했는데, 바로 따꺼가 범인이었군요?"

"오늘은 또 무슨 일이야?"

"내일 동남아로 출장을 가기 전에 잠시 들렸어요."

"좋겠다! 동남아 어디로 출장을 가는데……?"

"싱가포르·말레이시아·인도네시아·베트남·태국·캄보디아·미얀마·라오스 등등이요."

"출장 목적이 뭔데……?"

"다목적입니다. 유통·건설·자원시장의 조사와 더불어 동남아 영업점에 대한 격려차원이라고나 할까?"

"오래 걸리겠네."

"적어도 한 달쯤은 걸리겠죠?"

샤오짱이 저녁을 먹었다기에 정혁은 찻집으로 데리고 갔다.

"제가 동남아 출장을 갔다 오면 따꺼는 한국에 가고 없겠네요?"

"이번 겨울방학은 중국에 있어야 할지도 몰라."

정혁은 공장 인수 건을 샤오짱에게 들려주었다.

"아이템은 괜찮네요. 현재 중국에서는 고급단열재와 주방기구의 수요가 폭발적으로 늘어나고 있는 중이니까요."

"그건 나도 아는데 인수자금이 없네. 인수할 공장을 담보로 중국은행으로부터 융자가 가능한지 황 교수님께 부탁을 해뒀어."

"요즘 중국은행도 대출 조건이 강화되어 쉽지는 않을 겁니다. 황 교수님 지인의 힘이 얼마나 되는지 몰라도 잘됐으면 좋겠네요."

"그래. 중국은행에서 대출만 가능하다면 이번 기회에 한국기업인 삼보실업 북경공장을 인수할 생각이야. 그건 그렇고 갑자기 동남아 출장을 가는 진짜 이유는 뭐야?"

"동남아시장이 갈수록 규모가 커져 사전에 시장조사가 필요해서요."

"몇 사람이나 가는데?"

"이미 각 나라별로 전문팀이 출장을 나가 있습니다. 저는 내일 혼자 출발하고요."

"동남아는 풍토병[18]이 많다고 하던데……, 예방주사는 맞았어?"

"객지에서 처녀로 죽지 않으려면 당연히 맞아야지요."

"아무튼 몸조심해서 다녀오고, 나중에 편안히 술 한 잔 하자구. 대신 병이 나서 돌아오면 꿀밤 세 대 각오해."

오순도순 이야기를 하면서 걸어오다 보니 정혁이 살고 있는 아파트 앞이었다.

"따꺼, 잠시 만요!"

쌰오짱이 자동차에서 타이완 여가수 떵리쮠의 노래모음 카세트테

---

18) 특정지역(特定地域)에 사는 주민들에서 지속적으로 발생하는 질환.

이프와 뻬이찡카오야(北京烤鴨, 뻬이찡오리구이)를 꺼내와 정혁에게 건네주고 부리나케 자동차를 몰고 사라졌다. 아무런 대가도 바라지 않고 자꾸 뭔가 챙겨주는 쌰오짱을 어째야 좋을지 고민이었다.

집에 돌아온 정혁은 쌰오짱이 주고 간 테이프를 살펴보았다. 떵리쥔의 히트곡이 골고루 들어 있었다. 총 스무 곡인데 모르긴 해도 짱위에홍이 정혁을 위해 특별히 주문해 만든 노래모음 카세트 테이프인 듯했다. 정혁은 그녀의 마음을 읽듯 제목을 소리내어 읽어보았다.

위에량따이뺘오워떠씬(月亮代表我的心/달빛이 내 마음을 말해주네요)

씬후리치롄이(心湖里起涟漪/마음속 호수에 물결이 일어요)

치엔이엔완위(千言万语/헤아릴 수 없는 많은 말)

윈썬칭예썬(云深情也深/구름이 짙어지니 사랑도 깊어지네)

워떠칭런찌우쒀니(我的情人就是你/나의 사랑은 바로 그대)

워쯔짜이후니(我只在乎你/나는 오직 당신뿐)

난망떠이텐(难忘得一天/잊지 못할 그날)

예라이샹(夜来香/밤에 향기를 풍기는 꽃)

춘펑만샤오청(春风满小城/봄바람이 작은 도시에 가득 찼네요)

리엔아이쭝떠워(恋爱中的我/사랑에 빠진 나)

워허니(我和你/당신과 나)

워떠씬니떠씬(我的心你的心/나의 마음 당신의 마음)

워랴오찌에니(我了解你/나는 당신을 분명히 알아요)

쩐씨(珍惜/소중해요)

웨이이떠씬웬(唯一的心愿/유일한 바램의 마음)

난망떠추리엔칭런(难忘的初恋情人/잊을 수 없는 첫사랑)

위찌엔니(遇见你/당신을 우연히 만나)

쒜이렌이(水涟漪/잔잔한 물결)

티엔미미(甜蜜蜜/달콤해요)

　　제목의 나열만으로도 한 통의 연애편지가 완성되었다. 그러나, 정혁은 화답할 수 없었다. 정혁은 떵리쮠의 테이프를 틀어놓고 침울한 목소리로 따라 부르다가 시나브로 잠이 들었다. 다음날 아침 깨어났을 때 테이프는 여전히 돌아가고 있었다. 그만 끌까 하다가 그냥 두기로 했다. 아침을 먹고 학위논문을 정리하면서도 떵리쮠의 노래는 계속 돌아갔다. 쌰오짱으로부터 전화가 걸려왔다. 북경수도공항에 나가 출국절차를 밟는 중이었다.

　　"치엔뻬이! 떵리쮠 노래 들어보셨어요?"

　　"어젯밤 듣다가 잠들었는데 아직도 돌아가고 있어. 그런데 선곡은 누가 한 거야?"

　　"제가 한 건데, 마음에 안 드세요?"

　　"좋아! 아주 훌륭해! 멋대가리 없는 사람한테 한결같이 신경 써줘서 고마워요, 쭝꿔쌰오찌에(中国小姐, 중국아가씨)!"

　　"따꺼! 제가 동남아출장에서 돌아올 때까지 중국에 있을 거죠? 그 노래 들으면서 기다리세요."

　　"그거야, 상황 봐서……."

　　"안 돼요! 무조건 기다려야 해요. 알았죠?"

정혁은 분명한 대답을 눙치며 잘 다녀오란 말만 반복했다.

그날 조선족식당인 한나싼으로 가다 텐찐(天津)에서 북경외국어대학으로 유학을 와서 영문학을 전공하고 있는 인리(殷莉, 은리)를 만났다.

"오 선생님! 어디 가세요?"

"인리! 그동안 잘 지냈어? 점심 안 먹었으면 함께 먹으로 가지."

"중앙민족대학 교직원아파트 동문 쪽에 일본식당이 개업했는데 그곳에서 점심을 먹으면 안 될까요?"

"안 될게 뭐 있겠어? 나도 매일 한식만 먹으니까 질리는데 마침 잘됐다."

정혁과 인리는 새로 개업한 일본식당으로 갔다. 중국으로 유학 온 일본학생들이 공동으로 운영하는 저렴하고 아담한 식당이었다.

"오 선생님! 언제 시간 나시면 저희 아버지 한 번 만나주세요."

"아버님께서 선박회사를 운영하신다고 들은 것 같은데 맞나?"

"네. 지금은 한국노선·일본노선·동남아노선을 운영하고 있습니다."

"요즘 내가 학위논문을 작성하느라 정신이 없는데 어쩌면 좋지?"

"저도 마지막 학기라 졸업하면 텐찐으로 돌아가야 해요. 이번 겨울방학밖에 시간이 없을 것 같은데, 시간을 한 번 내주세요. 꼭이요."

"텐찐까지 다녀오려면 시간이 적잖이 걸릴 텐데……."

"오 선생님도 한국에서 사업을 하셨던 분이시니 저의 이야기가 무슨 뜻인지 잘 아실 것 아닙니까?"

"알았어. 그럼 시간 조정을 해볼게."

"감사합니다, 오 선생님. 그럼 바로 아버지한테 전화 넣겠습니다."

"그런데 아버님 회사이름이 뭐라고 했지?"

"뽀하이해운(渤海海运, 발해해운)이요."

"그렇군. 그런데 인리! 요즘도 식사하러 한나싼찬팅(한라산식당)에 자주 가나?"

"어제도 갔어요."

"그런데 왜 서로 만날 수가 없었지?"

"오 선생님께서 식사를 늦게 하시니까 그렇겠지요."

"제때 가면 앉을 자리가 없어서 일부러 조금 늦게 가는 편이야."

참 이상한 일이다. 누군가를 오랜만에 만나면 꼭 일이 생겼다. 사실 정혁에게 가장 중요한 건 학위논문인데 그걸 방해하는 일들이, 그것도 거절할 수 없는 일들이 필연처럼 생겼다.

예측 못한 일들이 언제 쳐들어올지 몰라 정혁은 골방에 틀어박혀 학위논문에 열중했다. 시간이 내 것 같지만 실은 내 것이 아닌 까닭에 혼자만의 시간이 생기면 죽을 각오로 올인해야 했다. 그러다 보니 일주일이 어떻게 지나갔는지 후딱 흘러가고, 황요우푸 교수님이 썬양(沈阳)에서 은행장 친구를 만나는 날이 다가왔다.

저녁 무렵, 지도교수님을 만났다. 쭝쎄호텔 커피숍에 가자 황요우푸 교수님은 이미 도착해 있었다. 몇 개월 전까지만 은행대출이 가능했는데, 근래 중앙정부의 지시로 대출조건이 강화돼 북경에 소재하는 기업은 은행대출이 막혔다는 말에 정혁은 무릎이 꺾였다. 인수할 기업의 생산시설과 생산된 상품의 질이 우수해 시장성이 상당히 높지만 안타깝게 되었다는 말은 아무런 위로가 되지 않았다. 인수할 공장이 타 지역이 아니고 썬양(沈阳)이라면 지금이라도 바로 은행대출이 가능하다고 여운을 남기는 말도 부질없는 것이었다. 고생만 하고 좋은 소식을 전하지 못하는 황 교수의 표정도 우울했다. 정혁은 감사의 말씀과 함께 저녁을 대접하고 집으로 돌아왔다.

바로 현대관도유한공사 양철호 대표에게 전화를 넣어 삼보실업 북경공장 인수문제는 없던 일로 최종 정리를 했다. 미련이 많았던 양철호 대표가 상당히 실망하는 눈치였다. 정혁도 아쉽기는 매한가지였다. 공장인수 문제가 불발로 끝난 정혁은 머리도 식힐 겸 인리(殷莉)에게 전화를 걸었다.

"오 선생님! 텐찐 방문은 언제쯤 가능하신지요?"

"안 그래도 그것 때문에 전화했는데, 다음 주 토요일 오전 열시 열차를 타고 가면 어떨까?"

"고맙습니다. 그렇게 약속을 잡아두겠습니다."

정혁은 약속한 날짜에 시간을 맞춰 뻬이찡난짠(北京南站, 북경남역)으로 나갔다. 시간적 여유도 있고 해서 커피를 한 잔하려고 매점으로 가고 있는데, 누군가 뒤에서 정혁을 불렀다.

뒤를 돌아보니 인리였다.

"인리! 언제 온 거야?"

"조금 전에요."

커피를 마시며 애기를 나누었다.

"인리는 대학원 졸업하면 어떤 쪽으로 나갈 생각이야?"

"집에서는 유학 가기를 원하지만, 저는 직장을 구해 사회경험을 해볼까 합니다."

"그럼 아버님 회사에 들어가 일하면 되겠네."

"어떻게 될지 아직은 잘 모르겠습니다."

"인리 어머님께서는 뭘 하시지?"

"텐찐시청에 부시장으로 계십니다."

"그래? 원래부터 대단한 집안의 따님이었네."

"그렇지도 않습니다."

"저보다 집안환경이 좋은 친구도 많이 있습니다."

"인리의 그런 정신이 마음에 드는구면."

"오 선생님께서는 공부를 마치면 중국에 남을 생각이십니까 아니면 한국으로 돌아가실 생각입니까?"

"연로하신 부모님이 계셔서 한국으로 돌아갈 생각이야."

"자제분은 몇입니까?"

"1남 2녀."

"거의 다 커겠는데요?"

"아직 나이 어린 막둥이가 하나 있어."

"한국에 돌아가시더라도 자주 연락을 주시겠지요?"

"당연하지. 필요한 일이 있으면 이메일로 연락하면 바로 답장을 줄게……."

"황요우푸 교수님은 요즘 어떻게 지내십니까?"

"그분이야 워낙 유명하다보니 늘 바쁘시지. 왜? 부탁할 일이라도 있어?"

"찾아뵙고 상의드릴 일이 생겼어요."

"그러면 빨리 가서 상의를 드리는 게 유리할 거야. 겨울방학에 해외로 강의를 나가시면 만나기 어려울 테니까."

"인리 아버님께서는 원래부터 사업을 했던 분이신가?"

"아닙니다. 당 간부로 계시다가 1992년 한·중수교가 이뤄진 뒤 퇴직을 하시고 해운업을 시작했습니다."

"아버님께서 사업이 한·중수교와 관계가 있는 모양이지?"

"자세히는 모릅니다."

이런저런 이야기를 나누다보니 어느덧 텐찐이 가까워졌다. 텐찐짠(天津站, 천진역)에 도착하니 인리 아버지가 마중을 나와 있었다. 인리 아버지는 정혁이 생각했던 것보다 훨씬 개방적이었다. 공직에 있었던 사람 같지 않게 매너가 아주 세련되었다.

"반갑습니다. 저는 인쮠(殷俊, 은준)이라고 합니다. 우리 애를 통해 오 선생님이야기를 듣고 만나 뵙고 싶었습니다. 점심때가 다 되었으니 식사부터 하러 가시죠? 우리 애가 오 선생님께서 해물요리를 좋아하신다고 해서 일식집을 예약을 해뒀습니다."

"신경 써주셔서 감사합니다."

인리 아버지의 차를 타고 예약해둔 일식집으로 갔다.

"오 선생님께서는 한국에서 사업을 하시다가 중국으로 공부하러 오셨다고 들었습니다. 늦은 나이에 공부하려면 힘든 일이 한두 가지가 아닐 텐데, 참 대단하십니다."

"과찬이십니다."

"우리 애의 말을 듣고 처음에는 반신반의하고 믿지 않았습니다.

그것도 타국인 중국에까지 와서 공부한다는 게 가능한 일일까 하고 생각을 했습니다. 오 선생님의 그런 용기가 부럽기만 하네요? 저는 죽었다 깨어나도 할 수가 없습니다. 공부하시기는 어렵지 않습니까?"

"힘든 점이야 많지만 시작을 한 이상 끝을 봐야 되지 않겠습니까? 그보다 요즘 중국의 해운업은 어떻습니까?"

"상당히 전망이 밝은 편입니다. 중국의 경제발전 속도가 빨라 덩달아 해운업도 급속히 팽창하고 있습니다. 그래서 초대형 컨테이너선을 꾸준히 발주해 일류선사로서 기반을 구축하려고 노력 중에 있습니다."

"주요노선은 어떻게 됩니까?"

"수십 개의 국내연안노선과 한국 · 일본 · 동남아시아 등의 국제노선을 운영합니다."

"짧은 기간 안에 대형선사로 성장시킨 것을 보면 사업수완이 대단히 좋으신가 보네요?"

"그렇지만은 않습니다. 운이 좋았을 뿐이지요."

"실례인지도 모르겠습니다만, 오 선생님께서 공부를 마치면 어떤 일을 하실지 여쭤 봐도 되겠습니까?"

"지금은 여러 가지 구상 중에 있습니다. 화교자금의 한국유치와 한국기업의 중국진출과 관련된 일을 해볼까하고 있습니다."

"오 선생님께서 저희 회사에서 고문직을 맡아주실 수는 없을까요?"

"주위에 능력 있는 분이 많을 텐데, 구태여 저한테 부탁하는 이유가 있습니까?"

"제가 오 선생님에 대해 여러 경로를 통해 알아보니까 평판이 좋아서요."

"그렇습니까? 설사 제가 다른 일을 하더라도 도울 일이 있으면 적극적으로 돕도록 하겠습니다."

"말씀만 들어도 고맙습니다. 듣던 대로 성격이 시원시원해서 제 마음에 꼭 듭니다. 오늘은 저희 집에서 주무시고 내일 저하고 텐찐 주위를 둘러보시는 게 어떨까요?"

"호의는 감사합니다만, 요즘 제가 바쁜 일이 있어서 저녁열차로 북경으로 돌아가야 합니다."

"언제 시간을 봐서 인쮠(殷俊) 사장님을 뵈러 텐찐에 다시 오도록 하겠습니다."

점심식사를 하고 인쮠 사장이 운영하는 발해해운에 잠깐 들러 차를 한잔 한 다음, 정혁은 바로 북경행 열차에 몸을 실었다.

북경으로 돌아오는 기차 안에서 문득 어머니가 생각났다. 괜찮으신 걸까? 집에 도착하자마자 한국으로 전화를 걸어 모친의 상태를 알아봤다. 여동생은 괜찮다고 했지만 목소리가 이상해 다그치자 그때서야 모친이 다시 경북대학병원에 입원했다는 것이다. 우물쭈물 할 새가 없었다. 지도교수에게 자초지종을 설명하고 바로 한국으로 날아왔다. 막상 병원에 도착해보니 생각했던 것보다 훨씬 위중한 상태였다.

담당교수와 상의 후 바로 재수술에 들어갔다. 이번에도 수술 경과가 좋아서 보름 만에 일반실로 내려왔다. 모친이 어느 정도

건강을 회복하자 정혁은 다시 중국 북경으로 돌아가 논문작성에 매달렸다. 연속적인 돌발적인 일들로 논문에 집중할 수 없지만 어떻게든 끝을 보고 빛을 봐야 했다. 잠을 반납하고, 상념을 반납하고 오롯이 학문에 드는 시간이 행복한 것은 정혁이 가진 유일한 축복이었다.

정혁이 집에서 한창 논문에 빠져 있는데 초인종이 울렸다. 쌍위에 홍이었다.

"쌰오쌍! 전화도 없이 어떻게 왔어?"

쌰오쌍이 울 듯이 입을 삐죽거렸다.

"동남아출장을 마치고 북경으로 돌아와 여러 번 전화를 드렸어요. 하도 전화를 받지않아 황요우푸 교수님께 여쭤봤더니 모친 건강이 좋지 않아 또 한국에 들어갔다는 소식을 듣고 걱정했어요. 모친 건강은 괜찮습니까?"

"재수술 후 회복 중에 있는 데 잘 모르겠어. 뇌수술이라는 게 워낙 민감한 부분이라서 늘 걱정이야."

"따꺼! 식사는 제대로 드시면서 논문 쓰는 거예요? 우리 저녁이나 먹으러 가요."

쌰오쌍은 미식가인 서태후(西太后)19)가 먹고 반했다는 꼬우뿌리빠오즈(狗不理包子, 구부리만두)를 먹자고 했다.

둘은 텐찐의 명물, 꼬우뿌리빠오즈를 먹기 위해 북경에 있는 전문점으로 찾아갔다. 돼지고기가 들어간 만두, 닭고기요리, 잡곡죽

---

19) 청(淸)나라 함풍제(咸豊帝)의 황후. 동치제(同治帝)의 어머니이자 광서제(光緒帝)의 양어머니로 보수파관료를 기반으로 한 철권통치로 청나라를 거의 반세기 동안 지배하였다.

을 함께 시켜놓고 먹으면서 오랜만에 맥주도 한 잔했다.

"치엔뻬이! 꼬우뿌리빠오즈가 입에 맞나요?"

"좋아. 오랜만에 맛있는 저녁을 먹었어. 쌰오짱! 동남아출장은 어땠어?"

"기후가 달라 고생은 많았지만, 출장 성과는 좋았어요. 특히 싱가포르와 말레시아에서 화교사회의 거물인 몇 분을 알게 돼 큰 도움이 되었어요."

"뭐하시는 분들인데?"

"한 분은 관광건설업계에 종사하고, 다른 한 분은 금융업계에 종사하는 분이었어요."

이런저런 출장 에피소드를 들으며 별식을 즐기고 집으로 향했다. 쌰오짱의 자동차에서 의외로 한국 노래가 흘러나왔다.

이미자의 동백아가씨, 섬마을 선생님, 못 잊을 당신, 조용필의 돌아와요 부산항에, 창밖의 여자, 한오백년, 허공, 패티김의 이별, 김광석의 거리에서, 사랑했지만, 잊어야 한다는 마음으로, 가시나무새, 가을을 남기고 간 사랑, 김연자의 진정인가요, 수은등, 신승훈의 보이지 않는 사랑, 미소 속에 비친 그대 등 서정적이고 구슬픈 노래들이었다.

"제가 한국어를 배우기 위해 마음에 드는 한국가수의 노래를 선곡해 녹음을 했죠."

"벌써 한국어 진도가 그렇게 많이 나갔어?"

"그냥 귀에 익히기 위해 수시로 듣고 있어요. 치엔뻬이! 제가 드린 떵리쥔은 잘 듣고 계시나요?"

"공부하면서 늘 틀어놓고 듣고 있어. 내가 떵리쮠 왕팬이라고 말 안 했나?"

정혁의 아파트에 도착해 작별인사를 하고 내리는데 쌰오짱이 뒷자리에서 예쁘게 포장한 선물꾸러미를 내밀었다.

"별 거 아니지만 출장 갔다 오면서 사온 거예요."

집에 올라와 풀어보니, 보석국가인 미얀마에서 생산된 비취에다 '오정혁'이라고 한자로 이름을 새긴 도장, 상아로 만든 암수 코끼리 한 쌍, 야자수껍데기에 조각한 익살스러운 쌍둥이원숭이 그리고 한 통의 편지가 봉해져 있었다.

무슨 내용이 들어 있을까? 기대와 두려움으로 편지를……. 하얀 백지였다. 내용은 없고 다만 짱위에홍(张月红, 장월홍)이라는 이름만 적혀 있었다. 하긴 무슨 말이 필요할까? 굳이 말하지 않아도 글로 전하지 않아도 알 수 있는 마음을. 입으로 내뱉거나 글로 확인하면 혹시라도 훼손되거나 끝장날지 몰라 조심스러운 그 마음이 오롯이 보였다. 정혁의 가슴이 싸아하니 아팠다.

혈혈단신(孑孑單身) 북경으로 와서 오직 자신의 노력만으로 현재의 자리까지 오른 짱위에홍의 훼손되지 않은 순수한 마음을 받아들이기로 했다. 쌰오짱의 선물을 눈에 잘 띄는 곳에 올려놓았다. 정혁 자신뿐 아니라 방문한 누군가가 쉽게 볼 수 있도록. 기나긴 출장에서 심신이 파김치가 되었을 텐데, 선물까지 준비하느라 얼마나 동동거렸을까? 못 말리는 여자 짱위에홍. 정혁은 이제 그만 자신을 말리는 짓도 그만두어야 할 때가 왔음을 절감했다.

23. 요단강(Jordan River)

    정혁의 하루는 다람쥐 쳇바퀴 돌 듯 단조로웠지만 시간은 빠르게 흘러갔다. 겨울인가 싶으면 봄이고, 봄인가 싶으면 여름과 가을을 지나 마지막 겨울을 맞이하고 있었다. 내년 칠월이면 중국유학을 마무리해야하기 때문에 복잡한 집안사정에도 불구하고 학위논문 작성에 혼신의 힘을 기울였다.

    일차로 완성된 논문을 놓고 지도교수인 황요우푸 교수님의 제자들과 논문내용에 추가할 부분과 삭제할 부분에 대해 집중적으로 토론을 진행했다. 다양한 의견이 제기되었지만, 최소한의 삭제와 보충으로 논문 작성을 완성하기로 정혁은 결론을 내렸다.

    중국에서 구할 수 없는 자료는 한국에서 보충했다. 정혁은 학위논문 작성을 마치고 논문발표에 대비해 중국대학원생들을 불러 놓고 리허설에 들어갔다. A안, B안, C안을 만들어 놓고 논문발표 때

제기될 문제를 미리 체크도 해보고 보완도 했다. 논문발표 일주일 전부터는 준비된 자료를 근거로 집에서 하루 종일 큰소리로 발표연습을 했다.

논문 발표 하루 전날에는 밥맛도 없고 잠도 오지 않아 밤새도록 뒤척이며 아침을 맞았다. 샤워를 한 뒤 빵 몇 조각으로 아침을 때우고 논문발표장으로 갔다. 논문심사장의 분위기 조성을 위해 화분이며, 좌석이며, 제반 상황을 체크해 놓고 논문발표를 기다렸다. 중국은 한국과 달리 심사위원들을 모두 다른 대학의 교수로 구성하게끔 규정이 되어 있어서 정혁을 더욱 긴장시켰다. 그래서 자기 옆에 중국대학원생 한 명을 별도로 배치시켜 사투리가 심한 지방 출신 심사위원들의 말을 알아듣지 못할 경우를 대비했다.

논문발표가 시작되고 질문이 쏟아졌다. 예상한 문제도 있었지만 예상 못한 문제도 많이 있었다. 휴식시간을 이용해 지도교수와 상의한 후 질문에 대한 대답을 했다.

얼마나 긴장을 했는지 식은땀이 절로 나왔다. 논문 발표를 끝내고 뒤풀이를 위해 예약해둔 학교 내 식당으로 건너갔다. 논문을 발표한 뒤라 그런지 마음은 아주 편했다. 심사위원들과 우스갯소리를 하면서 오랫동안 담소를 나눴다. 맥주도 한 잔 하고 밥도 함께 먹었다. 뒤풀이를 모두 마치고 집에 돌아오니 피곤이 몰려왔다. 간단히 샤워를 하고 바로 잠자리에 들었다. 얼마나 잤는지 그 다음날 저녁이 다되어 일어났다. 우여곡절 속에 정혁의 중국유학은 이렇게 끝을 맺게 되었다.

귀국 준비를 해두고 신세진 분들에게 일일이 안부를 전했다.

그동안의 노력이 헛되지 않았는지 짧은 기간 내 중국유학을 마치고 귀국할 수가 있었다. 특히 애들에게 실망을 주지 않아 무엇보다 기뻤다. 그러나 중국유학의 대가는 너무나 혹독했다. 유학기간 내내 밥을 제때 챙겨먹지 못해 몸도 많이 상하고, 잇몸질환으로 치아가 네 개나 빠져버렸다.

한국으로 돌아온 오정혁은 태평양컨설팅(주)이라는 투자자문회사를 설립했다. 투자자문회사를 설립하고 지인의 소개로 LG그룹창업자의 집안 동생인 대창건설의 구두회(具斗會) 회장을 부산역 근방에 있는 '광장관광호텔'에서 만났다.

대화의 요지는 중국에서 발주하는 대형건설공사 수주를 부탁한다는 내용이었다. 사무실로 돌아온 정혁은 중국에서 알고 지냈던 북경용악경무유한공사(北京龍岳經貿有限公司) 리꽝위(李光玉, 이광옥) 대표에게 중국에서 발주하는 대형건설공사 수주를 부탁하는 공문을 정식으로 보냈다.

그 내용을 요약하면 다음과 같다.

● 정확한 공사명칭 ● 시공할 장소는 어디인지 ● 공사할 면적 또는 규모(기술적 요구사항 여부) ● 발주처가 어디인지 ● 공사기간은 언제부터 언제까지인지 ● 소요자금은 어디에서 조달할 계획인지 (국내자금 또는 해외자금 중 구체적으로 어떤 자금인지, 해외자금이라면 예를 들면 국제부흥개발은행(IBRD)[20]자금인지 아니면 아시아개발은행(ADB)[21]자금인지) ● 공사규모는 얼마 정도이며, 공사

---

20) International Bank for Reconstruction and Development. 세계은행(World Bank)이라고도 하며 1944년의 브레턴우즈협정에 의거하여 국제통화기금(IMF)과 더불어 설립된 장기개발자본의 융자기관이다.

종류는 어떤 것인지 ● 공사감독은 누가하는지 ● 시공자 결정방법과 절차는 어떻게 이루어지는지 ● 사전심사제도는 따로 있는지, 있다면 조건은 어떠한지 ● 공사 계약조건은 구체적으로 어떤지 여부(예를 들면 인력사용, 재료선택 문제 등에 대한 구체적인 기술요망) ● 과실송금조건이 어떠한지 ● 아울러 기타 사항은 어떤 것이 있는지 여부 및 이와 관련된 공적자료(예를 들면, 공사개요서 등)

정식공문을 보낸 지 얼마 안 있어 북경용악경무유한공사 리꽝위 대표가 계약서 사본과 공사조건에 대한 답장을 보내왔다.

● 공사명칭 : 중국(中國) 싼씨썽(山西省, 산서성) 핑쑤오(平朔, 평 삭) 안짜링(安家岭, 안가령) 노천탄광지표면제거공사 ● 공사발주 처 : 중국석탄그룹산하 싼씨썽(山西省, 산서성) 핑쑤오(平朔, 평 삭) 안짜링(安家岭, 안가령) 노천석탄유한공사(露天石炭有限公 司) ● 계약기간 : 착공일로부터 5年 ● 공사물량 : 토사량예측규모 약 200,000,000㎥ ● 공사금액 : 런민삐(人民币, 인민폐) 10억 원(당 시 환율로 계산하면 한국화폐로 약 2,000억 원 정도) ● 공사대금결정 방법 : 단가계약

오정혁은 북경용악경무유한공사로부터 받은 계약서와 공사조건 을 한글로 번역해 보고서를 만들었다. 그리고 대창건설의 구두회 회장을 만나기 위해 부산역 앞 '광장관광호텔'로 갔다. 호텔에 도착하

21) Asian Development Bank. 아시아지역의 경제개발을 위해 세워진 지역금융기관.

니 함께 공사할 협력회사 대표도 나와 있었다.

"오 사장님! 내용을 들어보니 상당히 매력적인 공사인 듯한데, 오 사장님의 중국 측 파트너는 어떤 분입니까?"

"중국정부기관에서 고위간부로 오랫동안 근무하다 퇴직한 후, 한·중관련 사업을 크게 하고 있습니다. 한국의 고위층들도 많이 알고 있습니다. 구두회 회장님께서 LG그룹을 통해 알아보시면 금방 알 수 있을 겁니다."

"리꽝위 대표를 한 번 만날 수 없겠습니까?"

"제가 중국으로 전화를 해서 의사를 알아보겠습니다."

사무실로 돌아온 오정혁은 바로 리꽝위 대표에게 전화를 걸었다. 얘기를 들은 리꽝위 대표는 본인이 한국으로 직접 오겠다고 했다.

리꽝위(李光玉, 이광옥) 대표가 한국에 오는 날 정혁은 미리 약속장소에 나가 그를 맞이했다. 이어서 리꽝위 대표와 구두회 회장의 만남이 이루어졌다. 피차가 상대방에 대해 충분히 알아본 뒤라 상담은 일사천리로 진행되었다.

리꽝위 대표와 오정혁이 중국 싼씨썽 노천탄광(露天炭鑛)과 중국 석탄그룹산하 노천석탄유한공사(露天石炭有限公司)의 실태를 정확히 파악하기 위해 직접 방문하기로 했다.

오정혁과 리꽝위 대표는 북경수도공항에서 캐나다제품인 16인승 소형비행기를 타고, 중국 싼씨썽 펑쑤오로 날아갔다. 기상상태는 비교적 양호했음에도 불구하고 소형비행기는 심하게 흔들려 불안하기 짝이 없었다. 얼굴이 백지장이 된 채 한 시간 이상을 비행한 후에야 겨우 목적지에 도착할 수 있었다.

싼씨썽 핑쑤오라는 곳은 노천탄광만을 개발하기 위해 만들어진 신흥도시였다. 지역은 한국의 경산시 정도의 크기였지만 인구는 오만 명이 넘지 않았다. 운송시설은 벨트 컨베이어로 자동화가 되어 있었고, 생산품은 거의 다 외국에 수출을 했다. 끝이 보이지 않는 노천탄광은 싼씨썽에서 네이멍꾸(內蒙古, 내몽고)까지 연결 돼 있었다.

두 사람은 그곳 노천탄광의 규모 및 하청업체 관리방법에 대해 상세한 설명을 들을 수가 있었다. 주위환경은 시골치고 상당히 세련돼 있었다. 다만 비행기를 제외한 기타 교통수단은 상당히 불편해 보였다.

정혁은 대창건설의 구두회 회장에게 현지답사 결과를 설명하기 위해 부산에 있는 광장관광호텔로 갔다.

"구 회장님! 그동안 잘 지내셨습니까?"

"저야 한국에 있었지만, 오 사장님께서 먼 길 다녀오시느라 고생이 많았습니다."

"북경에서 현지까지 소형비행기로 한 시간 이상 걸리는 먼 거리였 습니다. 비행가 얼마나 심하게 흔들리는지 죽는 줄 알았습니다."

"정말 고생이 많았네요. 현지사정은 어땠습니까?"

"시골치고는 분위기가 좋았습니다. 노천탄광을 위한 신흥도시로 공항시설은 아주 훌륭했습니다. 평균기온은 북경보다 5도 정도 낮았으며 현장 내 생활 편의시설인 주택, 도로, 오락시설, 수영장, 쇼핑센터, 골프장 등은 국제수준으로 갖춰져 있었습니다. 공사현장 근방의 주민들은 이미 이주한 상태였습니다. 그리고 공사현장의 경사도는 이십 도 이하로 지표면에서 이삼 미터만 파면 바로 탄광이 쏟아져 공사하기에는 그만이었습니다. 구 회장님! 공사를 수주하게 되면 먼저 중장비를 대형바지선(大型barge船)[22]에 실어 보내야 할 텐데, 자체장비는 얼마나 됩니까?"

"저희 회사가 보유하고 있는 장비는 그다지 많지 않습니다. 오 년 안에 공사를 마무리하려면 최소한 중장비 비용으로 한화(韓貨) 200억 정도는 생각해야 할 겁니다."

"그에 대한 대책은 서 있습니까?"

"몇 가지 방법을 생각해뒀습니다만 여의치 않으면 외국에서 리스(lease)[23]하는 방법도 고려하고 있습니다."

"저와 리꽝위 대표가 전력투구해 본 공사를 수주한다고 해도, 공사에 필요한 중장비를 제때 공급할 수 없다면 무용지물이 되고 맙니다."

"저희들도 그 점에 대해 신경을 많이 쓰고 있습니다."

"또 하나 고려할 사항은 본 공사가 중국 국내공사이기 때문에 공사대금 결재가 런민삐(人民幣)임을 염두에 두고 별도 대책을 마련해두시는 게 회사운영에 도움이 될 겁니다."

"잘 알고 있습니다. 오 사장님! 중국에서 중장비 매매업이나 대여업하시는 분을 알고 계십니까?"

"아 예, 마침 알고 지내는 사람이 한 분 있습니다."

"어떤 사람입니까?"

---

22) 운하, 하천, 항내(港內)에서 사용하는 밑바닥이 편평한 화물운반선.
23) 기계, 설비, 기구 따위를 임대하는 제도. 일반적으로 장기간의 임대를 가리킨다.

"현대그룹이 북한과 금강산관광사업을 추진하고 있을 때, 중간에서 상당한 역할을 한 분으로 현대자동차덤프트럭, 기아자동차덤프트럭, 한국산 굴삭기, 한국산 지게차 등을 수입해 매매업 및 임대업을 하는 분입니다. 정주영 현대그룹 명예회장님하고도 상당히 친한 것으로 알고 있습니다."

"회사와 대표 이름은 어떻게 됩니까?"

"회사이름은 청도복래특기계화공정유한공사(靑岛福来特机械化工程有限公司)이고, 회사대표는 쩡삥리에(郑炳烈, 정병렬)입니다."

"오 사장님은 그분을 어떻게 알게 되었습니까?"

"대학원 동문인 현대관도유한공사 양철호 대표의 소개로 만나게 되었습니다."

"그럼 청도복래특기계화공정유한공사 쩡삥리에 대표하고는 친하시겠네요?"

"제가 북경에 있을 때는 자주 만났습니다."

"그럼 오 사장님께서 그분께 연락해 중장비 문제를 한번 알아볼 수 없을까요?"

"구 회장님! 중장비 문제를 국내에서 해결할 수는 없는 겁니까?"

"그런 것은 아니지만, 중국에서 직접 장비를 구해 쓴다면 위험부담도 줄이고 비용도 상당히 절약되지 않을까 싶어서요."

"전적으로 중장비를 대여하여 쓴다면 문제가 발생하지 않을까요?"

"안 그래도 일부 장비는 직접 구매해 사용할 생각입니다."

"제가 중국으로 정식공문을 보내 중고중장비 매매와 임대조건에 대해 견적을 한번 받아보겠습니다."

대창건설 구두회 회장을 만나고 돌아온 정혁은 북경의 쩡뻥리에 대표에게 중장비 견적을 의뢰했다. 며칠 후 중장비 견적서가 와서 바로 구두회 회장에게 알렸다.

"구 회장님! 방금 중국에서 중장비 견적서가 도착했습니다. 팩스로 보내드릴 테니 검토해보시고 연락해 주십시오."

이후 구두회 회장과 오정혁은 수없는 만남과 토론을 거쳐 최종 계약단계에까지 이르렀다. 그런데 중국 측의 문제가 아니라 한국 측에서 중장비를 제때 마련하지 못해 계약을 포기하기로 결론을 내렸다. 정혁이 무리하게 계약을 성사시킨다고 하더라도 현지에서 원만히 공사를 수행할 수 있을는지 장담할 수가 없었다. 국내에 대량의 중장비를 보유한 업체가 없는 상태에서 개개인의 차주들을 끌어 모아 중국으로 건너가 공사를 수행한다는 것은 거의 불가능했다.

중국의 노천탄광지표면제거공사 수주 건이 실패로 돌아가고서도 정혁의 일과는 바쁘게 돌아갔다. 대구국가과학산업단지, 구미국가산업단지, 포항국가산업단지, 울산국가산업단지, 창원국가산업단지, 거제도옥포국가산업단지, 부산녹산국가산업단지, 광양국가산업단지, 여수국가산업단지, 목포대불국가산업단지, 광주첨단과학산업단지, 석문국가산업단지, 아산국가산업단지, 군산국가산업단지, 파주탄현중소기업전용국가산업단지, 서울디지털국가산업단지에 있는 거래처로부터 의뢰받은 오더(order)로 늘 시간에 쫓기고 있었다.

거래처에 보낼 보고서를 작성하고 있는데, 전화기가 요란스럽게 울렸다. 전화기를 받아들자 반가운 목소리가 수화기 너머로 들려왔다.

24. 불로초

"따꺼! 쌍위에홍입니다."

"쌰오쨩! 지금 어디서 전화하는 거야?"

"대구 인터불고호텔이요."

"벌써 체크인 했어?"

"예. 조금 전에 짐을 룸에 갖다놓고 로비에 내려와 커피를 한 잔하고 있습니다."

"조금만 기다려. 내가 바로 건너갈 테니까."

정혁은 업무를 대충 정리하고 인터불고호텔로 건너갔다. 호텔 로비로 들어가니 쌰오쨩이 뛰어오면서 환한 얼굴로 인사를 했다.

"치엔뻬이! 제가 보고 싶지 않았어요?"

"글쎄."

"그럼 도로 중국으로 돌아갈까요?"

"그건 안 되지. 일단 한국에 들어온 이상 내 허락을 받지 않고는 떠날 수 없어."

"고마워요, 따꺼!"

쌰오짱이 배시시 웃었다.

"그 애교에 내가 또 넘어가는구나! 짱위에홍! 유학 계획은 어떻게 잡았어?"

"경북대학교에서 한국어공부를 일 년 정도한 다음, 박사과정에 진학해 경제학을 전공할 예정입니다."

"기초를 튼튼히 하고 대학원에 들어가는 게 훨씬 유리할 거야. 내가 중국에서 유학할 때 사전준비 없이 시작을 하다 보니 얼마나 힘들었는지 몰라. 역시 쌰오짱은 총명하단 말이야."

"제가 한국에서 박사학위를 받고 못 받고는 전적으로 치엔뻬이한 테 달려 있는 거 아시죠?"

"글쎄?"

"또 그러신다. 기분 좋게 오케이 하면 어디가 덧나요? 따꺼! 한 가지 부탁이 있는데……."

"뭔데 그래? 말해봐."

"제가 한국어도 배우고 한국 상황을 빨리 익히기 위해 매주 토요일 치엔뻬이 사무실에서 아르바이트를 하면 안 될까요?"

"그거야 별로 어렵지 않지만, 보수를 충분히 줄 형편은 안 되는데 어쩌지?"

"그런 걱정은 안 하셔도 됩니다. 식사비만 주시면 되니까요."

"나중에 악덕업주라고 신고하는 건 아니겠지?"

"나중이야 저도 모르지요."

"쌰오쌍! 한국입성 첫날 뭘 먹으면 좋을까?"

"아시다시피 저야 아무거나 잘 먹잖아요."

"좋아. 짱위에홍이 한국에 온 날을 기념하기엔 쇠고기국밥이 어울리겠다."

"제가 가장 좋아하는 고기가 쇠고기이잖아요. 따꺼! 어서 먹으로 가요."

"영남대학교 바로 옆에 쇠고기국밥을 잘하는 곳이 있는 데, 거기로 가자."

오정혁은 자신의 자동차에 짱위에홍을 태우고 가마솥한우국밥전문집인 '온천골'로 갔다. 그리고 먹보인 짱위에홍을 생각해 불고기 이 인분과 국밥 두 그릇을 시켰다.

"따꺼! 숙소인 호텔에서 영남대학교까지 거리가 아주 가깝네요. 여긴 대구가 아니고 경산시라고 하지 않았나요?"

"1994년 대구시가 대구광역시로 전환할 때, 경산시를 제1안에서 제4안까지 대구광역시로 편입하기로 돼 있었는데……, 정치인들의 꼼수로 통합을 이루지 못해 결국 경산시·대구광역시·경상북도의 국제경쟁력을 약화시키는 결과를 초래했지.

"치엔뻬이! 경산시와 대구시가 통합을 하게 되면, 어떤 면에서 긍정적인 효과를 거둘 수 있는 건가요?"

"긍정적인 효과는 이루 다 말할 수 없지만, 경산시·대구시·경상북도 별로 그 효과를 분석해보면 크게 세 가지로 요약할 수가 있겠지.

첫째, 한국에서 대학이 가장 많이 몰려 있는 경산시의 입장에서는 대구시와 행정구역만 다를 뿐 교통·교육·쇼핑 등 생활권과 경제활동이 모두 대구와 함께 이루어져 광역교통망확충과 교육의 질 향상을 통해 국가경쟁력을 제고시킬 수 있지. 둘째, 갈수록 국제경쟁력이 떨어지는 대구시의 입장에서는 경산에 상주하는 우수한 두뇌들을 적극 활용할 수 있을 뿐만 아니라 첨단의료산업과 산업단지 조성 등에 필요한 부지를 조기에 확보해 국제적인 도시로 부상할 수 있는 계기를 마련할 수 있단 말이야. 셋째, 전국에서 토지 면적이 가장 넓은 경상북도의 입장에서는 경산시를 대구시로 양보하는 대신, 사통팔달로 입지환경이 뛰어난 영천시를 적극 개발할 근거를 확보하는 것이 경상북도와 국가발전에 훨씬 유리하지 않겠어? 그 예로 도시성장에 치명적 약점인 탄약고와 육군 제3사관학교를 제3의 장소로 이전을 한 후, 후적지(後適地)24)에다 외국유명대학 유치와 첨단산업단지로 적극 개발한다면 경상북도의 국제경쟁력을 한 단계 높일 수 있는 절호의 기회가 될 수 있다고 봐."

"따꺼! 제가 박사학위논문 제목을 《한·중 지도자의 국가관과 미래전략(박정희와 떵샤오핑 중심으로)》로 정했는데, 이런 문제점들을 학위논문 자료로 활용한다면 어떨까요?"

"그거 좋은 생각이다. 더불어 국가산업단지·새마을사업·노사분규 등 다양한 자료를 활용한다면 더욱 훌륭한 논문이 되겠지. 짱위에홍! 박사학위논문은 이미 다 쓴 것이나 진배없네."

---

24) 기관이나 단체에서 일정한 목적으로 사용을 하다 본래 용도가 다한 토지를 가리킨다.

"정말요?"

"모르긴 해도 최고의 논문이 탄생하지 않을까 싶어."

"치엔뻬이! 쇠고기국밥이 끝내주네요. 북경에서 먹던 맛하고 천지차이에요. 앞으로 제가 자주 올 것만 같은 불길한 예감이 드네요."

"먹고 싶으면 자동차를 타고 오면 되지 뭐가 걱정이야?"

"나는 치엔뻬이하고 같이 오고 싶단 말이에요."

"먹고 싶을 땐 말만 해. 언제든지 모셔올 테니. 대신 공부는 열심히 하세요, 쭝꿔쌰오찌에(中国小姐, 중국아가씨)!"

"어떻게 만들었길래 쇠고기국밥이 이렇게 맛이 있을까요?"

"쌰오짱이 배가 몹시 고팠던 모양이지."

"별로 그렇지도 않은데 이렇게 맛이 있으니 갑자기 먹고 싶은 생각이 나면 어떻게 하죠?"

"그럴 땐 택배로 부탁하면 먹을 수 있지 않겠어?"

"따꺼! 이런 것도 택배가 되나요?"

"한국에서 안 되는 게 어디 있어?"

"맞아요. 한국의 배달문화는 세계에서 최고인 것 같아요. 중국에서도 한국처럼 택배를 해준다면 아마 대박이 날 거예요."

쨩위에홍을 인터불고호텔에 데려다주고 사무실로 돌아온 정혁은 거래처에 보낼 보고서를 다시 작성하기 시작했다. 한참 서류작성에 열중하고 있는 데, 누군가 출입문을 노크했다. 문을 열어보니 김미숙과 한지혜가 서 있었다.

"저녁 늦게 무슨 일이야?"

"지나가다 사무실에 불이 켜져 있길래 소주나 한 잔 할까 해서 수육과 소주 몇 병을 사왔어요."

"오 선생님은 퇴근도 하지 않고 무슨 일을 그렇게 열심히 하세요?"

"거래처에 보낼 서류를 정리하고 있었어."

"오빠, 낮에 제가 와서 도와드릴까요?"

"그러면야 좋겠지만 미용실은 어떻게 하고?"

"미용실이 잘 되지 않아서 오늘 다른 사람에게 넘겨주고 오는 중이에요."

"그럼 앞으로 어떻게 할 생각이야?"

"보름 후부터 대우생명 대구지점에 나가기로 했어요."

"미숙이는 여상(女商)을 나왔으니까 보험설계사를 해도 잘할 수 있을 거야."

"오 선생님! 소주나 한 잔 하시면서 말씀 나누세요."

한지혜가 술잔을 권했다.

"지혜 씨는 달리 계획을 갖고 있나요?"

"당분간 쉬면서 미용실 할 만한 곳을 다시 알아볼 생각이에요."

"힘들 때는 잠시 쉬는 것도 약이 될 겁니다. 그런데 북경에서 미용실 개업하겠다던 계획은 완전히 물 건너간 겁니까?"

"오 선생님도 안 계신데 저희들끼리 뭘 어떻게 하겠어요? 다 오 선생님 믿고 들까부른 거지요."

"오빠! 책상 위에 있는 코끼리 한 쌍과 야자수껍데기로 만든 쌍둥이원숭이는 어디에서 난 거예요."

"두 사람이 중국에 왔을 때, 북경여행에 편리하도록 자동차를 보내준 사람 혹시 기억해?"

"당연히 기억하죠. 그때 자동차를 얼마나 요긴하게 사용했는데요?"

"그 사람이 동남아 출장을 갔다 오면서 사다준 선물이야."

미숙이 코끼리를 만지작대며 중얼거렸다.

"손재주가 얼마나 좋길래 이렇게 조각을 했을까요?"

"마침 그분이 오늘 대구에 와서 조금 전에 저녁을 함께하고 돌아왔어."

"오빠! 중국 사람이 대구엔 무슨 일로 또 왔대요?"

"경북대학교에서 박사과정을 밟기 위해 정식으로 유학을 온 거야."

"정말 대단한 사람이네요?"

"미숙이도 공부를 하면 누구보다 잘할 수 있을 텐데……."

"오 선생님 모르시는구나. 안 그래도 미숙이가 영남대학교 야간부에 진학해 경제학을 공부하고 있어요."

"정말이야?"

미숙이 부끄러운 듯 고개를 끄덕였다.

"미숙이 머리 정말 끝내줘요. 공부하는 것 같지도 않았는데, 중국에 갔다 온 후 그 다음해 시험보고 바로 합격했어요. 오 선생님이 늦은 나이에 공부하는 것을 보고 충격받았나 봐요."

한지혜가 전후사정을 자세히 전했다.

"그럼 늦게라도 영남대학교에 입학한 미숙이의 장도를 위하여 건배!"

세 사람은 마음 놓고 술을 한 잔 하면서 일상의 피로를 씻어냈다.

"오 선생님! 근래에 들어 미숙이가 '통일한국당' 당원으로 가입하고 대구시의원 도전을 꿈꾸고 있는데 어떻게 생각하세요?"

이건 정말 정혁으로서도 뜻밖의 말이었다.

"미숙아! 한지혜 씨가 한 말 사실이야?"

"저도 오빠처럼 한번 사람답게 살다 죽고 싶어서요."

"그런 마음가짐이야말로 바로 삶의 동력이지. 시작한 김에 큰 꿈을 갖고 아예 미국유학을 다녀오는 건 어때?"

"오빠가 보기에 제가 미국으로 유학을 갈 수 있을 것 같아요?"

"물론이지. 동생 정도의 집념이라면 하버드대학이라도 거뜬히 들어갈 수 있을 거야."

"오빠가 그렇게 말씀해주시니 없던 힘이 나네요. 오빠! 한 가지 부탁을 해도 될까요?"

"내가 할 수 있는 일이라면 얼마든지! 대체 어떤 일인데 그래?"

"국가를 위한 것도 좋고, 대구 경북을 위한 것도 좋고, 다양한 정책안을 몇 편 써줄 수 없을까요?"

"알았어. 그런 거라면 얼마든지 써줄 수 있지. 언제까지 필요한 건데……?"

"저로서는 빠르면 빠를수록 좋겠지요."

"내가 쓴 정책안을 어디에 쓰려고?"

"제가 '통일한국당'에 들어가 보니까 두각을 나타내지 않고는 좋은 기회가 찾아올 것 같지 않아서요."

"정책제안서를 한 달에 한 편씩 써주면 되겠어?"

"그렇게만 해주신다면 저한테 큰 도움이 되지요. 제가 따로 사례는 못 해도 보름간 시간이 있으니까 낮에 사무실에 나와 잡무를 돕도록 할게요."

"굳이 그렇게까지 안 해도 되는데……."

"오빠. 제가 보험회사에 나가더라도 토요일은 쉬니 사무실에 나와 일손을 거들게요."

"중국 손님도 한국어와 한국 상황을 빨리 이해하기 위해 토요일 하루 사무실에 나와 일하게 될 거야. 서로 대화를 나누다 보면 빨리 늘고 잘됐네."

"새로운 동업자가 오신다고 들었는데, 그분은 아직 안 나오세요?"

"개인적인 일로 잠시 미국에 들어갔어."

"오실 분은 어떤 사람이에요?"

"경북대학교를 졸업하고 미국으로 건너가 예일대학 로스쿨을 나온 국제변호사야. 이 사람은 다국적기업에서 오래 근무하다 최근에 퇴직했어. 요즘 제조업 쪽은 중국이 대세이다 보니 지인의 소개를 받고 이쪽으로 오게 되었지. 서로 업무협조는 하되, 회사는 완전독립채산제(完全獨立採算制)25)로 운영하게 될 거야. 다시 말해 같은 사무실에 두 개 회사가 존재하는 셈이지."

"중국에서 공부했다던 후배는 먼저 퇴근을 했나보네요?"

"아니야. 지금 중국 쌍하이(上海)로 출장을 보냈어."

"오빠는 출장을 안 가시나요?"

"나도 이틀에 한 번꼴로 출장을 가는 편이야. 다음 달은 한국

---

25) 단일기업 또는 공장·사업부 등의 기업 내 경영단위가 자기의 수지(收支)에 의해 단독으로 사업을 성립시킬 수 있도록 하는 경영관리제도.

손님을 모시고 중국 뻬이찡과 난찡에 갔다 올 거야."

"회사업무는 주로 어떻게 이뤄지는데요?"

"중국에 진출하려는 한국기업들에게 현지 인맥을 연결해주기도 하고, 반대로 중국인맥을 통해 화교자금을 한국으로 유치하기도 하지."

"업무가 상당히 어렵겠어요?

"그렇지 뭐. 일하는 만큼 금방 수입이 나오지 않아 힘들 때가 많아. 근래엔 중국 싼씨썽 노천탄광지표면제거공사가 무산돼 완전 뚜껑 열릴 뻔했어."

"어머나. 오빠 어쩌다 그랬는데요?"

"한화(韓貨) 이천 억 정도의 공사였는데, 한국기업이 필요한 중장비를 제때 공급하지 못해 최종단계에서 계약을 포기한 케이스야."

"비용이 많이 들어갔겠네요?"

"그렇지 뭐. 계약을 성사시키는 조건으로 프로젝트를 진행하다보니 하는 수 없이 내가 손해를 많이 봤어."

"정신없이 오빠하고 이야기를 하다 보니 시간가는 줄 몰랐네요? 저희들은 이만 물러갈게요."

"그래! 오늘 고마웠어."

"오빠, 그럼 저는 내일 아침 사무실에서 뵐게요."

손님들이 돌아간 뒤, 정혁은 퇴근을 포기하고 사무실 소파에서 쪽잠을 청했다.

간밤에 술이 과했는지 갈증을 느낀 정혁은 평소보다 일찍 잠이 깼다. 정혁은 사무실을 열어둔 채, 바로 옆 목욕탕으로 가서 샤워를 했다. 사무실로 돌아오니 미숙이 출근해 사무실을 청소하고 있었다.

"미숙아! 너 정말 출근했네!"

"오빠. 그럼 저를 빈말 할 사람으로 봤어요? 약속을 했으니까 지켜야죠."

"이렇게 안 해도 정책안은 써줄 텐데……."

"집에 무료하게 있으면 뭐 해요. 여기서 오빠 일을 도우면서 새로운 지식도 배워두면 좋잖아요?"

"내가 미안해서 그렇지. 내가 지금 나가봐야 하는 데 어떻게 하나?"

"아침부터 어디 가시는데요?"

"유학 온 중국 손님 데리고 경북대학교 가서 입학수속을 좀 도와주려고."

"그럼 몇 시쯤 사무실로 돌아오시는데요?"

"아마 오후 두 시쯤엔 돌아올 거야. 왜? 나한테 할 말이라도 있어?"

"아닙니다, 대표님. 비서라면 대표의 동선은 최소한 알고 있어야할 것 같아서요."

"출근 첫날부터 정신상태가 마음에 드는데? 아무튼 난 다녀올게."

정혁이 호텔에 도착하니 짱위에홍 준비를 끝내고 로비에 내려와 있었다.

"치엔뻬이! 커피 한 잔 하실래요?"

"그거 좋지."

두 사람은 블랙커피를 마시면서 경북대학교로 향했다. 학교에 도착한 정혁은 쌰오짱을 도와 유학수속을 마친 다음 배정받은 기숙사에 짐을 내려놓고 바로 점심을 먹으로 갔다.

"따꺼! 수고 많으셨는데 오늘 점심은 제가 쏘겠습니다."

"그럼, 비싼 곳으로 가서 바가지 좀 씌워야 되겠구먼."

"치엔뻬이! 제가 유학생 신분인 거 잘 아시겠죠."

쌰오짱이 헤헤거리며 알랑방귀를 뀌었다.

"오늘은 비싼 것을 얻어먹고 싶은데, 어쩌나?"

"그게 뭔데요?"

"가보면 알아."

정혁은 쌰오짱을 데리고 칠성시장 안으로 들어갔다. 그들이 찾아간 곳은 추어탕으로 이름난 '할매추어탕집'이었다. 먹성 좋은 쌰오짱은 국물까지 깨끗이 비웠다. 당연히 밥값은 정혁이 냈다. 추어탕 값을 모르는 쌰오짱이 얼마냐고 치근대며 물었지만 꿋꿋이 입을 다물고 사무실로 돌아왔다.

정혁의 사무실을 처음 방문한 쌰오짱은 깔끔한 인테리어를 보고 마음에 들어 했다.

"따꺼! 사무실 분위기가 중국풍(中國風)이 나면서도 깔끔하네요?"

"짱위에홍! 이리 와서 인사하지. 이분은 내 고향 후배로 알고 지내면 유학생활에 큰 도움이 될 거야. 왜 전에 북경에서 차를 내줘서 관광 잘했던 그 친구야."

"저는 짱위에홍이라고 합니다."

"한국말을 잘하시네요. 언제 한국말을 배웠습니까?"

"한 이 년 정도 되었습니다만, 아직 부족한 점이 많습니다."

"한국 사람과 자주 접촉하다 보면 금방 늘게 되겠지요."

짧게 대화를 끝내고 미숙은 돌아서서 제 할 일을 했다.

"치엔뻬이! 책상 위에 제가 선물로 드린 코끼리와 원숭이모형이 나란히 놓여 있네요?"

"어느 분이 주신 건데……. 잘 간수해야지."

"다음에는 정말 멋있는 선물을 하나 해드려야 되겠네요."

"정말! 멋있는 게 뭘까?"

"기대해도 좋을 거예요."

비품을 정리하는 미숙의 고개가 이쪽으로 돌려지는 찰나, 정혁은 재빨리 서류에 눈을 박았다. 아아, 사랑은 늙지도 않아.

25. 제3의 태풍

"치엔뻬이! 요즘도 중국에 자주 출장을 가시나요?"

"다음 달 초순에 뻬이찡과 난찡이 잡혀 있어."

"난찡엔 무슨 일로 가시는데요?"

"지구촌 곳곳에 살고 있는 화교상인26)들의 국제적 모임인 난찡세계화상대회(南京世界华商大会)에 가볼까 해."

"저도 따라가면 안 될까요? 잠시 중국에 다녀올 일도 있고 해서요."

"왜? 무슨 일 있어?"

"별 거 아니고요. 학위논문에 필요한 자료를 뻬이찡에 두고 왔어요. 그리고 난찡세계화상대회에는 제가 알고 있는 화상들도 많이 올 거 같아 왠지 당기네요."

---

26) 華僑商人.중국, 타이완, 홍콩 및 동남아시아, 미국, 유럽, 호주 등 전 세계의 중국계 비즈니스맨을 뜻한다.

"그럼 같이 가도록 하지."

뻬이찡과 난찡 출장 날 아침이 밝아왔다. 정혁은 경북 왜관산업단지에서 로얄보일러를 생산하고 있는 조강호 대표와 함께 대구공항에서 짱위에홍을 기다렸다. 정혁과 조 대표가 커피를 마시고 있는데 쌰오짱이 여행가방을 끌고 왔다.

"치엔뻬이! 많이 기다리셨어요?"

"아니야. 얼른 수속 밟자, 쌰오짱."

세 사람은 대구공항을 출발해 김포공항을 거쳐 북경으로 날아갔다. 북경수도공항에 도착한 정혁은 짱위에홍과 다음날 오전 열한 시 공항에서 다시 만나기로 하고 헤어졌다.

정혁은 산업용보일러를 생산하는 조강호 대표를 동반하고, 북경시 해전구에 있는 세계적인 실리콘밸리(Silicon Valley)[27]인 쫑꽌춘(中关村, 중관촌)으로 가서 쫑꽌춘과학연구단지 주위를 둘러보기 시작했다.

쫑꽌춘의 역사는 크게 두 갈래로 나눠볼 수 있다. 첫째는 1980년대의 전자상가거리와 신기술산업개발시범단지의 조성이고, 둘째는 1996년 6월 중국 국무원의 쫑꽌춘과학기술단지 조성에 대한 전략적 결정으로 구체화된 것이다.

"오 박사님! 중국벤처기업들 가운데 한국벤처기업가들이 모델로 삼을 만한 곳이 있나요?"

"통상 학교기업이라고 부르는 벤처기업들 중에 성공한 기업들이

---

27) 미국 캘리포니아 주 샌프란시스코 동남부 지역의 계곡지대를 이르는 이름.
실리콘반도체를 제조하는 업체가 많이 모여 있는 곳이다.

수없이 많지만 그 가운데 롄샹(联想, 연상), 뻬이따팡쩡(北大方正, 북대방정), 칭화통팡(清华同方, 청화동방) 등을 예를 들어 설명을 드리도록 하겠습니다."

롄샹(联想, 연상)은 1984년 중국과학원 출신자들이 창업한 벤처형 국영기업으로 1996년 이후 중국 최대의 컴퓨터제조업체로 성장했다. 뻬이따팡쩡(北大方正, 북대방정)은 1986년 북경대학 컴퓨터학과 왕쒸엔(王选) 교수가 창립한 벤처기업으로 컴퓨터와 주변기기 분야에서 중국 국내시장 점유율 2위를 차지할 정도이다. 그리고 칭화통팡(清华同方, 청화동방)은 칭화대학 출신자가 설립한 벤처기업으로 중국 컴퓨터업계의 시장점유율 3위에 올라 있다.

"쭝꽌춘과학기술단지가 세계적인 실리콘밸리로 자리를 잡을 수 있었던 가장 큰 요인은 뭔가요?"

"그것도 크게 두 가지로 나눠 볼 수 있을 겁니다."

정혁은 본격적인 설명에 들어갔다.

첫째는 정부의 강력한 지원과 규제의 철폐이다.

둘째는 쭝꽌춘 주위에 대학과 연구소가 집중적으로 몰려 있다는 점이다.

좀 더 상세히 보자면, 중앙민족대학, 북경대학, 청화대학 등 70개 이상의 대학들이 매년 학사 3만 명, 석·박사 6천여 명을 배출하고 있다. 그리고 중국과학원 산하 전자연구원, 반도체연구소 등 200개 이상 하이테크 기술연구기관과 38만 명 이상의 연구자 및 기술자가 있다. 8천2백여 개의 국내외 첨단기술기업의 연구센터와 다국적 기업의 연구소 1천4백여 개(Microsoft, Intel, Motorola, AT&T,

IBM, Nokia, Notel, NEC, 후지쯔, 마쓰시타, 캐논, 도시바 등)가 입주해 있다. 아울러 IT관련 판매점도 2만 개 이상이나 된다. 이렇게 많은 인적자원과 연구소가 있는 쭝꽌춘에 실리콘밸리리가 들어서지 않으면 어디 들어서겠는가?

"오 박사님! 경북 경산 지역도 북경의 쭝꽌춘처럼 실리콘밸리를 조성한다면 승산이 있겠는데요?"

"당연하죠. 경산시는 대구광역시와 인접해 있을 뿐 아니라 교육·문화·산업·주거가 어우러진 매우 이상적인 도시로서 대구공항, 경부고속도로, 경산IC, 경부선 및 대구선철도, 산업도로, 국도 등이 사통팔달로 잘 연결돼 성장가능성이 무궁무진하다고 봅니다. 그리고 영남대학교, 대구가톨릭대학교, 대구대학교, 경일대학교, 대구한의대학교 등 열두 개 대학에 무려 십이만여 명의 대학생이 재학중이고, 학교부설연구소가 백칠십 개소나 되는 학원·연구도시가 우리나라에 또 어디 있겠습니까? 이렇게 좋은 입지조건을 갖춘 지역임에도 불구하고 경상북도지사·경산시장·국회의원·도의원·시의원·대학총장·교수들은 뭘 하고 있는지 궁금하기 짝이 없습니다. 여기에 꼭 첨언하고 싶은 것은 국제 공용어가 되어버린 영어교육 강화를 위해 경상북도와 대구시가 공동노력으로 경북 경산시와 대구시 동구, 수성구를 영어공용화 또는 상용화 지역으로 특별히 지정한다면 국가경쟁력 강화뿐 아니라 외자유치와 젊은이들의 취업기회까지 획기적으로 증대되지 않을까 싶습니다."

"오 박사님! 한국의 지도자들은 근시안적이고 자신의 몸을 너무 사리는 것 같지 않습니까? 젊은이들이 직장을 구하지 못해 나쁜 길로 빠지기도 하고, 심지어 목숨을 끊었다는 뉴스를 볼 때마다 화가 치밀어 견딜 수가 없습니다. 영남대학교 입구 우측에 효율성이 극히 낮은 농지로만 사용하고 있는 수만 평의 땅을 국가에서 매입해 '대학생전용벤처타운'이라도 조성하면 어떨까요?"

"그런 생각이야말로 게 바로 창조경제의 핵심이요, 지역균형개발의 출발점이요, 국리민복에 좋은 대안이라고 할 수 있을 겁니다. 조 사장님! 중국 측 사업파트너를 만날 시간이 다 되어 가는데, 약속장소로 이동하시죠."

"오 박사님! 약속장소가 여기서 멉니까?"

"아닙니다. 요우이호텔(友谊宾馆, 우의빈관)이라고 택시를 타면 오 분 내로 도착할 수 있습니다. 중국의 사업파트너는 제가 잘 아는 조선족 분으로 통역문제·숙식문제·기타문제 등 뭐든지 물어 보시면 도움을 받을 수 있을 겁니다. 오늘밤 저도 이 호텔에서 묵을 테니까 필요한 일이 있으면 제 방으로 연락을 주십시오."

요우이호텔에 도착한 오정혁은 조강호 대표에게 중국 측 파트너를 소개시켜주고, 지도교수인 황요우푸 교수님을 뵙기 위해 중앙민족대학으로 건너갔다.

다음날 아침 오정혁은 조강호 대표와 함께 짱위에홍을 만나기 위해 아침식사도 거르고 북경수도공항으로 향했다. 도착하니 짱위에홍이 먼저 와서 탑승수속을 밟고 있었다.

"따꺼! 아침 식사는 어떻게 했습니까?"

정혁이 고개를 저으며 되물었다.

"쌰오짱은 먹었어?"

"치엔뻬이 오면 함께 먹으려고 기다리고 있었어요."

오정혁, 조강호 대표, 짱위에홍 세 사람은 간단히 아침을 해결하고 난찡으로 날아갔다. 그리고 그랜드메트로호텔 룸에서 각자 짐을 풀었다.

"조 사장님! 밖으로 바람 쐬러 나갈 생각인데 같이 나가시겠습니까?"

"저는 몸이 피곤해서 방에서 쉬고 있을 테니 두 분이 다녀오십시오."

"많이 불편하십니까?"

"별 거 아닙니다. 어젯밤 잠을 제대로 못 자서요."

정혁과 쌰엔우짱만 쒸엔우후공원(玄武湖公园, 현무호공원)으로 나섰다. 난찡의 기후가 뻬이찡과 달리 건조하지 않아 정혁은 기분이 좋았다.

"따꺼! 저기 꼬치를 팔고 있는데 드실래요?"

"좋지!"

두 사람은 양고기꼬치·닭고기꼬치·새우꼬치·오징어꼬치·만두·감자전 등을 먹으면서 난찡의 고운 노을을 만끽했다. 해가 저물자 날씨가 쌀쌀해 종종걸음으로 숙소를 향했다. 호텔로 돌아온 정혁은 간단히 샤워를 한 후, 내일 일정에 대비한 서류 및 명함을 꼼꼼히 챙겨놓고 잠자리에 들었다. 혼자만의 시간이 되자 모친의 건강이 염려돼 자꾸 뒤척여졌다. 하는 수 없이 잠자리에서 일어나 한국 집에 전화를 내 모친의 상태를 확인하고야 다시 잠을 청했다.

다음날 아침 오정혁, 조강호 대표, 짱위에홍은 아침을 먹자마자

세계화상대회가 열리는 난찡국제전시컨벤션센터(南京国际展览中心)로 갔다.

세계화상대회는 1991년 리콴유(李光耀, 이광요) 싱가포르 총리가 창설을 주도한 대회이다. 초기에는 친교와 인적네트워크 구축이 중심이었으나 최근에는 주최국의 화교자본유치 및 국가홍보의 장으로 활용되고 있다. 중국 매스컴들의 보도에 따르면, 이번 중국 난찡세계화상대회는 약 80개국에서 5천여 명의 화상(华商)들이 참석한다고 하니 그 규모와 위력에서 놀라움을 금할 수 없는 일이다.

"오 박사님! 화상이 세계적인 관심의 대상으로 떠오른 근본적인 요인이 뭡니까?"

"그거야 세계 6천만 화교 인구의 네트워크와 이들이 가진 약 2조2천억 달러(약 2,200조 원)의 자금력 때문이지요. 화교자본의 파워는 화상대회를 치른 캐나다와 호주에서 여실히 증명되었습니다. 홍콩이 중국에 반환되던 해인 1997년 화상대회를 유치한 캐나다는 홍콩화교들의 대거 이민으로 경제의 활력을 되찾았습니다. 개최지였던 밴쿠버는 '홍쿠버'(홍콩과 밴쿠버를 합친 말)라는 신조어가 생겨났을 정도였고요. 1999년 대회를 연 호주 멜버른 역시 홍콩과 타이완화교 자본을 대거 끌어들이는 데 성공했지요."

"그럼 화교자본(華僑資本)과 서방자본(西方資本)이 다르다는 애기 아닙니까? 돈은 다 같은 돈인데 말입니다."

"자본규모가 거대할 뿐 아니라, 대체로 핫머니(hot money)[28] 성격이 강한 서방자본과는 달리 화교자본은 글로벌시대의 시장경제

---

28) 단기간에 차익(差益)을 노리는 투기자금을 가리킨다.

원리에 따라 매우 평화적이고 실질적으로 운용되고 있다는 데에서 그 이유를 찾을 수 있겠지요. 즉, 치고 빠지는 일회성의 투기가 아니라 수익이 있는 한 계속 현지에 대한 투자가 이루어진다는 점입니다.29)"

"아하, 그렇군요. 그럼 화교들은 어느 지역에 주로 살고 있습니까?"

"홍콩·타이완·마카오 등 중화권 삼대 지역에 약 이천팔백만 명, 싱가포르·태국·말레이시아 등 동남아시아에 약 이천만 명이 거주하며, 나머지는 미국·유럽 등지에 흩어져 있는 것으로 추정됩니다. 팔십 퍼센트 이상이 동남아지역에 집중되어 있는 셈이지요. 이들 출신지를 살펴보면, 약 팔십오 퍼센트가 꽝뚱(广东, 광동)·푸젠(福建, 복건)·하이난(海南, 해남)·꽝씨(广西, 광서) 등 네 개 지역입니다. 이들 네 개 지역이 중국 경제성장의 요충지로 부상한 까닭이기도 하고요.

"그럼 화상들이 각 나라에 미치는 영향도 꽤 크겠네요?"

"거대한 자금 동원능력 때문에 국제금융권에서는 화교상권(華僑商圈)을 미국과 유럽연합(EU)에 이은 세계 제3위의 경제세력이라고 평가할 정도입니다. 동남아에서는 이천만 명의 화교들이 이 지역 전체자본의 칠십 퍼센트, 역내교역의 2/3를 담당하고 있습니다. 태국에서는 전체 인구에서 화교가 차지하는 비중이 삼 퍼센트에 불과하지만, 부(富)의 팔십 퍼센트 이상이 이들에게 집중돼 있습니다. 인도네시아와 필리핀에서도 상황은 이와 비슷합니다. 그러나 화교경제력의 중심은 뭐니뭐니 해도 홍콩과 타이완이라고 봐야하겠

---

29) 참고 : 정성호 저, 살림출판사.

지요."

　오정혁은 짱위에홍의 도움으로 이번 난찡세계화상대회에서 중국을 대표하는 기업의 최고경영자들뿐 아니라 타이완 · 홍콩 · 마카오 · 싱가포르 · 말레이시아 · 인도네시아 · 일본 · 브루나이 · 필리핀 · 베트남 · 태국 · 캄보디아 · 라오스 · 미얀마 · 파키스탄 · 인도 · 스리랑카 · 호주 · 뉴질랜드 · 캐나다 · 미국 · 멕시코 · 독일 · 영국 · 프랑스 · 포르투갈 · 스위스 · 브라질 · 아르헨티나 · 파라과이 · 콜롬비아 · 칠레 · 남아프리카 등의 거물급 화상들을 많이 알게 되었다. 제 발로 나서서 정혁에게 필요한 부분을 소리 없이 채워주는 짱위에홍. 그림자처럼 따라다니는 그녀가 안 보이면 정혁도 이따금 불안했다. 수많은 화상들 속에 파묻힌 정혁은 그녀를 찾느라 두리번댔다. 뒤에서 그녀가 그를 바라보며 웃는 줄도 모른 채.

26. 엔진을 바꾸다

　오정혁, 조강호 대표, 짱위에홍은 이틀간 난찡세계화상대회에 참석한 뒤, 저녁비행기로 쌍하이로 날아갔다. 늦은 시각 쌍하이홍챠오국제공항에 도착한 세 사람은 곧장 예약해둔 윤파라다이스호텔로 이동해 내일 일정을 협의하고 각자의 방으로 올라가 하루의 피로를 풀었다.

　다음날 아침 함께 호텔 조식을 마친 로얄보일러 조강호 대표는 거래처 손님을 만나기 위해 따로 나가고, 정혁과 짱위에홍은 택시를 타고 씬텐띠(新天地) 근처에 있는 쌍하이대한민국임시정부청사로 갔다.

　"치엔뻬이! 쌍하이대한민국임시정부 얘기는 들어봤지만 잘 모르는데……."

　샤오짱이 정혁을 쳐다봤다.

"그게 말이야. 일제강점기인 1919년 4월 11일 임시의정원(臨時議政院)을 구성한 뒤, 각 도의 대의원 삼십 명이 모여 임시헌장 10개조를 채택하고, 그해 9월 11일 일곱 개의 임시정부를 통합해 '대한민국임시정부'를 상하이에 두기로 최종 결정을 하게 된 거야. 내 나라를 빼앗기고 남의 나라에 임시정부를 세웠으니 가슴 아픈 역사지. '쌍하이대한민국임시정부'가 대통령제를 구성하고 국가의 기틀을 마련하였으나 열강의 냉대와 일제의 추격에 의한 국내조직 파괴, 해외 각처에 산재한 동포와의 교통·통신의 장벽, 중국·소련·미국 등의 방해 또는 방관자적인 비협조로 많은 어려움을 겪을 수밖에 없었어."

　두 사람이 1910년대 동북아국제정세에 대해 대화를 나누는 가운데 상해시 노만구 마당로 304호 쌍하이대한민국임시정부청사에 도착했다.

　"따꺼! 여기가 쌍하이대한민국임시정부청사가 있었던 곳인가요?"

　"맞아. 중국도 중일전쟁으로 난찡대학살을 비롯해 많은 피해를 입었지만, 한국도 한일강제병합으로 나라를 빼앗기고 1945년 8월 15일 독립을 쟁취할 때까지 쌍하이(上海)를 기점으로 항쪼우(杭州), 짜씽(嘉兴), 쩐쨩(镇江), 창싸(长沙), 꽝쪼우(广州), 류쪼우(柳州), 쩌쨩(枝江), 충칭(重庆) 등을 옮겨 다니며 험난한 독립투쟁을 이어왔지."

　두 사람은 쌍하이대한민국임시정부 유적지라고 씌어 있는 입구에서 잠시 걸음을 멈춰 섰다. 민족의 독립을 위해 온몸을 바쳤던 선열들의 영혼들이 순식간에 붉은 아지랑이가 되어 몽글몽글 피어나는 것만 같았다.

임시정부청사는 쌍하이에서 가장 번화한 씬톈띠(新天地)와 인접해 그 모습이 더욱 초라해 보였다. 게다가 최근 방문객이 많이 줄어 중국 측에서 이곳을 폐쇄할지도 모른다는 소식을 접한 정혁은 후손으로서 면목이 없고 부끄러워 쥐구멍에라도 숨고 싶은 심정이었다.

엄숙한 분위기는 한동안 이어졌다. 정혁은 온몸에서 알 수 없는 전율이 일어 꼼짝달싹도 할 수 없었다.

"이곳에 오니까 따꺼 마음이 많이 착잡하신가 봐요."

"그러게. 마음이 영 그러네."

임시정부는 쌍하이의 어느 한 건물에만 있었던 것이 아니었다. 초기에는 부처마다 여러 개의 청사를 썼다. 오늘날 우리가 임시정부청사로 알고 찾아가는 곳은 마땅루(马当路)에 있는 삼 층짜리 벽돌집으로 1926년부터 윤봉길(尹奉吉)의사의 의거가 있었던 1932년 직후까지 이곳을 임시정부청사로 사용하였다고 한다.

"치엔뻬이! 어서 청사 안으로 들어가 봐요."

선뜻 들어서지 못하고 서성대는 정혁의 팔을 쌰오짱이 잡아당겼다.

임시정부청사는 총 삼층으로 구성되어 있었다. 일층은 부엌과 화장실, 이층은 김구 선생의 집무실, 삼층은 외부인 숙소 그리고 1990년 개장하면서 옆 건물을 인수해 박물관으로 사용하고 있었다.

쌍하이임시정부 당시를 재현해 놓은 전시실에는 ● 백범(白凡)

김구(金九) 선생의 밀랍인형 • 김구 선생의 친필 • 김구 선생의 집무실 • 매헌(梅軒) 윤봉길(尹奉吉) 의사의 흉상 • 도산(島山) 안창호(安昌浩) 선생의 글(나를 사랑하고 타인을 사랑하라 : 愛己愛他) • 상해임시정부 모형 • 대한민국임시정부헌장 초안 • 대한민국 독립선언서 • 소박한 회의실 • 집무실과 간이침대 • 열악했던 부엌의 모습 등이 있었다. 어둡고 비좁은 계단은 양방향으로 오르내리기가 불가능할 정도였다. 협소하고 초라한 공간에서 수많은 애국지사가 잃어버린 나라를 찾으려 청춘을 바쳤다는 게 믿기지 않았다. 김구 선생의 침실조차 여인숙처럼 비좁고 어둡긴 마찬가지였다.

"따꺼! 이제 그만 위위엔(豫园)으로 구경하러 가요."

사실 오래 볼 것도 없었다. 다만 오래 느낄 일이 있을 뿐이었다. 정혁은 짱위에홍의 요청을 차마 뿌리치지 못하고 선인들의 열정이 숨 쉬고 있는 임시정부청사를 뒤로한 채, 중국 정원 중에서도 가장 섬세하고 아름답다고 평가받고 있는 위위엔을 향해 택시를 잡아탔다.

조금 전까지만 해도 맑았던 날씨가 갑자기 우울해지더니 앞이 잘 보이지 않을 정도의 안개가 순식간에 위위엔을 뒤덮었다. 안개에 뒤덮인 정원이 제대로 보일까 염려하며 입장권을 구입하고 천천히 들어서자, 마치 막이 오르는 무대가 커튼을 거둔 것처럼 안개가 걷혔다. 어쩌면 두 사람의 방문을 열렬히 환영하는 판윈뤼(潘允瑞)의 특별한 퍼포먼스였는지도 모르겠다.

먼저 세계 유명인들이 즐겨 찾는다는 중국 전통찻집인 후씬팅(湖心亭)과 나쁜 유령을 물리치기 위해 맵시를 아홉 번씩이나 뽐내고 있는 찌우취챠오(九曲桥)가 방문객을 맞이했다.

위위엔(豫园)은 약 450년 전인 1559년 효심 깊은 판윈뤼(潘允瑞)가 아버지 판은(潘恩)을 기쁘게 해드리기 위해 조성한 정원으로 평안하고 기쁘다는 의미를 지니고 있다. 면적은 2만 평방미터이고, 강남지방을 대표하는 쑤쪼우(苏州)의 정원형식으로 귀족과 문인들이 즐겨 찾던 싼쑤이탕(三穗堂), 구불구불한 회랑으로 둘러싸인 완화로우(万花楼), 맞은편 무대에서 춤을 추는 여인들 가운데 주인이 마음에 드는 여인을 손으로 가리켜 선택을 했다는 뗸춘탕(点春堂), 위위엔의 중심이자 가장 아름다운 훼이찡로우(会景楼), 명대의 자단(紫檀) 공예품들이 배치되어 있는 위화탕(玉华堂), 바위정원·관상용 연못·전각·누각 등이 조밀하게 배치되어 있는 네이위엔(内园) 등 여섯 개의 지역으로 나누어져 있었다. 두 사람은 여유 있게 그곳들을 둘러보며 각자의 상념에 빠졌다.

"치엔뻬이! 시장하지 않아요?"

"벌써 배고픈 거야?"

"위위엔에 취해 시간 가는 줄 모르셨는가 보네요? 점심때가 훨씬 지났습니다. 빨리 맛있는 샤오롱빠오(小笼包)전문점으로 가 봐요."

"잘 아는 곳이라도 있어?"

"있고말고요. 저만 믿으면 후회하지 않을 겁니다."

샤오롱빠오전문점에 도착한 정혁은 수많은 인파에 깜짝 놀랐다. 샤오롱빠오가 유명하다는 말은 들었지만, 이를 먹기 위해 장사진을 치고 있는 사람들을 보고 그 명성이 헛되지 않구나 싶었다. 삼십여 분을 기다린 후에야 겨우 좌석을 차지할 수 있었다. 좌석에 앉자마자 짱위에홍은 샤오롱빠오와 새우볶음밥을 시켰다. 먹성이 좋은 짱위에홍은 혼자서 샤오롱빠오 이 인분을 단숨에 해치웠다. 정혁도 오랜만에 맛있고 입에 짝짝 붙는 샤오롱빠오를 먹으면서 중국 남부의 정취에 푹 빠졌다. 샤오롱빠오가 약간 느낄 때쯤, 후식으로 상큼한 멜론시미로가 나와 금상첨화였다.

이어서 두 사람은 중국 냄새가 물씬 풍기는 위위엔쌍창(豫园商场)을 지나 다양한 기념품을 파는 쌍하이라오찌에(上海老街)로 들어갔다. 여자들은 쇼핑을 좋아한다. 샤오짱도 다르지 않아 얼굴에 화색이 돌았다.

"따거! 제가 사고 싶은 물건이 있는데 함께 찾아봐요."

"사고 싶은 게 뭔데?"

"긴 갈래머리모자와 자개귀고리 그리고 공단으로 만든 복주머니요."

"어린애도 아니고, 뭐 그런 걸 사려고 하지?"

툴툴대면서도 정혁은 샤오짱 뒤꽁무니를 따라다녔다. 사람 혼을 쏙 빼놓는 중국인들의 상술에 현혹돼 가격을 흥정하는데 많은 시간이 허비되었다.

다음 코스는 한국의 대학로와 명동을 합쳐 놓은 듯 역동적이고 활기가 넘치는 난찡똥루(南京东路)였다. 그곳은 쌍하이 최고 번화가답게 다양한 상점과 음식점들로 가득 차 있었고, 짝퉁 상품을 판매하는 호객꾼들도 심심찮게 접근을 해왔다. 상점 아가씨의 말에 의하면 주말에는 그야말로 걸어 다니기도 힘들 정도로 많은 내외국인들이 넘쳐난다고 했다.

거리에 휘황찬란한 불빛이 하나둘 밝혀지기 시작했다. 빡빡한 일정을 소화하느라 정신없이 쏘다니다보니 날이 저문 것이다. 둘은 야경이 아름다운 황푸쨩(黃浦江)을 구경하기 위해 와이탄(外灘)으로 넘어갔다.

와이탄은 다양한 국가들의 화려하고 웅장한 건축물이 모여 있어 아름답고 독특한 정취를 풍겼다. 운명의 아이러니인지 몰라도 1842년 8월 아편전쟁 종식과 함께 청나라와 영국이 맺은 난찡조약으로 와이탄 지역이 조계지(租界地)30)로 지정되면서 각국의 다양한 건축양식들이 들어왔다. 황푸쨩은 그런 슬픈 역사를 품고 소리 없이 현대를 흘러가고 있었다.

1.7킬로미터에 걸친 유럽식 건축물들이 아름답게 비치는 황푸쨩, 정혁은 그런 풍경도 좋지만 그보다 더 탐나는 게 있었다. 그건 바로 제방이 없는 강물이었다. 여기는 비도 만만디 비라서 우리네 같은 홍수가 없다고 한다. 그래서 제방을 높일 까닭이 없다는 것이다. 수면과 지면의 경계가 거의 없는 강 그림자는 끊어짐 없이 서로의 손을 붙잡고 이어져 흐르고 있었다. 비 오는 날이 많지만 천천히 소량으로 내려 물난리가 없다는 황푸쨩을 부러운 듯 바라보는데 쌰오쨩은 또 밥타령이다.

"따꺼! 우리도 맛있는 저녁을 먹은 뒤 유람선을 타고 쌍하이의 야망을 느껴보면 어떨까요?"

"그러자구. 낮에 중식을 했으니 저녁은 일식이 어떨까?"

---

30) 주로 개항장(開港場)에 외국인이 자유로이 통상 거주하며 치외법권을 누릴 수 있도록 설정한 구역을 가리킨다.

"와이탄에서 일식 요리로 꽤 소문난 썬위드아쿠아(sun with aqua)로 가시면 어떨까요? 전에 제가 손님과 한 번 와봤는데 깔끔한 오픈 주방이 그 집의 매력이에요. 마침 저도 일식이 먹고 싶었는데 잘됐어요. 점심은 치엔뻬이가 샀으니 저녁은 제가 쏘겠습니다."

두 사람은 쌍하이 냄새가 물씬 풍기는 해산물로 저녁을 해결하고, 화려함의 극치를 자랑하는 푸똥띠취(浦东地区)와 황푸쨩(黄浦江)의 야경을 만끽하기 위해 유람선에 몸을 실었다. 백 년의 역사적 건축물과 마천루(摩天樓)31)의 상징이 된 똥팡밍주타(东方明珠塔), 꿔찌훼이쭝씸(国际会议中心), 찐마오따샤(金茂大厦)가 질곡의 역사와 인민들의 피와 땀을 찬란한 불빛 속에서 끝없이 토해내고 있었다.

"따꺼! 블랙커피 한잔하세요."

"향기가 기가 막힌데? 이백 년 쌍하이 역사와 미래의 시간들이 고스란히 담겨져 있는 것 같구먼."

유유히 흘러가는 유람선에서 황홀한 야경을 바라보며 마시는 커피의 향은 두 사람의 마음을 더욱 가깝게 만들었다. 우주의 신비에 서부터 인류의 탄생 그리고 역사의 딜레마를 화두로 끝없는 대화가 이어졌다. 두서없이 이야기를 나누다보니 시간은 벌써 자정을 향해 달렸다. 두 사람은 낮과 밤을 가득 채우며 수많은 여행객들을 유혹하는 쌍하이의 무한질주를 뒤로하고 숙소인 호텔로 돌아갔다.

그리고 다음날 아침 오정혁, 조강호 대표, 쨩위에홍 세 사람은 쌍하이를 떠나 대구공항으로 무사히 돌아왔다.

---

31) 하늘에 닿는 집이라는 뜻으로 아주 높게 지은 고층건물을 가리킨다.

"치엔뻬이! 언제 남부권에 있는 국가산업단지로 출장갈 일 없어요?"

"샤오쨩! 그쪽은 또 왜?"

"학위논문 작성하기 전에 한 번 갔다 왔으면 해서요."

"뭐야 샤오쨩? 너무 앞서가는 것 같은데?"

"그게 아니고요. 미리 한국경제 상황을 알아두면 참고자료를 구하기가 훨씬 쉬울 것 같아서요."

"알았어. 스케줄 잡히는 대로 연락해줄게."

정혁은 대구공항에서 두 사람과 헤어진 후, 곧장 사무실로 향했다. 미숙이 심각한 얼굴로 사무실을 지키고 있었다.

"왜 그래 미숙아. 무슨 걱정거리라도 생겼어"

"우리 집 주위가 재개발에 들어간대요."

"재개발이 되면 보상 받아 이사하면 되는 거 아니야?"

미숙의 얼굴이 한층 어두워졌다.

"재산이라곤 코딱지만 한 집 한 채밖에 없는데, 보상금으로 작은 아파트를 사고 나면 남는 게 없을 것 같아서요. 그리고 오빠에게 말씀드릴게 있어요."

"뭔데?"

"저, 내일부터 대우생명 대구지점에 출근해야 해요."

"먼저 말했잖아? 알고 있었어."

"오빠. 보험회사에 나가더라도 토요일엔 쉬니까 사무실로 출근해 오빠 일을 돕도록 할게요."

"그럴 필요 없다니까."

"아니에요 오빠. 여기 나오니까 제가 배울 게 많더라구요."

"그러면 미숙이가 힘들지 않겠어?"

"저는 아무 일도 하지 않고 집에 있는 게 더 힘들어요."

우연한 기회에 지인의 권유로 보험회사라는 곳에 간 미숙은 회사에서 제공하는 다양한 교육프로그램을 통해 자신을 돌아보게 되었다. 미숙이 현실에 안주해 살고 있는 동안, 세상은 너무나 많이 변해 있었다. 필요한 모든 정보가 컴퓨터조작에 따라 좌우되고, 정보전달의 속도는 광속에 가까웠다. 컴맹인 미숙은 가장 급한 것이 컴퓨터 공부였다. 무작정 노트북을 한 대 사놓고, 주위 사람들에게 구걸하듯 컴퓨터 동냥을 시작했다. 머리에 쥐가 나고 눈이 빨갛게 충혈이 될 때까지 컴퓨터자판을 두들겼다. 이렇게 한 달 정도를 보내고 나니 컴퓨터에 대한 공포가 어느 정도 사라졌다.

보험가입의 기본공식은 집안가족들에게 먼저 권하는 것이라고 강사로부터 귀가 따갑도록 들었지만, 부끄러움이 많은 미숙에게는 보통문제가 아니었다. 고민 고민을 하다가 경산 압량에서 미용실을 하고 있는 언니에게 놀러갔다. 언니 가게로 바로 들어가지도 못하고 문 앞에서 머뭇머뭇하고 있는데, 조카와 맞닥뜨렸다. "막내이모!" 하며 반갑게 인사하는 소리에 언니가 밖으로 뛰쳐나왔다.

"미숙아! 왔으면 얼른 들어오지 않고 뭐하노?"

미숙은 언니의 팔에 끌려 들어갔다.

"밥은 묵었나?"

언니의 말에 생뚱맞게 "미장원 인테리어 새로 했네?" 하며 딴소리만 했다. 점심때가 한참 지난 터라 뱃속에서는 꼬르륵 꼬르륵 눈치

없는 신호가 쇄도했다. 눈치 빠른 언니가 재빨리 밥을 차려왔다.

"많이 무라."

언니의 말에 미숙은 목이 메었다. 거울에 비치는 언니는 눈시울이 붉어 있었다. 피붙이의 끈끈한 정을 미숙은 미어지는 목에 밀어 넣었다. 언니가 물을 건네주며 천천히 먹으라했다.

"어떻게 지내노? 어디 아픈 데는 없나? 애들은 잘 지내나?"

언니는 한꺼번에 많은 질문을 했다. 제부 장례 이후 이 년 만에 보는 동생이니 궁금한 게 많을 터였다.

그런 언니에게 보험 이야기를 하려니, 진땀이 목덜미와 어깻죽지에 흥건히 고이고 머리털은 쭈뼛쭈뼛 섰다. 어디에서부터 어떻게 말을 꺼내야 하나 망설이는데 언니가 먼저 짚어냈다.

"미숙아, 부탁할 일 있으면 빨리 해봐라, 답답타!"

언니의 성화에 미숙은 기어들어가는 목소리로 보험 이야기를 꺼냈다.

"이 얼뜨기 가스나야! 그런 일이면 진작 찾아오지 않고 와 이제 왔노? 보험일이라면 내가 일가견이 있지 않노? 아는 사람도 많고 ……. 그래 계약서는 갖고 왔나? 당장 내봐라! 우리 가족부터 먼저 가입하게."

보험계약은 일사천리로 진행되었다. 보험회사에 들어가고 처음 하는 계약이라 정신이 하나도 없었다. 계약서에 도장을 찍자마자 미숙은 바로 일어섰다. 아무리 언니라도 민망한 나머지 집에 바쁜 일이 있다고 핑계를 대고 밖으로 나왔다. 버스정류장에 도착해서야 휴우~, 안도의 한숨이 나왔다.

하루가 몹시 길게 느껴졌지만, 마음만은 하늘에 떠있는 새털구름처럼 가볍기 그지없었다. 꽉 막혀 앞이 보이지 않던 미래가 조금은 열리는 듯했다. 꽃다운 여상시절 사회생활을 처음 시작할 때가 생각났다. 그 당시에는 타의 추종을 불허하는 부러움의 대상이었을 뿐만 아니라 매사에 자신감이 충만했다. 싸악, 써억 사람의 영혼을 긁어대는 바람소리에 밀려 어디론가 쓸려가는 낙엽에도 너무나 설레고 행복했었다. 그야말로 매일매일이 꿈같은 나날이었다.

결혼과 함께 가정이라는 울타리 속에 푹 파묻혀 살다보니 세월은 무능력자라는 낙인을 찍고 사정없이 지나가버렸다. 어느덧 마흔 중반의 날개 꺾인 한 여자는 무심한 세월에 바래 초라하게 빛을 잃었다. 마음속으로 힘을 내야한다고 수없이 되뇌어보았지만, 현실의 벽은 모든 희망을 삼키고도 입을 딱 벌리고 서 있었다.

혹한에 얼어버린 엔진을 예열하는데도 시간과 노력이 필요하듯, 미숙의 재기는 아주 더디게 진행되었다. 시동이 걸리면 다시는 식지 않는 마그마가 되어 과거의 영광을 재현해보리라, 미숙은 두 손을 불끈 움켜쥐고 다짐에 다짐을 했다.

대구행 버스를 탄 미숙은 창문가 오른쪽에 자리를 잡고 앉았다. 몇 정거장을 지나자 학생들이 우르르 올라탔다. 푸릇푸릇한 젊은이들의 땀 냄새가 차 안을 가득 매우기 시작했다. 쾌쾌한 냄새가 버스 안을 진동시켰지만 싫지만은 않았다. 돈 없고 배고픈 학생일지라도 젊음의 혈기는 무엇과도 바꿀 수 없는 중요한 자산이기 때문이다. 버스가 온통 학생으로 채워지니 자신도 덩달아 젊어지고 용기가 나는 것만 같았다. 이 기운이 영원히 함께 하기를 기대하면서 빠르게 스쳐가는 들판을 내려다봤다. 가을걷이를 하는 노부부의 모습이 눈에 들어왔다. 그 뒤에는 한 쌍의 백로가 농부의 뒤를 부지런히 따라다니면서 벌레며, 개구리를 잡아먹기에 바빴다. 해거름이 얼마 남지 않음을 아는지 미숙의 마음처럼 서둘러댔다. 버스가 월드컵대로를 지나 범어로터리로 접어들자, 미숙은 내릴 준비를 하고 벨을 눌렀다.

미숙은 사무실로 곧장 갔다. 어깨에는 오늘의 자부심이 훈장이 되어 사무실로 함께 걸어가고 있었다. 미숙은 피식 웃음이 나왔다. 이런 게 사람 사는 재미인가? 미숙의 의욕이 오랜 동면에서 서서히 깨어나고 있었다.

"김미숙 씨 첫 계약 축하합니다."

깐깐한 소장의 목소리가 귓전을 반복해서 울렸다. 미숙은 서둘러 계약 가능한 사람들의 명단을 추려 정리하기 시작했다. 학교 동문, 친구, 친척, 고향 선배, 집안 오빠 등 생각나는 대로 수첩에 꼼꼼히 옮겨 적었다. 여우가 과거에 묻어둔 먹잇감을 기억해내 듯, 미숙도 과거의 기억들을 모조리 되새김질해냈다.

잠시 잊고 있던 우중 오빠가 떠오르자, 바로 순자에게 전화를 돌렸다.

"순자야! 나야. 미숙이……."

"어! 오래만이네. 잘 지냈어?"

"나야 늘 그렇지 뭐."

간단히 인사를 나누고 우중 오빠 연락처를 물었다.

"우중 오빠는 왜?"

미숙은 얼렁뚱땅 얼버무렸다.

잠시 기다리라며 수첩을 넘기는 소리가 수화기 너머로 들려왔다. 전화번호를 받아 적은 미숙은 언제 만나 차 한 잔 하자며 도망치듯 전화를 끊었다.

목도 타고 커피 생각이 나서 바로 옆 커피전문점으로 가서 아메리카노 한 잔을 시킨 미숙은 고단함을 잠시 내려놓은 채 천천히 커피향을 음미하기 시작했다. 그윽한 커피향과 온기가 목구멍을 타고 내려가 온몸에 퍼졌다. 창문 너머로 비치는 네온불빛이 어둑어둑한 그림자와 함께 어깨동무하며 걸어오고 있었다. 바쁘게 움직이는 무리들 가운데 미숙을 아는 사람은 아무도 없었다. 미숙은 허전한 마음도 채우고 저녁거리도 준비할 겸 대백프라자로 갔다. 한참을 여기저기 돌아다니며 장을 보자 비로소 마음이 진정되었다.

집에 도착하니 자정이 가까웠다. 애들은 잠들고 집 안은 절간처럼 고요했다. 며칠 전 시누이 집에 다니러 가신 시어머니도 아직 오지 않은 모양이었다. 미숙은 마당에 우두커니 서서 한참동안 하늘만 쳐다봤다. 이슬이 내려앉는 듯 콧등에 와 닿은 차가운 밤공기가 몸서리치게 싫었다. 정신을 차리고 방에 들어가 보일러를 틀어놓고 방바닥에 등을 대니 파김치처럼 몸이 늘어졌다.

알림시계가 요란하게 울려댔다. 부랴부랴 일어나 아침 준비를 해두고 애들을 깨웠다. 애들도 힘이 드는지 일어날 생각을 도무지 하지 않았다. 미숙은 방문을 활짝 열고 이불을 걷어치웠다. 그때서야 아이들은 얼굴을 잔뜩 찌푸린 채, 비시시 눈을 비비며 일어났다. 밥상이 안으로 들어가자, 두 놈은 얼른 밥을 먹고 책가방을 챙겨

부리나케 학교로 갔다.

아이들이 나간 뒤 미숙도 아침밥을 몇 술 뜨면서 이런저런 생각에 잠겼다. 어제는 언니한테 갔다 왔으니까, 오늘은 작은 오빠 공장에 가봐야 하나? 먼저 올케에게 전화를 걸었다.

"어머나, 아가씨! 그동안 어떻게 지냈어요?"

"그럭저럭요. 오빠 집에 계세요?"

"아가씨는. 지금 시간이 몇 신데? 출근한 지 한참 됐어요."

"갑자기 오빠는 왜요! 무슨 일이 있어요?"

"아니에요. 그냥 오빠 공장에 한번 들릴까 해서요."

"오늘 오후 일본에서 손님이 온다고 했으니까 아마 회사에 있을 거예요."

평소 작은 오빠와 자주 연락하는 편이 아닌 터라 보험 문제로 가려니 발이 떨어지지 않았다. 그러나 미안한 마음은 잠시 접어두기로 했다. 우물쭈물하다 아무것도 할 수 없을 것 같아 일단 부딪혀 보기로 마음먹고, 버스정류장으로 가면서 사무실에 전화를 걸어 오전에 오빠 공장에 방문하고 오후에 출근하겠다고 알렸다.

오빠 공장은 대구대학교 뒤쪽에 있어 가는데 두어 시간이나 걸렸다. 버스가 시내를 얼마나 돌고 도는지 차 안에서 완전히 곤죽이 다 되었다. 대구대학교 정문에서 오빠 공장까지는 버스가 없어 돈도 아낄 겸 걷기로 했다. 거의 반 시간 가까이 걸어서야 도착했다.

공장은 기계 돌아가는 소리로 요란했다. 일본 톱생산업체의 한국 하청공장이라 회사 규모는 아주 작았다. 직원 네다섯 명을 데리고 꾸려가고 있었다. 3D업종32)이라 사무실 여직원을 제외하고는 모두

방글라데시, 필리핀 등 이주노동자였다. 작은 공장이라도 톱을 생산하려면, 열처리와 도금문제는 외주로 처리하더라도 최소한 선반, 밀링머신, 드릴링머신, 유압펀칭기, 절단기, 절곡기, 연마기, 진공청소기, 각종 계측기, 자동포장기 등 다양한 설비가 필수적이었다. 오빠가 일본바이어들과 오랜 거래로 신임을 받아, 일본 본사의 전폭적인 자금 지원으로 최신식 시설로 교체했다고 올케로부터 들었다. 사무실에 들어서자 오빠가 반갑게 미숙을 맞이했다.

"안 그래도 네가 온다고 집사람이 전화를 해, 점심도 먹지 않고 기다리고 있는 중이다. 어서 앉아."

오빠가 여직원에게 점심을 준비하라고 일렀다. 얼마 있지 않아 밥상이 들어왔다. 시간제로 직원 식사를 담당하는 아줌마가 있는 모양이었다.

오빠는 아줌마에게 막내 동생이라고 미숙을 소개시켰다. 식사담당 아줌마는 부끄러운 듯 가벼운 눈인사만 남기고 서둘러 사무실을 빠져나갔다.

김이 무럭무럭 나는 밥상을 보자, 오빠는 입맛을 쩝쩝 다시며 얼른 먹자고 했다. 오빠가 국그릇을 들고 후루룩 한 모금을 마셨다. 많이 시장했는지 눈 깜짝할 사이에 밥 두 그릇을 마파람에 게 눈 감추듯 깨끗이 비웠다. 사실 미숙도 배고파서 뱃가죽이 등에 붙을 지경이었다. 오래 버스를 타고 다시 고갯길을 넘어 힘들게 걸어온 탓이다. 허기진 상태에서 밥을 먹으려니 미숙도 덩달아 밥 먹는 속도가 빨라졌다.

---

32) 더럽고(dirty), 힘들고(difficult), 위험한(dangerous) 분야의 산업을 가리킨다.

커피를 마시며 오빠가 미숙의 근황을 먼저 물었다. 미숙은 집안 이야기, 애들 문제, 그리고 보험회사에서 일하게 된 사연까지 남김없이 죄다 말했다. 일본바이어가 올 시간이 가까운지 오빠가 벽시계를 자주 봤다. 조급함이 느껴졌다. 할 말 있으면 빨리하라는 눈치였다. 그래도 미숙은 입이 떨어지지 않았다. 오빠와 언니는 달랐다. 보험회사에 다닌다는 걸 알면서도 보험계약해준다는 말을 먼저 꺼내지 않는 오빠가 야속했다.

"미숙아, 나한테 볼일이 뭐야? 어서 말해봐."

미숙이 쭈뼛쭈뼛 보험 이야기를 꺼내자, 준비하고 있었다는 듯이 말했다.

"서류 있지? 얼른 내놔봐라!"

오빠는 화재보험·생명보험·근로자보험 계약서에 시원하게 쾅쾅 도장을 찍었다.

"미숙아. 너처럼 숫기가 없어가지고서야 어디 오래 붙어 있겠냐? 일단 간이 커야지."

미숙이 마음을 다칠까봐 조심스럽게 격려하는 오빠가 느껴졌다. 미숙이 잠시 화장실에 다녀오자 일본 손님으로 보이는 차량이 공장 안으로 들어오기 시작했다. 미안한 마음에 오빠한테 제대로 인사도 못하고 공장을 빠져 나왔다. 오빠 공장에서 대구대학교 정문까지 걸어오면서 다닥다닥 불은 시골풍경이 미숙의 눈을 사로잡았다. 올 때는 마음이 급하고 다리가 아파 고즈넉한 시골풍경이 눈에 들어오지 않았다. 마음의 평온을 되찾자 모든 게 아름답게 보였다. 햇살에 반사된 나지막한 기와지붕 위에 하얗게 핀 구절초 꽃이

미숙과 함께 걸어가고 있었다. 행복이란 멀리 있는 게 아니었다. 이렇게 작은 성취로도 충분히 행복했다. 성과물을 얻고 가는 길은 아침에 올 때와 전혀 다른 길이었다. 가볍고 뿌듯한 발걸음이 미숙을 금세 버스정류장까지 데려다 주었다. 버스를 타고 가방을 열자 낯선 봉투 하나가 보였다. 화장실에 간 사이 오빠가 몰래 넣었나 보다. 그래 오빠 말처럼 씩씩하게 개척하자. 이왕 내디딘 발 포기하지 말고 끝까지 살아남자.

미숙이 사무실에 들어가 보험계약 서류를 넘기자, 여기저기서 시기성 환호성이 터졌다.

"김미숙 씨! 연일 안타만 치면 우리는 어떻게 하노?"

"나도 공장하는 오빠가 있으면 얼마나 좋을까!"

조용히 옆에 서있던 베테랑 언니 가볍게 어깨를 두드리며 지나갔다.

"수고했어요. 계속 그 자세로 쭈~욱, 파이팅!"

미숙은 칭찬을 받은 아이처럼 기쁨에 겨워 어쩔 줄 몰랐다. 한동안 상기된 얼굴에 우쭐한 기분으로 둥둥 떠다녔다.

보험업계 선배들에 의하면, 자신이 알고 지내는 인맥이 모두 소진되고나면 그때부터 진정한 시련과 절망이 찾아올 것이라 했다. 미숙에게도 그런 날이 필히 올 것이다. 그러나 지금은 사회를 배우는 데 방점을 찍어두고, 전업주부로 산 세월만큼 더 노력하리라 힘껏 채찍을 내리쳤다.

27. 불영사 돌거북

짱위에홍은 경북대학교 어학교육원에서 한국어 공부를 열심히 하면서 학위논문에 필요한 한국자료를 수집하는데 일과의 대부분을 보냈다.

박정희대통령기념사업회, 새마을운동중앙회, 한국무역협회, 대한상공회의소, 전국경제인연합회, 중소기업중앙회, 국회도서관, 경북대학교도서관, 영남대학교도서관, 대구가톨릭대학교도서관, 대구대학교도서관, 포항공대도서관, 한국과학기술원도서관, 경상북도, 경산시청, 청도군청, 대구광역시청 등을 빠짐없이 방문하며 자료를 찾았다.

정혁이 평택, 당진, 아산, 오송에 있는 거래처를 두루 방문하고 사무실로 돌아오니까 짱위에홍이 혼자 사무실을 지키고 있었다.

"치엔뻬이! 출장 간 일은 잘되었나요?"

"시간이 지나봐야 알겠지만 반응은 괜찮았어."

"성과가 있다니 정말 기쁘네요. 따꺼! 궁금한 게 있어 그러는데, 뭐 하나 여쭤 봐도 될까요?"

정혁이 미소를 지으며 고개를 끄덕였다.

"또 뭐가 궁금하실까?"

"오랜 출장으로 피곤하지 않으세요?"

"이 정도야 아무것도 아니지."

"다름이 아니라 요즘 한국 신문을 볼 것 같으면, 독도문제로 많이 시끄럽던 데 그 이유가 뭔가요?"

"쌰오짱이 한국에 온 지 얼마 되지 않아 한국과 일본의 오랜 앙숙관계를 잘 모르는 모양이구먼! 일본이라는 나라는 옛날부터 노략질로 연명해오던 민족이었어. 그래 그런지 여전히 섬나라근성을 떨쳐내지 못하고, 한·일간의 중요한 이슈인 위안부문제, 강제징용노역자임금체불문제, 강제이주조선인본국송환문제, 강제반출문화재반환문제, 대마도(對馬島)반환문제 등에도 갖은 핑계를 대가며 미온적인 태도로 일관하고 있지."

쌰오짱이 고개를 끄덕이며 말했다.

"치엔뻬이! 일본이라는 나라는 원래 속과 겉이 다른 민족이라고 하잖아요? 언젠가는 큰 벌을 받을 겁니다. 근래 일본에서 유난히 지진이 많이 일어나고, 불가항력적인 쓰나미(tsunami)가 덮쳐오는 것도 다 이유가 있었네요."

쌰오짱의 말에 정혁은 속이 다 시원했다. 남의 불행에 박수치는 소인배는 아니지만 내심 고소한 마음이 전혀 없었던 것도 아니었다. 조속한 해결이 요구되는 과거사문제들이 산더미처럼 쌓였음에도 불구하고, 일본은 하루가 멀다 하고 못된 짓거리만 골라서 하니 어찌 국제사회에서 왕따를 당하지 않을 수 있겠는가?

"이웃나라에서 내우외환으로 조금만 틈만 보이면, 약삭빠르게 비집고 들어와 자신들의 잇속 챙기기에 혈안이 될 뿐 아니라 온갖 비열한 짓거리도 서슴지 않는 게 나도 솔직히 역겨워."

"치엔뻬이! 일본이 한국의 독도를 호시탐탐 노리는 이유가 뭔가요?"

"그거야 독도만이 갖고 있는 특별한 중요성이라고나 할까? 예를 들면, 첫째 해양 군사적 관점에서의 독보적 위치성, 둘째 풍부한 어족자원, 셋째 다양한 지하자원 등을 들 수가 있겠지."

"따꺼! 한국인들은 언제부터 독도를 실효적으로 지배해 왔지요?"

"한국인들이 배타적 권한으로 독도를 지배해 온 지는 아주 오래되었어."

"그런 주장을 받쳐줄 역사적 근거가 있나요?"

"그거야 이루 다 헤아릴 수가 없지."

정혁은 쌰오짱에게 독도의 역사를 들려주었다.

원래 우산국은 작은 섬나라였으나, 신라 지증왕 13년 신라 장수 이사부(異斯夫)에 의해 평정된 뒤 신라 영토로 완전히 귀속되었다. 그리고 연이어 들어선 고려, 조선에 이르기까지 줄곧 한국인들이 우산국(현, 울릉도와 독도) 일대를 통치해왔다.

이런 사실을 증명해주는 역사적 자료로서 첫째, 중국인 왕판(王泮)

의 천하여지도(天下與地圖)를 바탕으로 1603~1650년경 조선에서 수정하여 새로 제작한 '조선본 동아시아지도(17세기 초)'의 한반도 부분에서 울릉도와 독도가 명확히 표시되어 있다.(이 지도는 현재 프랑스국립도서관에서 소장하고 있다) 둘째, 1785년의 '삼국접양지도(三國接壤之圖)'는 일본실학파의 최고봉이었던 하야시 시헤이((林子平)가 그린 지도인데, 국경과 영토의 경계를 명확히 구분해 채색하였다.

원래 우산국은 한반도에서 노역을 피해 도망간 사람들이 살던 곳이었다. 남겨진 기록으로 보면, 512년(신라지증왕 13) 이사부(異斯夫) 장군에 의해 정복되어 신라영토로 완전히 귀속(독도, 우산국의 영토), 930년(고려태조 13) 고려에 귀속, 1141년(인종 19)에는 명주도감창사(溟州道監倉使) 이양실(李陽實)이 관원을 파견, 1157년(의종 11)에는 본토인을 이주시킬 목적으로 명주도감창 전중급사 김유립 파견, 1197년 증보문헌비고(增補文獻備考)·여지지(與地志), 1417년(조선 태종) 왜구의 침략을 우려해 무릉도(울릉도)·우산도(독도)에 공도정책(空島政策)실시, 1425년 우산도(于山島)로 호칭, 1454년 세종실록지리지 편찬, 1469년 삼봉도(三峰島)로 호칭, 1531년 신증동국여지승람 팔도총도, 1618년 일본 무라까와(村川), 오따니(大谷) 두 가문 불법울릉도출어·벌목채취, 1667년 사이토 호센(齋藤豊仙)의 은주시청합기(隱州視聽合記), 1693년 자산도(子山島)로 호칭, 안용복사건, 1697년 일본 도쿠가와 막부(德川幕府) 안용복의 활약으로 일본인의 울릉도·독도불법출항을 금지하겠다는 문서를 보내옴, 1714년 암행어사 조석

명의 강원도 보고, 1794년 한창국의 울릉도유민수색보고서, 1849년 프랑스의 리앙쿠르트호가 리앙쿠르트로 명명, 1881년 척민정책(拓民政策)[33]실시－일본어민의 울릉도출어에 엄중항의, 1882년 공도정책(空島政策)[34]의 철회, 1883년 각 도로부터 모집한 16호 54명을 울릉도에 입거(入居).

1895년 약 200년간 계속되어온 수토제도(搜討制度)[35]폐지, 1898년(광무 2) 울릉도에 도감을 두도록 지방관제 개칭, 1900년 칙령 제41호 공포－울릉도를 군으로 승격하고 군청의 관할구역에 석도(독도)를 포함시킴, 1903년 울릉도－2대 심흥택 군수 취임, 1904년 한일협정서 성립, 1905년 일본내각회의에서 야욕을 품고 독도를 일본영토로 편입 결정, 1906년 울도군수 심흥택의 보고, 1907년 경상북도 울도군(鬱島郡)으로 편제, 1910년 한국수산지 제1호 제1편에 한국령 표기, 1943년 카이로선언, 1945년 맥아더라인, 1946년 연합군최고사령관훈령677호(SCAPIN No 677), 1947년 울릉도·독도 종합학술조사, 1948년 미 공군 폭격연습 중 독도로 출어중인 어민 30명 희생－당시 독도는 미군의 폭격연습장이었음, 1948년 대한민국정부수립과 동시에 경상북도 울릉군 남면 도동 1번지로 행정구역 편입, 1951년 독도조난어민위령비건립, 1952년 이승만 대통령－'인접해양 주권에 관한 대통령 선언', 1952년 일본 시마네현(島根縣) 어업시험장 소속 시험선 '시마네마루(島根丸)'호 독도 영해침범, 1952년 독도의용수비대 창설과 독도의용수비대 독도

---

33) 섬을 개척하여 백성들을 살게 하는 정책을 가리킨다.
34) 왜구의 침입을 방지하기 위해 섬을 잠시 비우는 정책을 가리킨다.
35) 정기적으로 관원을 파견해 섬을 점검·관리하는 제도

상주, 1954년 항로표지(등대)설치—각국 통보, 1956년 독도의용수비대 완전철수와 경북경찰청 울릉경찰서에 독도수비 업무인계, 1961~1962년 국립건립연구소에서 지형도 작성을 위한 평판측량 실시/축척 1 : 3.000 지형도제작, 1976년 2차 학술연구조사, 1977년 독도경비대 개편, 1977년 경북대학교 주관 3차 학술연구조사, 1978년 한국사학회 <울릉도 및 독도 종합학술조사보고서>, 1980년 건설부 국립지리원에서 대형지형도제작, 1981년 10월 14일 최종덕 독도전입, 1981년 한국자연보존협회 주관 4차 학술연구조사실시, 1982년 '독도 해조류 번식지' 천연기념물 336호로 지정, 1986년 조준기 독도 전입, 1987년 독도최초 호적등재 1호 송재욱, 1988년 1차 울릉도~독도 뗏목탐사 성공(한국외대 독도연구회), 1989년 푸른독도가꾸기 모임결성, 1991년 김성도 독도 전입, 1995년 생태계보호대상지로 지정, 1996년 접안시설공사 착공과 경북경찰청 울릉경비대 경비임무인수, 1997년 도동약수공원(道洞藥水公園)에 독도박물관개관, 1998년 한국과 일본 '신한일어업협정(新韓日漁業協定)' 서명, 2000년 울릉군의회. 경상북도 울릉군 울릉읍 도동리 산42~76번지에서 '경상북도 울릉군 울릉읍 독도리 산1~37번지'로 행정구역 변경, 2000년 일본우익단체들 방일 중인 김대중 대통령 숙소 침입 시도, 2001년 독도 호적이전—159가구 557명, 2001년 환경부—독도생태계 종합조사실시 등의 역사적 기록들이 수두룩하다.

특히, 안용복의 도일활동에 대해서는《숙종실록》《승정원일기》《동국문헌비고》등 한국의 관찬서와《죽도기사(竹島紀事)》《죽도

도해유래기발서공(竹島度海由來記拔書控)》 《인부연표(因府年表)》《죽도고(竹島考)》 등 일본 문헌에도 자세히 나와 있다.

"치엔뻬이는 대한민국이 독도를 굳건히 지키기 위해 앞으로 어떤 대책을 세워야한다고 생각하세요?"

"글쎄. 다양한 대책들이 많이 있겠지만, 나는 최소한 다음 세 가지는 꼭 필요하다고 생각하고 있어. 첫째, 먼저 국가는 국민들에게 올바른 역사관과 확실한 민족정체성 교육을 시키고, 이를 밑바탕으로 국민들의 뜨거운 에너지를 한곳에 모이도록 노력해야 한다. 둘째, 독도가 한국의 고유 영토라는 것을 정부, 국회, 법조계, 언론계, 학계, 민간단체, 개인 할 것 없이 국민 모두가 똘똘 뭉쳐 매스컴, 인터넷뿐만 아니라 다양한 국제기구를 통해 논리적, 체계적인 방법을 총동원해 적극적이면서 지속적으로 국제사회에 알려야 한다. 셋째, 한반도 주변 국가들의 역학관계를 치밀히 따져본 뒤, 고차원적인 외교 전략수립과 더불어 국가를 안전하게 방위할 수 있도록 최첨단 군사장비 조기구축에도 최선의 노력을 다해야한다. 내가 너무 뻔한 애기를 했나?"

"아니에요. 나라를 생각하는 따꺼의 마음이 그대로 전해져요. 몇몇 한국 사람들은 자세한 내용은 모른 채, 막연하게 독도는 우리 땅이라고만 생각하는 것 같아서 답답했거든요. 따꺼 같은 사람이 있는 한 독도는 안전할 거예요. 그나저나 내일은 쉬는 날인데 뭐하세요?"

"아직 별다른 계획은 없는데…… 왜 심심해?"

"그럼 저랑 바람 쐬러 가실래요?"

"샤오쨍! 공부하기가 힘들구나."

"그게 아니고요. 주위에서 영덕의 풍력단지와 울진의 불영사(佛影寺)가 아름답고 해서요."

이튿날 아침 두 사람은 경북대학교 정문에서 만났다. 정혁과 쨍위에홍은 시원하게 뚫린 대구-포항 간 고속도로를 달려 영덕으로 향했다.

"저기요 따꺼. 저걸 보니까 갑자기 궁금한데, 물어봐도 돼요?"

샤오쨍이 가리킨 뒷자리에 롯데백화점 쇼핑백이 있었다.

"거기 샤오쨍 선물 없어. 잡동사니 서류가 들어 있을걸."

"그게 아니고요. 문득 롯데그룹 성장배경이 궁금해서요."

"하여튼지 우리 샤오쨍은 특이한 여성이야. 그런 게 뭐 그리 궁금할까?"

"그러게 말이에요."

"롯데그룹의 효시라면……."

정혁은 잠시 기억창고를 더듬었다.

신격호(辛格浩) 롯데그룹 총괄회장은 1922년 경남 울산군 삼남면(현, 울산광역시)에서 5남 5녀 중 장남으로 태어나 울산농림고등학교와 일본 와세다(早稻田)대학 화공학과를 졸업했다. 그리고 1949년 일본에서 주식회사 롯데로 시작하여 1959년 롯데상사, 1961년 롯데부동산, 1968년 롯데물산, 주식회사 훼밀리(family) 등 상업, 유통업으로 일본의 10대 재벌이 되었다.

그 뒤 한일국교정상화가 이루어지고 1967년 4월부터 국내에

롯데제과를 설립하면서 기업 활동이 본격화되었다고 볼 수 있다. 한국롯데의 성장과정을 간단히 살펴보면 1967년 롯데제과, 1973년 호텔롯데, 1979년 롯데쇼핑, 1983년 롯데유통사업본부, 1990년 롯데마트설립, 2000년 롯데수퍼설립, 2007년 중국지주회사 등을 설립하면서 글로벌기업으로서 면모를 갖추게 되었다.

"그렇군요. 그럼 원래는 일본에서 시작된 셈이네요?"

"그렇지."

"남의 나라에서 그것도 일본에서 그렇게 대단한 기업을 일으켰다니 놀랍네요."

"왜? 쌰오쨍도 대한민국에서 기업을 일으켜 중국으로 돌아가게?"

"못하란 법도 없죠. 꿈은 클수록 좋고 절망은 작을수록 좋은 거 아닌가요?"

"그래그래. 제발 그래라."

두 사람은 영덕(盈德) 강구항(江口港)에 도착하자마자 대게전문 요리점인 '강구대게맛집'으로 들어갔다.

일층에서 싱싱한 영덕대게로 선별해 요리를 부탁하고, 삼층으로 올라간 정혁과 쨍위에홍은 바다가 내려다보이는 창가에 자리를 잡았다. 잠시 후, 먹음직한 대게요리가 한 상 차려져 나왔다.

"쌰오쨍! 객지에서 공부한다고 고생 많은데 영덕대게로 몸보신 좀 하지. 대게회도 있고, 대게치즈버터구이도 있고, 대게내장비빔밥도 있고 그리고 대게탕도 있으니 마음껏 골라먹어. 양에 안 차면 더 시켜줄게."

식탁을 보며 환한 미소를 머금은 쌰오쨍이 신기한 듯 물었다.

"치엔뻬이! 여기서는 대게를 빼먹기 쉽게 잘 손질해 나오네요?"

"그게 바로 서비스 정신이야. 중국은 그게 좀 부족하지?"

"맞아요. 근데 기본반찬도 다양하게 깔렸네요?"

"동종업계에서 살아남기 위한 고육지책이겠지. 그렇지 않으면 무한경쟁시대에 어떻게 살아남을 수 있겠어?"

점심을 해결하고 다시 해안선을 따라 달려 영덕해맞이공원과 영덕풍력단지로 올라갔다.

"치엔뻬이! 저기 있는 등대 이름은 뭔가요?"

"창포말등대(菖浦末燈臺)라고 해. 지역특산물인 대게를 활용해 조형물로 만들어 놓으니까 지역 이미지가 확 각인되는 것 같은데?"

"맞아요. 정말 재미있는 조형물이네요. 아이디어가 독특해 끝없이 펼쳐진 동해바다의 존재감을 더욱 돋보이게 하네요. 따꺼! 우리 산책로를 따라 바닷가로 내려가 보면 어떨까요?"

내려갈수록 동해바다와 하늘빛이 점점 짙은 에메랄드빛으로 변해갔다. 푸른 잉크를 풀어놓은 듯한 바다와 영덕해맞이공원의 아름다운 경관이 조화를 이뤄 한 폭의 그림 같았다.

"쌰오짱은 바다가 좋아, 산이 좋아?"

"둘 다 좋아하지만, 그래도 바다를 좀 더 좋아하는 편이에요. 따꺼! 제가 한국에 와서 홀딱 반한 세 가지가 있는데 그게 뭔지 아세요?"

"글쎄?"

"하나는 한국의 자연환경이고요. 다른 하나는 문화유적과 전통이 잘 보전돼 있다는 점이에요."

"나머지 하나는 비밀이지?"

언젠가 이 비슷한 얘기를 한 것 같다. 말하지 않아도 알 수 있는 세 번째.

두 사람은 야생화로 뒤덮인 영덕해맞이공원을 뒤로 하고, 바람의 언덕인 영덕풍력발전단지로 자리를 옮겼다. 총 스물네 대의 풍력발전기가 돌아가면서 연간 이만 가구가 사용할 수 있는 에너지를 생산한다고 했다. 이것은 영덕군민 전체가 일 년간 사용할 수 있는 양이었다. 풍력·태양광 등 자연에서 만들어내는 에너지의 현황을 볼 수 있는 신재생에너지관, 풍력발전단지를 한눈에 감상할 수 있는 전망대, 어린이놀이터, 축구장, 퇴역한 항공기전시장, 해맞이 캠핑장 등 다양한 시설들이 보기 좋게 갖춰져 있었다.

"따꺼! 멀리서 볼 때는 풍력발전기가 조그마한 줄 알았는데, 가까이서보니 그 규모가 어마어마하네요?"

"샤오쨩! 조금 전 설명문을 봤는데 한쪽 날개의 길이가 사십일 미터이고 몸체의 높이는 무려 팔십 미터래. 대단하지?"

"치엔뻬이! 산 정상에서 망망대해를 바라보니 전망이 끝내주네요. 가슴을 거풍하는 것 같아요."

샤오쨩 말을 듣고 정혁도 바다를 바라보며 한동안 가슴을 거풍했다. 잡다한 먼지와 불순물들이 모조리 씻겨나가고 산뜻해지는 기분이었다.

다음은 해안가를 따라 고래불해수욕장으로 갔다. 하늘을 닮은 백사장과 바다를 닮은 송림이 끝없이 펼쳐져 있었다. 고래불하계휴양소 부근에는 우드데크(wood deck)36)와 고풍스러운 벤치들이 분위기 있게 자리하고 있었다. 그리고 고래불해수욕장 북쪽 끝에는 스테인리스강으로 만든 커다란 돌고래 조형물이 하늘로 뛰어오를 듯 힘찬 몸짓을 하고 있었다.

"치엔뻬이! '고래불'이 무슨 뜻이에요?"

"아아 그건 '고래가 뛰어노는 뻘'이라는 뜻이야."

고려 말, 경북 영덕군 영해면이 고향인 목은(牧隱) 이색(李穡)이 상대산(上臺山)에 올랐다가 고래가 뛰어노는 것을 보고 '고래불'이라고 이름을 지었다고 전하고 있다. 예전에는 백사장 앞까지 고래가 올라올 만큼 바다환경이 뛰어났음을 말해주는 좋은 증거였다.

"따꺼! 돌고래 조형물을 보고 있자니 금방이라도 돌고래들이 해변으로 몰려 올 것만 같아요. 그런데 그 많던 고래들은 모두 어디로 갔을까요?"

"그러게. 모두 어디로 갔을까? 그대와 내 가슴속에 숨은 건 아닐까?"

그들은 햇볕에 반사돼 반짝이는 쪽빛바다를 뒤로한 채, 울진 월송정37)과 아름다운 불영계곡으로 출발을 했다.

"치엔뻬이! 경주에 추진 중인 '불교사찰건립 외자유치건'은 어떻게 되어가고 있어요?"

"불심이 깊은 싱가포르 화교와 손잡고 추진하는 사업인데 조만간 좋은 소식이 있으리라 기대하고 있어."

---

36) 건축분야 전문용어로 '나무난간'을 의미한다.
37) 越松亭. 신라의 네 화랑(花郎)이 울창한 소나무 숲의 경치가 빼어난 줄 모르고 지나쳤기 때문에 월송정이라 지어졌다고도 하고, 중국 월나라의 산에 난 소나무를 배에 싣고 와서 심었기 때문에 이런 이름이 붙었다고도 한다.

"사찰 위치와 규모는 어느 정도 되나요?"

"규모는 그리 크지 않지만, 한국불교의 세계화 방안의 하나로 경북 경주시 서면 운대리 일대 임야 33,280평방미터 부지에 화교자금 총 오십억 원을 유치해·대웅전·국제선원 ·산신각·요사채·삼존불· 지장보살·탱화·석불 등을 최신식으로 조성할 예정이야."

"따꺼! 한국불교를 세계에 알리기 위해 한국 종교인들과 단체들이 그동안 어떤 사업을 추진해 왔나요?"

"많은 한국 스님들이 해외에 나가 포교활동을 하고 계시지만, 그중에도 한국불교계의 대선사이셨던 숭산스님께서 오래전부터 미국을 비롯해 전 세계 198개국을 뛰어다니며 한국불교를 알리기 위해 인생의 절반 이상을 투자하다 몇 년 전 그만 입적하고 마셨어."

"저런. 정말 안타까운 일이네요."

"그러게나 말이야. 숭산스님을 대신할 만한 한국불교의 대선사가 아직 눈에 띄지 않으니 큰일이야."

"치엔뻬이! 한국불교는 외국불교와 어떤 차이점이 있나요?"

"불교국가들 가운데 불교교리에 충실하면서 선수행의 맥이 살아 있는 곳은 대한민국밖에 없어. 그 사실을 세계가 제대로 인식한다면, 한국불교의 세계화는 들불처럼 번져나가게 될 거라고 봐. 그리고 한국불교의 세계화는 불교인들만의 문제가 아니라 대한민국의 문화와 전통을 지구촌 곳곳에 알리는 사업이야. 때문에 사찰음식으로 새로운 먹거리를 창출하는데도 획기적인 전환점이 될 가능성이 많고."

"따꺼! 한국불교는 지구촌에 어느 정도 알려져 있나요?"

"과거에 비해 많이 나아진 편이지만, 한국불교가 서양인들에게 제대로 알려졌다고 보긴 어렵지. 불교라 하면 티베트불교, 대만불교, 일본불교, 남방불교밖에 없는 줄 아는 사람이 아직도 수두룩하니까 말이야."

정혁은 한국불교의 세계화 전략을 쌰오짱에게 들려주었다.

1. 한국불교의 세계화 필요성

인류가 세상에 출현한 후, 오늘날처럼 무질서하고 혼돈에 빠진 적은 별로 없었다. 하루하루 다람쥐 쳇바퀴 돌 듯 세상은 바쁘게 돌아가지만, 개개인의 행복지수는 갈수록 떨어진다. 이런 사실은 동서양을 막론하고 매일매일 커다란 스트레스로 작용해 다양한 부메랑으로 우리에게 되돌아오고 있다.

그러다보니 사람들이 자기정체성을 잃어버리고 매일매일 죽지못해 살아가는 모습은 처량하기 그지없을 뿐만 아니라 심지어 소중한 목숨마저 포기하는 사람도 부지기수다. 이와 같은 현상은 동양보다 서양이 훨씬 심각한 것이 현실이다.

2. 조계종립 한국불교 국제교구본사설립 및 분원설치 필요성

A. 한국불교의 선지식인 선원장들과 기타 전문가들을 주축으로 한 설립준비단 발족

B. 한국불교 국제교구본사선원 서울분원 설치 준비 및 각 도, 광역시 별 분원 설치 준비

3. 조계종립 한국불교 국제교구본사 법인설립 및 해외진출 계획

A. 조계종립 한국불교 국제교구본사 및 한국선불교 국제대학법인
설립

　가. 위치 : 서울 또는 서울 근교

　나. 규모

　　1) 대지 ; 약 300만 평(기존 조계종단 소유토지 활용)

　　2) 건물

건축물 용도	건축물 면적
국제교구 본사용	1만 평
한국선불교 국제대학교용	1만 평(기숙사, 도서관, 체육시설, 문화시설, 기타 포함)

　다. 소요자금 추정치

　　연건평 약 2만 평 × 5백만 원/평당 = 1천억 원/한국화폐 기준

　　* 기숙사, 도서관, 체육시설, 문화시설, 기타비용 포함

　라. 소요기간 및 면적

기간	국제포교용 사찰 및 행정용 건축물면적	한국선불교 국제대학용 학교건축물면적
10년 계획	5천 평	5천 평
20년 계획	1만 평	1만 평

　마. 한국불교 국제교구 본사선원 지방분원 설치면적 및 비용

　　1) 지방분원당 대지면적 ; 1.000~5,000평 정도

　　2) 지방분원당 연면적 ; 300~1,000평 정도

　　3) 지방분원 설치비용 ;

　　　a. 대지-기존 조계종단 소유토지 적극활용

b. 건축비용—최소 180억 원~최고 600억 원

　*기숙사, 도서관, 체육시설, 문화시설, 기타비용 포함

바. 한국불교 국제포교를 위한 스님 양성계획

기간	국제포교 한국스님	국제포교 외국스님
10년 계획	5천 명	5만 명
20년 계획	1만 명	10만 명

B. 국제포교용 한국사찰과 포교당 및 선원설립 중장기 계획

　가. 국제포교용 한국사찰과 포교당 및 선원 규모(100%)

기 간	한국불교 국제포교용 사찰	한국불교 국제포교당 및 국제선원
10년 계획	5천 개소	5만 개소
20년 계획	1만 개소	10만 개소

　나. 한국불교 세계지역별 수요예측

1) 미주지역(25%)

계획	한국불교 국제사찰 수요예상치	국제포교당 및 국제선원 수요예상치
10년 계획	1천2백5십 개소	1만2천5백 개소
20년 계획	2천5백 개소	2만5천 개소

　2)유럽지역(45%)

계획	한국불교 국제사찰 수요 예상치	국제포교당 및 국제선원 수요 예상치
10년 계획	2천2백5십 개소	2만2천5백 개소
20년 계획	4천5백 개소	4만5천 개소

3)아시아지역(중국/인도/오세아니아지역포함 : 20%)

계획	한국불교 국제사찰 수요 예상치	국제포교당 및 국제선원 수요 예상치
10년 계획	1천 개소	1만 개소
20년 계획	2천 개소	2만 개소

4)남미지역(5%)

계획	한국불교 국제사찰 수요 예상치	국제포교당 및 국제선원
10년 계획	2백5십 개소	2천5백 개소
20년 계획	5백 개소	5천 개소

5) 중동 및 아프리카지역(5%)

계획	한국불교 국제사찰 수요 예상치	한국불교 국제포교당 및 국제선원 수요 예상치
10년 계획	2백5십 개소	2천5백 개소
20년 계획	5백 개소	5천 개소

다. 소요자금 추정치

　　1) 국제포교용 사찰 1개소 신축예상금액(평균) ;

　　　　10억 원/한국화폐기준 × 1만 개소=10조 원

　　2) 국제포교당 및 선원 1개소 설립예상금액 ;

　　　　1억 원/한국화폐기준 × 10만 개=10조 원

라. 자금조달방법

　　1) 한국불교 세계화를 위한 국내외기부자 적극개발 ;

　　　　예를 들면−정치인, 기업가, 은행가, 언론인, 연예인, 종교인,

기타 독지가 등

2) 한국불교 세계화를 위한 수입창출사업 전개 ;

예를 들면－영화제작, DVD제작, 교재개발, 불교의복 및 용구

제작판매, 외국어교육사업, 기타 등

마. 한국불교의 국제포교를 위한 인적구성 방법

1) 한국스님 ; 1만 명

2) 외국스님 ; 10만 명

바. 한국불교의 국제포교전략

1) 기존 인프라에 기초한 다양한 포교전략 구사 필요 ;

예를 들면－정부기관, 유학생, 상사주재원, 현지교포, 친한파

현지인, 한국불교외국인승려 및 종사자 등

2) 선진국대상 포교전략 ; 고소득층, 지식층, 유명인, 연예

인, 종교인, 정치가, 기업가, 은행가, 법률가, 교수, 박사

등을 우선 포교 대상으로 한 포교전략 구사 필요

3) 후진국대상 포교전략 ; 고소득층, 지식층, 유명인, 기업

인, 정치가, 종교인, 법률가, 언론인, 교수, 박사 등을

우선적으로 포교 대상으로 하되, 빈민층, 저학력자, 노동

자, 농어민 등 사회 소외계층에 대한 '별도 포교프로그램'

동시전개 필요

4. 결론

과학이 발전하고 물질이 풍요해질수록, 그리고 교육수준이 높을

수록 서양사상과 서양종교에 만족을 얻지 못하고, 자아를 추구하는

동양사상과 불교철학에 깊이 빠져들고 있다. 이런 시대적 흐름을 한국불교가 세계로 나아가는 데 디딤돌로 활용한다면, 한국불교의 세계화뿐 아니라 대한민국의 국제적 위상도 한층 높아지는 계기가 될 것이다.

한국불교가 진출한 서양에서는 한국불교를 배운 서양스님들보다 전통한국불교 선지식들의 지도를 간절히 원하고 있음을 각종 매스컴을 통해 잘 나타나고 있다. 이것이 바로 한국 선지식들이 일어나야 할 절대적 명분이요, 시대적 소명이라 하지 않을 수 없다. 특히 한국불교를 대표하는 조계종단의 역할과 책무는 그 어느 때보다 크고 깊다하겠다.

"치엔뻬이의 촉은 도대체 어디까지 뻗어있는 거예요? 전천후로 세상사 모든 것에 모르는 것이 없고, 그냥 아는 것으로 끝나는 게 아니라 해결방안까지 생각하고 있으니 그 머리 터지지 않는 게 신기해요!"

"실은 나도 귀찮을 때가 종종 있어. 단순하게 살고 싶은데 그게 안 되네. 때론 오해도 받는데 사실은 나도 이러고 싶어서 이러는 게 아니야. 나도 모르게 공부가 공부를 낳고 생각이 생각을 낳으니 골치 아파도 팔자려니 생각하고 생긴 대로 살아갈 밖에……."

어느덧 자동차가 불영계곡에 접어들자 남방계와 북방계 동식물뿐 아니라 기암괴석, 맑은 물 그리고 울창한 숲이 어우러져 빼어난 경관을 자아냈다. 특히 천연기념물인 산양과 은어·뱀장어 등 일급수 어종들도 많이 서식하고 있었다.

정혁과 쨔오짱은 자동차를 불영사주차장에 세워두고 천천히 걸어갔다. 길은 좁아졌다 넓어졌다 하며 길손을 희롱했다. 불영사 일주문을 지나 대웅전에 들러 삼배를 하고, 극락전·응진전·의상전·명부전·요사채·칠성각·산신각·석등·법영루·우물·연못 등을 차례로 살펴봤다.

스님들이 수행하는 공간에는 문이 닫혀 있거나 앞을 가리기 위해 발이 쳐져 있고, 대웅전 중앙 계단 좌우축대 하단부에는 거북이 한 쌍이 버티고 앉아 화기(火氣)를 짓누르고 있었다. 주춧돌 위에 소박하게 자리 잡은 사찰 기둥들은 천년고찰임을 자랑이라도 하듯 세월의 무게만큼 보수의 흔적이 뚜렷했다. 칠성각(七星閣)에는 공부하는 스님이 기거하는지 서가에 많은 책들이 보였다. 그리고 건물 한편에는 겨울을 대비한 장작더미가 차곡차곡 쌓여 있어 길손의 마음마저 따뜻하게 했다.

불영사는 대한불교조계종 제11교구 본사인 불국사의 말사(末寺)로 651년(진덕여왕5) 의상(義湘)이 창건했다. 부근의 산세가 인도의 천축산(天竺山)과 비슷해 천축산이라 하고, 앞쪽 큰 못에 살고 있던 아홉 마리 용을 주문으로 쫓아낸 후 그 자리에 사찰을 지었다고 한다. 서쪽에는 부처의 형상을 한 바위가 있는데, 그 그림자가 항상 못에 비친다고 하여 불영사라고 불린다. 창건 이후 여러 차례의 중수를 거쳤으며, 1396년(태조 5)에 화재로 인해 나한전(羅漢殿)만 남기고 모두 소실된 것을 이듬해에 소설(小雪)이 중건하였다. 그 뒤 1500년(연산군 6)에 양성이 거듭 지었다. 1568년(선조1)무렵에는 성원(性元)이 목어38)·법고39)·범종40)·바라41) 등을 조성하였을 뿐만 아니라 남쪽 절벽 밑에 남암을 지었고, 의상이 세웠던 청련전(靑蓮殿)을 옛터에 중건한 뒤 동전(東殿)이라고도 하였다.

그리고 임진왜란 전에 영산전42)과 서전을 건립하였으나 임진왜란 때 영산전만 남기고 모두 전소되었다.

성원은 1603년에서 1609년(광해군 1) 사이 선당(禪堂)을 건립하고 불전·승사도 다시 지었다. 1701년(숙종 27)에는 진성이 중수를 하였고, 1721년에는 천옥이 중건하였다. 그 뒤 혜능이 요사채를 신축하였을 뿐 아니라 재헌과 유일이 원통전(圓通殿)을 중수하고 청련암(靑蓮庵)을 이전·건축하였다. 1899년과 1906년에는 설운이 절을 중수하고 선방(禪房)을 신축하였다.

현존하는 당우로는 보물 제730호인 불영사 응진전을 비롯하여 극락전·대웅보전·명부전·조사전·칠성각43)·범종각·산신각·황화당·설선당·응향각 등이 있다.

문화재로는 경상북도 유형문화재 제135호인 불영사삼층석탑을

---

38) 木魚는 운판보다도 더 기이한 법구이다. 종각이나 다른 누각에 물고기 모양의 나무를 걸어둔 것으로, 배 부분을 파내어 그 속을 두드리면 소리가 나게 되어 있다.
39) 法鼓. 각종 불교의식에 쓰이는 북을 말한다. 말 그대로 법을 전하는 북으로, 특히 축생(畜生)들에게 전한다는 의미를 담고 있다.
40) 梵鐘. 사찰에서 아침·저녁 예불 때 치는 큰 종.
41) 일명 자바라(啫哱囉)·발(鈸)·제금(提金)이라고 불리는 불교의식도구이다. 바라는 크기에 따라 자바라·요발(鐃鈸)·동발(銅鈸)·향발(響鈸) 등이 있으며 또한 그 용도가 다르다.
42) 靈山殿. 영산은 석가모니가 『법화경』을 설한 영축산(靈鷲山)의 준말로 불교의 대표적인 성지이다.
43) 七星閣. 수명을 연장시켜 준다는 칠성신(七星神)을 모신 사찰의 건물.

비롯하여 경상북도 문화재자료 제162호인 불영사부도(佛影寺浮
屠), 그 밖에도 대웅전축대 밑에 있는 석귀와 배례석·불영사사적비
등이 있다.

"따꺼! 이쪽으로 한 번 와보세요? 저쪽 산 위에 있는 부처상이
연못에 뚜렷이 투영돼 비치고 있는데요."

"그게 눈에 보여?"

"보이고말고요. 한밤중 달빛이 수면을 비출 때보면 주위환경과
어우러져 더욱 운치가 있을 것 같아요."

불영지는 물이 말라 있었다. 둘은 서로의 눈을 들여다보며 미소를
나누었다. 보이지 않는다고 없는 것이 아니요 보인다고 있는 것도
아니다. 그때 낭랑한 풍경소리가 경내를 은근히 울려 퍼졌다.

"치엔뻬이! 이곳은 비구니스님들만 생활하는 공간인가보네요?"

"한국에는 비구스님과 비구니스님이 머무는 사찰이 엄격히 구분
돼 있는데, 불영사는 1968년 비구니선원수행도량으로 지정되면서
부터 비구니사찰로써 명성을 이어가고 있어. 쌰오짱! 혹시 출가44)
할 생각을 하는 건 아니겠지?"

"글쎄요. 마음이 마음을 끝내 모른 척한다면 그럴지도 모르지요.
그런데 따꺼. 대웅보존 앞에 납작 엎디어 기둥을 지고 있는 두
마리 돌거북이 자꾸 마음에 걸리네요. 쟤네들은 무슨 죄가 있어
영원히 저런 벌을 서야 하는 거지요?"

---

44) 出家. 번뇌에 얽매인 세속의 인연을 버리고 성자(聖者)의 수행생활에 들어감을
　　가리킨다.

"화기를 막으려는 방편이라고 하던데……."

"그러게 말이에요. 쟤네들이 불을 낸 것도 아닌데, 단지 물에 산다는 이유로 저렇게 붙들려 있다는 게 말이 되냐구요?"

"그런 걸 두고 운명이라 하는가 보지."

고색창연한 불영사를 둘러본 두 사람은 시간에 쫓겨 고추의 고장인 영양과 사과의 고장인 청송은 구경도 못한 채 바삐 대구로 돌아왔다.

28. 개구리의 점프

정혁은 홍콩에서 오는 손님을 마중하러 대구공항으로 나갔다. 홍콩 손님은 부동산레저개발 분야에서 알아주는 거상이라 마음이 몹시 쓰였다. 정혁이 중국에서 유학할 때부터 구상했던 '종합관광레저타운 입지예정지'를 홍콩 부동산업자에게 처음으로 설명하기 위한 중요한 자리였기 때문이다.

대구공항에서 손님을 기다리던 중 정혁은 대구 원대동에서 안경공장을 운영하는 대한광학의 박경환 사장을 우연히 만났다.

"오 박사님께서 공항에 직접 나오신 걸 보니 아주 귀한 손님이 오시는가 보네요?"

"꼭 그렇다고는 할 수 없지만 부동산개발 분야에서는 상당히 네임밸류가 있는 회사입니다."

"저희들에게도 능력 있는 화교 바이어나 중국 바이어가 있으면 소개 좀 부탁드립니다."

"박 사장님과 파트너가 될 만한 사람이 있는지 알아보도록 하겠습니다. 출장준비를 단단히 하고 나오신 걸 보니 어디 멀리 가시는 모양이십니다."

"수출한 제품 가운데 일부가 클레임45)에 걸려 바이어와 협의를 하기 위해 뉴욕으로 가는 중입니다."

"까다로운 바이어46)를 만나셨군요?"

"그만큼 수출환경이 어렵다는 증거이겠지요."

대한광학의 박경환 사장과 대화를 나누는 중에 홍콩발 비행기가 대구공항에 착륙했다는 간단한 멘트가 흘러나왔다.

"홍콩 손님과 비즈니스 잘 하시고, 나중에 술이나 한잔합시다."

정혁은 박경환 사장과 헤어진 뒤 곧장 공항검색대로 갔다. 얼마 있다가 문이 열리더니 승객들이 하나둘 나오기 시작했다.

"펑(彭, 팽) 회장님! 이쪽입니다."

정혁이 손을 흔들었다. 펑 회장은 내일 서울에서 미팅 약속이 있다며 바로 현장에 가보길 원했다.

"그러시죠, 펑 회장님. 제가 보내드린 자료는 받아보셨습니까?"

"보내온 자료에 의하면 위치는 아주 좋았습니다."

"그럼 상세한 정황은 현장에 가서 설명드리도록 하겠습니다."

정혁은 펑 회장을 모시고 경북 청도군 운문면으로 향했다. 화교자

---

45) claim. 무역거래에서 수량·품질·포장 따위에 계약위반 사항이 있는 경우에 물건을 파는 사람에게 손해배상을 청구하거나 이의를 제기하는 일.
46) buyer. 무역상(貿易上) 판매자에 대한 구매자를 일컫는 말로 수출물품을 사는 사람.

금 유치장소가 한눈에 내려다보이는 운문댐 정상에 도착한 오정혁은 자동차를 세워두고, 펑쨩빠오(彭江保, 팽강보) 회장에게 '청도운문산웰빙드림랜드 조성예정지'인 청도군 운문면, 금천면, 매전면 일대의 잠재수요 여부 · 접근성 · 다양한 교통수단 · 역사성 · 개발의 용이성 등을 집중적으로 브리핑하기 시작했다.

Ⅰ. 사업명칭 : 청도 운문산 웰빙드림랜드(淸道雲門山 WellbeingDreamland) 기본계획

Ⅱ. 사업장 위치 및 면적
 가. 위치 : 경북 청도군 운문면, 금천면, 매전면 일대(운문댐 입구에서 청도군 매전면사무소 앞까지)
 나. 부지면적 : 79,260,000평방미터(24,000,000평)
 다. 계획대상지면적 : 7,401,500평방미터(2,238,940평)
 라. 연면적 : 434,650평방미터(131,480평)

Ⅲ. 도입시설
 가. 중심시설 : 호텔, 쇼핑몰, 디즈니씨, 디즈니랜드, 워터파크, 식물원, 동물원, 수상레포츠
 나. 한방 및 약초 재배단지
 다. 박물관 및 한옥마을 : 전통체험 숙박시설, 영화/만화세트장
 라. 요양병원, 교육시설(대학), 골프장(36홀), 청소년수련시설, 명상수행타운, 공동주택

Ⅳ. 개발예정지 후보지 선정기준과 현지답사

 가. 개발예정 후보지 선정기준

- 역사와 전통이 살아 숨 쉬는 곳
- 큰 호수를 끼고 있는 곳
- 평지와 큰 산이 조화를 이룬 곳
- 산수가 아름답고 원시성이 살아 있는 곳
- 차후, 후보지 주위의 개발가능성이 적은 곳
- 충분한 공간 확보가 가능한 곳
- 접근성이 편리한 곳
- 교통수단이 잘 발달된 곳
- 주위에 잠재수요가 충분한 곳
- 수용 가능성과 매입 단가가 적당한 곳
- 수도권 이외의 지역인 곳

 나. 개발예정후보지 현지답사

 상기 조건에 근거해, 경북은 ● 청도의 운문호 일대 ● 영천의 영천호 일대 ● 군위의 군위호 일대 ● 안동의 안동호/임하호 일대 ● 문경의 경천호 일대 ● 성주의 성주호 일대, 경남은 ● 합천의 합천호 일대 ● 밀양의 밀양호 일대 ● 진주의 진양호 일대, 전남은 ● 순천의 상사호/ 주암호 일대 ● 화순의 동복호 일대 ● 나주의 나주호 일대 ● 해남의 금호호 일대 ● 영암의 영산호 일대 ● 장성의 장성호 일대 ● 담양의 담양호 일대, 전북은 ● 완주의 경천호 일대 ● 진안의 용담호 일대 ● 임실의 옥정호 일대, 충남은 논산의 탑정호 일대 ● 보령의 보령호

일대 ●옥천의 대청호 일대 ●아산의 아산호/삽교호 일대, 강원도는
●춘천의 춘천호/소양호 일대 ●화천의 파로호 일대, 기타지역으로는
●경북 영덕군 병곡면의 고래불해변 일대 ●전북 부안군 계화면의
새만금방조제 일대 ●전남 고흥군 두원면의 담수호 일대 ●경남
사천시 서포면 일대 ●경남 고성군 하이면 일대 등 현지답사를 마쳤
다.

V. 개발의 필요성, 주위환경, 투자효과와 수지분석
 가. 개발의 필요성
  글로벌화 된 우리의 생활환경은 날이 갈수록 좁아지고 왕래는
빈번하다. 사회가 바쁘게 돌아가다 보니 삶의 방향을 잃어버리고
살아가는 사람들이 기하급수적으로 늘어나고 있다.
  또한 정치 외교, 경제, 사회, 환경, 인종, 지역, 교육, 법률, 문화,
예술 등 모든 분야에서 하루도 쉬지 않고 많은 문제점이 분출되고
있으나 우리 사회가 제대로 대처하지 못해 사회적 갈등과 혼란이
매우 심각 상황이다. 이런 문제점들을 해결할 수 있는 가장 좋은
방법은 ●인간성 회복 ●안전한 쉼터와 편리한 접근성 ●공해 없는
생활환경 ●더불어 사는 세상 ●규모의 경제 ●계속적으로 고객을
끌어 들일 수 다양한 시설과 콘텐츠개발 ●차별화된 서비스밖에
없다.
  바로 《청도 운문산 웰빙드림랜드》 와 같은 것을 개발해 인생의
목표인 '요람에서 무덤까지' 책임지는 종합시스템개발이 우리 사회
에 절실한 상태이다. 즉 한곳에서 ●일자리 ●먹거리 ●쇼핑 ●관광

● 의료/요양 ● 정신수양 ● 교육 ● 연구/생산/무역 ● 운동/취미 등 다양한 시설과 풍부한 콘텐츠를 개발해야만 글로벌화 된 지구촌에서 살아남을 수 있다.

나. 개발예정지의 주위환경

● 자연적 환경으로는 운문산, 가지산, 운문호를 끼고 있어 그야말로 달빛이 세상을 감싸듯 산수가 아름답고 기후도 더없이 훌륭하다. 아직까지 훼손이 거의 없어 원시림 같은 자연환경이 잘 보전돼 영남권 주민들에게 어머니 품 같은 역할을 하는 금수강산이다. 신라시대에는 화랑들이 호연지기를 키우며, 삼국통일을 염원하던 곳으로써 한국에서는 보기 드문 역사문화공간이요, 정체성의 출발점이기도 하다.

● 인문적 환경으로는

첫째, 15분~30분 거리에 동대구KTX, 경주KTX, 울산KTX, 밀양KTX, 대구-포항 간 철도, 대구-부산 간 고속도로, 경부고속도로, 대구-포항 간 고속도로, 대구-포항 간 산업도로, 대구-경주/울산 간 산업도로, 기타 국도 및 지방도로가 사통팔달로 연결돼 접근성이 아주 뛰어나다.

둘째, 경주의 불국사, 경산 와촌의 갓바위, 대구의 동화사, 경북 의성의 고운사, 안동의 하회마을, 예천의 주막촌, 영천의 은해사, 영천 금호의 제4경마장(2016년 개장예정), 고령의 가야문화재(伽倻文化財), 양산의 통도사, 밀양의 표충사, 합천의 해인사 등 주위에 중요문화재 및 시설들이 풍부하다.

셋째, 주위에 대구, 구미, 경산, 포항, 경주, 울산, 창원, 부산, 진주, 광양, 여수 등 생활환경이 좋은 도시가 많이 포진해 있다.

또한 포항국가산업단지, 구미국가산업단지, 대구첨단의료복합단지, 대구성서산업단지, 경산산업단지, 영천채신산업단지, 울산국가산업단지, 창원국가산업단지, 부산국가산업단지, 거제도조선국가산업단지, 사천항공산업단지, 광양국가산업단지, 여수국가산업단지 등 산업단지가 잘 조성돼 있어 잠재적 수요가 풍부하고 휴식공간으로써 성장 가능성이 뛰어나 지속적인 관광수요 창출이 가능하다.

다. 투자의 효과와 수지분석

● 투자의 효과분석

첫째, 《청도 운문산 웰빙드림랜드》의 개발모델은 국내외적으로 처음 시도하는 인간과 자연의 상생을 모토로 한 사업모델로써 성공 가능성이 매우 높다. 그동안 인류가 꿈꿔온 다양한 모델 가운데 가장 이상적인 모델인 동시에 뭇 인간들에게 요람에서 무덤까지라는 명제를 달성하는 데 가장 실질적인 접근방식이다.

둘째, 규모면에서 아시아권에서 가장 크고 다른 관광지와 확실한 차별화로 국제경쟁력을 갖추고 있다. 테마별 아이템과 콘텐츠가 풍부하고 지리적으로 영남권 중심에 위치해 어느 지역에서나 접근성이 매우 뛰어나다. 더불어 남부권국제허브공항47)이 확정된다면, 명실상부한 한국의 랜드마크(land mark)48)가 될 뿐 아니라 아시아

---

47) 남부권국제허브공항에 대한 저자의 기고문을 뒷면에 첨부하니 참고바람.

의 상징으로 지구촌에 널리 알려지게 될 것이다.

셋째, 이 지역은 지금껏 성장의 혜택을 제대로 받지 못한 외진 곳으로 시대의 변천과 지도자의 선견지명으로 새롭게 조명을 받을 만한 자연적, 인문적, 역사적, 문화적, 교육적, 지정학적, 경제적, 시대적, 종교철학적 요소를 모두 지니고 있다. 근래 들어 중국, 대만, 홍콩, 마카오, 일본, 말레이시아, 인도네시아, 싱가포르, 베트남, 북미, 남미, 유럽, 중동, 아프리카인들의 한국에 대한 관심이 증폭되는 시점이라 투자유치에 유리한 고지를 선점하고 있다.

넷째, 풍부한 화교자금과 전 세계 골고루 분포해 살고 있는 약 육천만 명에 달하는 화교와 화상들의 네트워크를 적극 활용한다면, 폭발적으로 늘어나는 중국 관광객들을 유치하는데 유리할 뿐 아니라 대한민국 제품의 중국수출에도 결정적인 계기를 만들 수가 있다. 아울러 세계경제 활동에 중요한 위치를 차지하는 유태상인(猶太商人), 인도상인(印度商人)과 한상인(韓商人)의 조직도 적극 활용하는 지혜가 필요하다.

● 투자의 수지분석

(단위 : 백만 원)

	구분	금액	산출내역	참조
지출	토지매입비	1,200,000	24,000,000평 × 50,000원	
	부지조성비	200,000	각종 인허가비용	
	건축공사비	835,200	건축 + 토목	

48) 도시의 이미지를 대표하는 특이성 있는 시설이나 건물을 말하며, 물리적·가시적 특징의 시설물뿐만 아니라 개념적이고 역사적인 의미를 갖는 추상적인 공간 포함..

	용역비	50,000		
	총계	2,285,200	토지매입비 + 부지조성비 + 공사비 + 각종 용역비	
수 입	테마파크, 워터파크	328,000	테마파크 : 70,000원/(계절할인율고려) × 4,000,000명 워터파크 : 40,000원/(계절할인율 고려) × 1,200,000명	직접 운영
	호텔	200,000	100,000원/ × 2,000,000명	위탁 운영
	식물원, 동물원	75,000	5,000원/ × 15,000,000명	위탁 운영
	골프장	23,700		위탁 운영
	박물관, 한옥마을	50,000	10,000원/ × 5,000,000명	위탁 운영
	명상수행타운	20,000	200,000원/ × 1,000,000명	위탁 운영
	대학, 청소년수련 시설	50,000	(3,000,000원/ × 10,000명) + (20,000원/ × 1,000,000명)	직접 운영
	기타 고수익상품 개발	500,000	쇼핑센터/양·한방병원 및 요양병원/관광회사/영화 및 만화산업/먹거리골목/쇼핑몰/무 역, 금융, 유통회사/승마장/ 양어장(산천어/관상어)/건강식 품/의약품/화장품/주류/치약/공 예품/액세서리/기타	
	총계	1,246,700	연간예상운영수익	
	연간순수익 금액	249,340	총수입액의 20%	
	예상손익 분기점		10년 내 투자금액 전액회수 예상	

브리핑을 하는 정혁도 듣는 평 회장도 숨소리가 들릴 정도로 몰입했

다. 브리핑 후 두 사람은 청도군 운문면, 금천면, 매전면 일대를 꼼꼼히 둘러봤다.

"입지여건은 상당히 좋은데, 가까운 거리에 '국제허브공항'이 없다는 게 큰 문제이네요. 글로벌시대에 가까운 곳에 국제허브공항이 없으면, 대규모 개발은 처음부터 불가능하다고 봐야 할 겁니다. 외자유치도 상당히 어려울 거고요."

"맞는 말씀입니다. 제가 봤을 때, 한반도의 '남부권 국제허브공항 조기 개항'은 한국 대통령의 의지에 달린 문제라고 생각하고 있습니다. 조만간에 어떤 식으로든 국제허브공항이 생기리라 믿고 있습니다. 이건 어디까지나 시대의 조류니까요."

"일본도 여러 개의 국제허브공항이 있고, 중국도 수십 개의 국제허브공항이 있는데…… 어찌하여 한국은 인천국제허브공항 하나에만 국가의 운명을 맡겨놓고 있는지 외국인인 제가 봐도 이해가 잘 되지 않네요. 특히, 한국인들은 애국심도 강하고 머리가 좋다고 들었는데, 이렇게 중차대한 문제를 여태까지 결정하지 못하는 이유가 뭔지 정말 궁금하네요? 오늘 《청도 운문산 웰빙드림랜드 기본계획》에 대한 설명 잘 들었습니다. 한국 정부의 '남부권 국제허브공항 조기 개항 의지'를 봐가면서 한국 투자를 결정하도록 하겠습니다. 추가적인 사항은 제가 홍콩에 돌아가서 세밀히 검토한 뒤 연락드리겠습니다."

월드개발의 펑쫭빠오 회장은 '청도 운문산 웰빙드림랜드'가 들어설 현지를 둘러본 뒤 일정에 쫓겨 바로 서울로 떠났다. 정혁이 홍콩 손님을 대구공항에 모셔드리고 사무실로 돌아오니 미숙이 정혁을 기다리고 있었다.

"토요일도 아닌데 사무실엔 어째 나온 거야?"

"제가 잘 모르는 게 있어서요."

미숙은 '부동산명의신탁(不動産名義信託)'이 뭐냐고 물었다. 미숙의 집이 시어머니 앞으로 명의신탁이 돼 있다는 거였다.

"재개발이 되면 보상 문제로 쌍방 간 다툼이 생길 수 있으니까 미리 변호사사무실에 가서 자문을 한번 받아봐. 부동산명의신탁의 뜻은 부동산의 실제 소유자가 자신의 편익을 위해 소유자 명의를 다른 사람에게 신탁하는 행위를 말하는 거야. 즉 부동산의 실제 소유자가 부동산을 남의 이름으로 소유권 이전등기를 하고, 실제 소유자인 자신과 명의를 빌려준 등기당사자 사이에 따로 이러한 사실관계에 대한 공증이나 내부계약을 통해 명의를 빌려준 사람의 이익을 위해 임의로 사용하거나 처분할 수 없도록 만든 제도이지. 하지만 명의신탁제도는 법적인 근거 없이 실제 소유자를 보호하고 부동산거래의 신속성을 기한다는 대법원의 판례에 의해 확립돼 왔기 때문에 법적인 구속력을 갖고 있지는 않아. 그리고 부동산명의신탁이 취득세나 양도소득세 등 세금 회피나 각종 규제를 피하기 위한 수단으로 악용돼, 1995년 부동산실명제49) 실시로 명의신탁 된 재산은 법적인 보호를 받을 수가 없게 되어 있다구."

다음날 아침 김미숙은 변호사사무실에 들러 명의신탁 된 자신의 집에 대해 사망한 남편이 주택을 매입하게 된 동기와 주택을 매입할

---

49) 부동산 거래에서 차명(借名), 즉 남의 이름을 빌려 쓰는 행위를 금지하는 것을 가리킨다.

당시 세무공무원으로 부동산을 소유하게 되면, 뇌물을 받은 것으로 의심을 받을 수 있어 부득이 시어머니 이름으로 명의신탁하게 된 정황까지 상세히 들려주고 상담했다.

평소보다 늦게 보험회사에 출근한 미숙은 눈도장만 찍고 다시 동네 부동산사무실로 향했다. 대구시 동구 신천동 일대는 부동산재개발업자들이 오랫동안 탐내던 지역이었다. 학부모들이 가장 선호하는 학군일 뿐 아니라 인근에 동대구역, 고속버스터미널, 지하철, 경북대학병원, 대구MBC, 법원·검찰청사 등 생활편의시설이 잘 갖춰져 모든 사람들에게 인기가 있었다. 미숙이 부동산중개사무실에 들어서자 부동산 사장이 자리에서 벌떡 일어나 반갑게 맞이했다.

"사모님! 무슨 일로 오셨습니까?"

"이 일대를 재개발한다고 해서 한 번 들렀습니다."

"사시려고 합니까 아니면 파시려고 합니까?"

"그게 아니고요. 우리 집이 재개발에 들어간다고 해서요."

"사모님 댁 번지수가 어떻게 됩니까?"

부동산 사장은 책상서랍에서 돋보기를 꺼내들고 벽에 붙은 도면에서 지번을 찾기 시작했다.

"사모님 집은 재개발예정지 한복판이네요."

"시세는 얼마나 됩니까?"

"평당 사백에서 오백만 원 정도 합니다."

"도로 쪽은 얼마나 하는데요?"

"그쪽은 평당 팔백에서 이천을 호가할 겁니다. 사모님 집 평수는 어떻게 됩니까?"

“사십오 평이요.”

“집을 소유한 지는 얼마나 되셨지요?”

“한 이십 년 됐어요.”

부동산 사장이 바짝 달려들었다.

“파시려면 저희 부동산에 내놓으세요. 값은 잘 쳐드리도록 하겠습니다.”

“시어머님 앞으로 명의신탁을 해둔 재산이라 집에 가서 상의를 한 후 다시 연락드리겠습니다.”

미숙이 부동산중개소를 나와 발등만 내려다보고 걷는데 누군가 알은체를 했다.

“어머! 대봉 엄마! 오래만이네.”

상식 엄마였다. 상식과 대봉은 초등학교, 중학교를 같이 다녀 엄마들도 잘 아는 사이였다. 대봉이 다른 고등학교로 진학 뒤로는 처음이었다.

“대봉이네 집 팔려고요?”

“그게 아니고, 우리 집이 재개발에 들어간다고 해서 한번 들러봤어요.”

“시세가 어때요?”

“글쎄요. 부동산 말로는 평당 사오백 한다네요.”

“어머어머! 대봉이네 부자 되겠다!”

“부자는 무슨 부자요? 작은 아파트 하나 사고 빚 좀 가리고 나면 남는 게 없지 싶습니다.”

오랜만에 만나 반가운지 상식 엄마가 차 한 잔 하자며 막무가내로 미숙을 끌고 범어로터리 쪽으로 갔다. 찻집에서 아이들 얘기를

나누고 이런저런 안부를 주고받던 중 상식 엄마가 갑자기 울상이
되더니 무겁게 입을 열었다.

"실은 우리 상식이가 대학을 중퇴하고 스님이 되겠다고 월악산
작은 암자에 가 있어요."

"서울대학교에 들어갔다고 동네방네 소문이 자자했는데, 그게
웬일이래요?"

"배부르고 등 따셔 지랄육갑을 떠는 건지, 아니면 정말 큰 뜻을
품고 산으로 간 건지 잘 모르겠어요. 지난 겨울방학 때 티베트와
인도여행을 다녀온 뒤, 몇 날 며칠 방구석에 처박혀 밥도 먹지
않고 고민하더니 어느 날 쪽지 한 장만 달랑 남기고 홀연히 사라졌지
뭐예요? 자아를 찾아 떠난다나 어쩐다나 하면서."

"나 같은 사람이야 도저히 이해가 안 되지만, 자식이 진정으로
원한다면 별 수 있겠어요?"

미숙은 상식 엄마와 이야기하는 도중에도 오늘은 어디 가서 보험
가입을 권해보나, 머릿속이 터질 것만 같았다.

상식이 아빠가 돈도 잘 벌고 자식이 모두 건강하고 공부도 잘해
걱정근심 없는 줄 알았는데 사람 사는 게 어디나 공평하게 희로애락
이 있었다. 미숙이 커피를 한 모금 입에 머금고 화려하게 장식된
천장을 멍하니 바라보고 있는데, 상식 엄마가 대봉이 소식을 물었다.

"대봉이는 어느 대학에 진학했지요?"

"경북대학교 영어영문학과요."

"글로벌시대니까, 영어영문학이 인기절정이겠네요? 우리 집 아저
씨가 경북대학교 영어영문학과는 특별히 취업이 잘된다고 하데요."

"잘 모르겠습니다. 졸업을 해봐야 알겠지요."

"대봉이 아빠는 여전히 세무서에 잘 다니시지요?"

상식 엄마는 대봉이 아빠가 돌아가신 줄 전혀 모르고 있었다. 미숙이 소식을 전해주자 당황한 기색이 역력했다.

"어쩌다 그런 일이? 많이 힘드셨겠어요."

간신히 붙여둔 미숙의 아픈 상처가 와르르 무너지고 심장이 쿵쾅쿵쾅 뛰면서 온몸의 피가 얼굴로 죄다 몰려드는 느낌이었다. 마음의 동요를 내색하지 않으려 애썼지만 자존심은 한없이 무너져 내렸다. 그럴수록 미숙은 마음을 굳게 먹고 상식 엄마 앞에서 후우하고 긴 한숨을 내쉬면서……. 마땅히 알려야 도리인 양 더욱 적극적으로 이야기를 이어갔다.

"바깥양반이 그렇게 되고나서 변화가 많았지요. 끝없이 추락하는 비행기처럼 저도 그렇고, 우리 집 애들도 많이 방황했어요. 특히 저는 한 이 년간 폐인처럼 아무것도 할 수가 없었지요. 하루하루 이렇게 지내다보니 집 안 꼴이 말이 아니었어요. 그러던 어느 날 동구시장에 갔다가 옛날 범어동 아파트에 살 때 보험회사에 다니던 위층 아줌마를 만났어요. 그분과 이런저런 이야기를 나누다 자연스럽게 보험회사에 다니게 되었고요."

"그랬군요. 고생 많으셨어요, 대봉 엄마. 실례가 안 된다면 제가 보험 하나 들어드려도 될까요?"

"마음은 고맙지만 꼭 필요한 보험이 아니시라면 사양할래요."

상식 아빠가 지난달 대구시 비산동에 있는 염색공장을 하나 인수하면서 추가로 지거염색기50), 텐트기51), 코팅가공기52) 등 고가의 새로운 설비도 들어올 예정인데 기계설비와 건물에 대한 보험이 필요할 거라는 거였다.

"우리 집 아저씨한테 한 번 물어보고, 내일 연락드릴게요. 힘내세요. 대봉 엄마." 안 그래도 보험 계약 건 때문에 마음이 좌불안석이었는데 뜻하지 않은 귀인을 만난 셈이었다. 미숙은 제발 잘되길 간절한 마음으로 빌었다. 이달 들어 한 건도 못 올려 영업소장 보기가 민망했는데, 죽으라는 법은 없구나 싶었다. 조회 때마다 직원 간 실적비교로 심리적 압박이 심해 역류성위궤양이 올 정도였는데 한시름 덜었다. 그러고 보니 세상은 온천지가 귀인이었다.

미숙은 상식 엄마와 헤어진 후 사무실에 들르지 않고 곧장 집으로 갔다. 생각지도 않은 귀인을 만나 마음이 가벼웠다. 대문을 밀고 들어서자 누군교? 하며 시어머니가 방문을 열고 나왔다.

"오늘은 일찍 왔구마."

"네 어머님. 우리 동네가 재개발된다고 해서 부동산사무실에 들러 이것저것 알아보고 오는 길이에요."

시어머니는 듣는 둥 마는 둥했다. 평소 같으면 미주알고주알 참견하실 텐데 뭔가 수상했다. 미숙이 작심하고 물었다.

"어머님도 재개발한다는 소식 들으셨지요?"

재차 여쭤보자 한동안 머뭇거리더니 마지못해 음! 헛기침을 두어 번하고 입을 떼기 시작했다.

---

50) 염색기 종류의 하나.
51) 염색한 천의 폭을 팽팽하게 펴면서 말리거나 다리면서 뽑아내는 기계.
52) 물체의 겉면을 수지(樹脂)따위로 엷은 막을 입히는 일로써 렌즈겉면에 반사방지막을 만들거나 피륙에 방수 또는 내열가공을 할 때 이용하는 기계를 가리킨다.

"얼마 전 옆집 성민 엄마가 알려줘 내도 알고는 있다."

"그런데 왜 아무 말씀 안 하셨어요? 우리도 이사 갈 곳을 알아봐야 하는데 손 놓고 있을 수는 없잖아요?"

미숙은 마음속에 있던 말들을 거침없이 쏟아냈다. 혼자서 실컷 지껄이다 시어머니를 슬쩍 보니 굼벵이 씹은 얼굴에 넋이 나간 사람처럼 몸이 완전히 풀려 있었다. 시어머니 또한 평생을 살아오면서 마음에 묻어둔 게 많았는지, 고뇌에 잠긴 듯 눈을 지그시 감고 허공만 쳐다봤다. 태풍전야 같은 적막이 흘렀다. 분위기가 좀 이상하다싶어 미숙은 저녁 준비를 핑계로 일어섰다. 마침 대봉과 소봉이 신천둔치에서 농구를 하고 집으로 돌아왔다.

"엄마! 배고파 죽겠다. 밥 줘?"

두 놈은 온몸이 먼지투성이였다. 그러나 씻을 생각은 하지 않고, 똥마려운 강아지처럼 낑낑대며 손에 공을 놓지 않고 번갈아 툭툭 치면서 마당을 이리저리 돌아다녔다.

"아이고! 시끄러워 죽겠다. 성가시게 뭐하는 기고? 안 그래도 좁은 집구석에서. 밥 다됐으니 얼른 손발 씻고 밥상부터 펴라."

미숙은 조금 전 시어머니와의 어색함을 자연스럽게 정리라도 할 듯이 애꿎은 자식들에게 언성을 높였다. 그러자 눈치 빠른 둘째 소봉이 먼저 마루에 옷을 훌렁훌렁 벗어 던지고 손발을 씻었다. 아이들이 목을 쪽 빼고 부엌을 보며 큰방으로 들어갔다. 미숙은 이내 상을 들여갔다.

"할매! 저녁 드세요. 된장에 달래와 냉이를 넣어 맛이 끝내 줍니다."

손자들이 할매를 번갈아 불러댔지만, 시어머니는 아무런 기적이 없었다. 미숙은 낌새가 이상해 시어머니 방 앞에서 어머님 저녁 드세요! 다시 한 번 외쳤다. 그래도 대답이 없어 시어머님 방을 열어보니, 맨바닥에 등을 돌려 웅크리고 드러누워 먹을 의사가 없다는 듯 손을 내저었다.

미숙은 마음속으로, 내가 크게 잘못한 일도 없는 것 같은데, 시어머님께서 왜 저러시지? 몸이 불편하시나 아니면 말 못 할 고민거리라도 생겼나? 머리를 갸우뚱하면서 방문을 조용히 닫고 큰방으로 갔다. 애들이 저녁을 다 먹고 밖으로 나갈 때까지도 미숙은 시어머니 생각으로 밥술을 뜨지 않고 멍하니 앉아 있었다. 정말 이상한 일이었다. 평소 아프다고 누우신 적도 없고 남들과 다툴 일도 없을 텐데, 저녁을 드시지 않는 것을 보면 문제가 있는 게 분명했다. 생각이 여기에 미치자, 걷잡을 수 없는 불안감이 엄습했다. 아무 일 없을 거야. 내가 괜히 예민해서 호들갑을 떠는 거야. 미숙은 스스로를 다독이다 생각의 창을 갈아 끼웠다.

상식 아빠 공장에서 필요한 보험 규모가 어느 정도일까? 이달 들어 한 건도 성사 못해, 사무실 나가는 게 지옥 같았는데 어깨 으쓱할 정도로 계약금액이 크다면 얼마나 좋을까? 그쪽에서 언제쯤 연락이 올까? 기대와 불안감이 교차하며 미숙의 가슴은 두근거리기 시작했다. 나쁜 생각은 하지 않기로 했다.

그래. 상식 엄마는 귀인이야. 꼭 귀인이어야 해. 미숙은 밤새도록 주술을 걸었다.

29. 거문고의 절규

2003년 새해를 맞이했다. 정혁은 시장개척을 위해 남부권산업단지를 둘러보기로 했다. 사무실에서 출장계획을 잡고 있는 데, 짱위에 홍이 과일을 사들고 놀러왔다.

"따꺼! 언제 한국의 남부권산업단지로 출장 갈 계획은 없나요?"

"안 그래도 내일 떠나려고 준비하고 있었어. 쌰오짱 완전 귀신인데?"

"어쩐지 오고 싶더라니. 저도 따라갈래요."

"스케줄이 빡빡해 힘들 텐데."

"제가 체력 하나는 끝내주잖아요?"

"사흘간의 출장스케줄로 첫날은 대구-익산국가산업단지-군산국가산업단지-새만금-목포대불국가산업단지-진도 울돌목으로 하고, 둘째 날은 목포-여수국가산업단지-광양국가산업단지-사천항공산업단지-거제옥포국가산업단지-통영으로 하고, 셋째 날은 통영-당항포대첩지-창원국가산업단지-대구로 돌아오는 계획을 짜봤는데, 쌰오쨩 생각은 어때?"

"저야 반대로 따라가는 건데 군말이 필요할까요? 무조건 오케이지요. 그런데요 치엔뻬이, 한 가지 여쭤볼 게 있어요. 며칠 전 이마트 만촌점으로 쇼핑을 갔었는데, 상품이 다양하고 가격도 저렴해서 그런지 손님들이 유난히 많았어요. 그래서 신세계그룹의 성장과정을 알고 싶어졌지 뭐예요? 그것도 잘 아시죠?"

"하여튼 쌰오쨩은 별나도 너무 별나. 그런 건 알아서 뭐에 쓰게 그렇게 집착하지?"

신세계는 백화점 및 대형할인점을 운영하는 종합소매업체로서 신세계의 전신은 1955년 12월 세워진 동화백화점이다. 1963년 7월 삼성계열사인 동방생명이 인수하면서 같은 해 11월 신세계백화점으로 상호를 변경하였고, 1983년 6월 웨스틴조선호텔을 인수한 뒤 이듬해 5월 영등포점을 개설했다. 1993년 11월에는 국내 최초 할인점인 신세계이마트 창동점을 개설했을 뿐만 아니라 이마트가 개점되면서 국내 대형할인점 시대가 처음으로 열리게 되었다. 그리고 1997년 2월 국내 유통업계 최초로 해외점포인 신세계이마트 쌍하이점 개설을 필두로 1999년 7월 마산 성안백화점 인수와 2000년 10월 강남점도 열었다. 2002년 11월에는 중국 쌍하이 찌우빠이(九百)그룹과 합작계약을 체결하였으며, 2003년 1월 국내 최초의 교외형 쇼핑센터인 신세계이마트 공항점도 개설했다.

또한 2004년 3월 강남점 퀸즈몰을 열었고, 2005년 6월 신세계첼

시를 설립했다. 2006년 9월에는 월마트코리아 주식 인수와 함께 이듬해 3월 죽전백화점을 개설했고, 동시에 2008년 12월 신세계마트(월마트코리아)도 흡수·합병했다. 이어서 2009년 3월 신세계백화점 센텀시티를 개점했고, 2010년 5월 중국 이마트 25호점인 쌍하이 차오빠오점(曹宝店)마저 개설했다. 2010년 12월에는 신세계 충청점을 열었고, 같은 해 12월 국내 이마트 130호점인 광명소하점도 개설하였다.

2010년 기준으로 신세계는 백화점 8개 점포, 이마트 국내 129개, 중국에 26개 점포를 보유한 유통업계의 강자로 입지를 굳혔다.

"따꺼! 국내외에 백오십 개가 넘는 점포를 가진 이마트라니? 정말 놀라워요!"

"적자생존의 법칙이 어느 업종보다 치열한 유통업계에서 살아남으려면 끝없는 자기쇄신밖에 뚜렷한 묘안이 없다고 봐야하겠지."

다음날 아침 정혁과 짱위에홍은 대구를 출발해 성주, 무주, 전주를 거쳐 익산국가산업단지로 갔다.

익산국가산업단지는 1975년 수출특화산업으로 귀금속·보석가공수출업체 등을 집단화해 한국 유일의 귀금속산업단지로 조성되었다. 주요업종은 귀금속·보석가공업을 비롯해 조립금속·석유화학·섬유·식품·반도체 등으로 전라북도의 다른 산업단지에 비해 중화학공업이 상당히 발전된 편이었다. 쌰오짱도 여자인지라 귀금속 전시장에서 오래 머물렀다. 기특하게도 구매는 않고 눈요기만 했다.

"치엔뻬이! 다음 코스는 어디지요?"

"다음은 중국 해안과 마주한 군산국가산업단지와 새만금이야."

"이번엔 서해바다네요?"

쌰오짱은 서해바다라는 말에 힘을 주며 설레는 표정을 지었다.

정혁은 쌰오짱은 군산국가산업단지로 자동차를 몰고 들어갔다. 넓은 공간에 대우자동차 등 많은 기업들이 입주해 생산 활동에 여념이 없었다.

"따꺼! 저기 대우자동차가 있네요? 한·중수교 이후 한동안 대우자동차가 북경 시내를 완전히 점령했던 시절이 생각나네요. 그 당시 대우자동차를 갔다 둘 곳이 없어 북경시내 고가도로 밑에 오랫동안 보관해 또 하나의 볼거리를 제공하기도 했어요. 그리고 북경시내 어디를 가든 버스정류장마다 대우 로고가 선명한 안내판을 보면서 한국에 대한 호기심을 가지기도 했지요."

"쌰오짱이 경제학도이다보니 관심의 대상도 보통 사람과 확실히 달랐네?"

"치엔뻬이! 대우자동차는 언제 군산국가산업단지에 들어오게 되었어요?"

1997년 4월 21일 고건 국무총리와 김우중(金宇中) 대우그룹 회장이 첫 생산된 자동차에 서명을 하는 것으로 군산의 대우자동차 시대가 개막을 하게 되었다. 초기에 군산국가산업단지가 기틀을 잡는 데는 대우자동차(현 GM대우)의 역할이 상당히 컸다. 비록 첫 공장은 인천이었지만, 대우그룹 김우중 회장은 현대그룹의 울산(蔚山)처럼 군산시를 '대우시(大宇市)'로 만들려는 생각을 갖고 있었다. 당시 대우자동차 유니폼만 입고 가면 외상을 줄 정도로 군산시민들에게 많은 사랑을 받기도 했다. 월급날만 되면 시내가 왁자지껄하고 주변 술집이 모두 대우자동차 임직원과 가족들로 가득 찼다.

하지만 2000년 9월 대우자동차가 최종적으로 부도를 맞으면서 군산의 경제도 침체기로 들어가게 되었다. 대우자동차의 부도로 군산의 경제가 안 돌아간다는 말이 나올 정도였다. 대우자동차가 부도나기 몇 개월 전부터 월급이 밀리면서 소비가 급격히 줄고, 주변 식당들도 하나둘 문을 닫게 되었다.

"따꺼! 저기 말이에요. 넓은 바다에 왜 길게 제방을 쌓고 있죠?"

"저게 바로 새만금간척사업의 하나로 조성 중인 방조제야. 군산에 올 때마다 저거만 보면 안타까워 죽겠어. 초기에는 국토 확장 및 농경지 확보를 목적으로 시작하였으나 1994년부터 전라북도가 '복합산업단지조성'이라는 개발계획을 수립하면서 사업에 큰 혼선을 가져오게 되었지. 1999년에는 환경부가 복합산업단지조성계획을 백지화하고 간척지구를 친환경적으로 개발하겠다고 밝히기는 하였지만 믿을 수가 있어야지. 갯벌의 소중함이 지구촌의 화두임을 삼척동자(三尺童子)도 다 알고 있는데, 일부 정치인들의 개인적인 욕심 때문에 뛰어난 자연환경을 함부로 파괴하고 국민혈세도 마구 쏟아 붓는 것을 보면 눈앞이 캄캄하고 마음이 답답할 뿐이야. 한번 파괴된 자연은 영원히 복원할 수 없잖아. 신중에 신중을 기해도 모자랄 판에 책임감도 없이 졸속으로 처리한 대가가 부메랑 되어 훗날 국민들에게 큰 부담이 되지 않을까 걱정이야."

"치엔뻬이! 배꼽시계가 울리는데요?"

"알았어. 여긴 백합조개 생산지라 백합요리가 아주 유명한데 어때?"

"당연히 먹어봐야죠. 백합은 철분이 많아 여성빈혈에 좋고, 핵산이 들어 있어 세포발육증진에도 보탬이 된다던데, 이런 절호의 기회를 놓칠 수는 없지요."

"좋아. 그럼 백합요리로 유명한 '부안백합죽전문집'으로 달리자구."

매콤한 양념에 콩나물과 조개가 곁들여진 백합찜, 통밀가루와 파가 어우러진 백합파전, 신선하고 개운한 맑은 백합탕, 부드럽고 고소한 백합죽 등이 한 상 떡 벌어지게 차려졌다. 먹보 쌰오짱의 식탐은 여기서도 여지없이 발휘되어 연신 젓가락질을 했다. 정혁은 그녀를 물끄러미 바라보았다. 식탐도 욕구불만의 일종이라던데 자신이 그 원인이라는 혐의를 벗을 수 있을까? 귀엽고 사랑스러운 여인, 게다가 능력과 열정까지 타의 추종을 불허하는 여인, 이런 여인을 앞에 두고 망설이는 이유가 뭔지 모르겠다. 우선은 아무것도 해줄 게 없어 그녀가 먹는 음식을 그녀 앞으로 밀어주며 정혁은 가늘게 한숨을 쉬었다.

식사를 마친 두 사람은 고창·영광·함평·무안을 거쳐 목포에 있는 대불국가산업단지로 향했다.

대불국가산업단지(大佛國家産業團地)는 기계, 운송장비, 음식료품, 비금속·석유화학, 펄프·종이·종이제품, 가구, 기타로 구성되어 있다. 선박블럭공장과 같은 선박제조관련업체가 대부분이다. 구체적으로 말하면, 철의장품(鐵艤裝品)·절단가공·도장(塗裝)

·엔진제작·절곡·파이프제작·도금 등 선박제조에 필요한 업체는 거의 다 있었다.

"따꺼! 일정이 빠듯하니 자동차로 대불국가산업단지를 둘러보고 다음 장소로 이동하는 게 어떻겠어요?"

"그거 좋지. 이제 그만 딱딱한 공장지대에서 벗어나 대자연으로 눈을 씻을까? 아무래도 문명은 피곤하잖아."

정혁은 자동차를 몰고 진도대교를 건너 충무공 이순신 장군의 혼이 서려 있는 명량대첩지(鳴梁大捷地) '울돌목'[53]으로 갔다.

"따꺼! 울돌목 발음이 너무 힘들어요. 발음이 어려운 울돌목은 무슨 뜻이에요?"

정혁은 쌰오짱의 말에 껄껄 웃었다. 아닌 게 아니라 ㄹ받침이 연달아 있어 한국 사람도 발음이 어려운 울돌목이었다. 발음뿐일까? 소용돌이치는 사나운 물살로 인해 뱃길도 난해한 울돌목이었다.

"쌰오짱, 소리 내어 우는 바다의 길목이라고 들어봤어? 여기는 병의 주둥아리처럼 바다가 좁아져 큰 물결이 좁은 협곡을 지나면서 방망이로 찧는 듯 요란한 굉음을 낸다고 해서 울돌목이라고 불리게 되었대."

"치엔뻬이! 그거 말고도 뭔가 특별한 사연이 있을 거 아니에요? 얼른 보따리 풀어 보세요."

울돌목은 임진왜란 때, 이순신 장군이 조류를 이용해 왜군을 무찌른 역사적인 해전장소이다. 이순신이 간신배들의 모함으로

---

53) '울돌목'은 전남 해남군 화원반도와 진도 사이에 있는 해협으로 명량해협(鳴梁海峽)이라고도 불린다.

삼도수군통제사(三道水軍統制使)에서 물러난 뒤 원균이 삼도수군통제사가 되어 왜군과 대전을 하였으나 다대포·칠천곡 등에서 대패해 해상권을 상실하게 되었다.

원균의 패전으로 같은 해 백의종군 중이던 이순신이 다시 삼도수군통제사로 원대복귀를 하게 되었지만, 남은 전함은 겨우 열세 척에 불과했다. 적의 함대가 어란포(於蘭浦)에 들어온다는 보고를 받은 이순신은 1597년(선조 30) 9월 15일 벽파진(碧波津)에서 우수영(右水營)으로 진을 옮긴 뒤, 장병들에게 "죽기를 각오하면 살고, 살고자 하면 죽는다(必死則生, 必生則死 : 필사즉생, 필생즉사)"라고 말하고 필승의 신념으로 적의 내습을 기다리고 있었다. 9월 16일 왜선 133척이 어란포를 떠나 명량(鳴梁)으로 공격을 해오자, 13척의 전함과 군사를 정비해 구루시마 미치후사(來島道總)와 도도 다카토라(藤堂高虎)가 지휘하는 왜선 31척을 전광석화처럼 무찔러 조선은 다시 해상권을 회복할 수 있었다.

"따꺼. 그렇담 울돌목은 바닷길이 비좁아 우는 게 아니라 이순신 장군의 꾀에 속아 허무하게 물에 빠져죽은 왜군들의 울음소리일지도 모르겠네요. 안 그래요?"

"그거 재미있는 발상인데? 왜군들의 울음소리라……, 속 시원한 얘기군."

정혁과 쌰오짱은 임진왜란 당시 이순신 장군이 지형지물을 최대한 이용해 왜군을 격파한 울돌목을 구경한 후 목포로 돌아왔다. 그리고 술이 홍어를 부르고 잘 삭은 홍어가 막걸리를 부르는 홍탁삼합(洪濁三合)54)으로 하루의 일과를 갈무리했다. 콧속으로 뿜어

나오는 가스냄새가 너무 독했는지 쌰오짱이 연신 재채기를 하더니 눈물을 질금거리며 물었다.

"따꺼! 보성녹차가 아주 유명하다고 들었는데, 내일 지나가는 길에 잠시 들렀다 가면 안 될까요?"

"하여튼지 욕심은. 알았어 쌰오짱."

다음날 아침 두 사람은 목포를 출발해 강진·장흥을 지나 신선들이 살고 있다는 보성으로 들어갔다. 보성에 도착하니 푸른 녹차밭이 등고선을 따라 일정한 간격으로 산 능선을 완전히 뒤덮고 있었다. 굽이도는 고개마다 햇살이 반짝이고, 산비탈 이랑에는 천사인 듯한 아낙네들이 소쿠리에 하늘의 보물을 바쁘게 주어 담고 있었다.

녹차는 이천여 년 동안 인간의 역사와 더불어 꾸준히 사랑받아오고 있는 우수한 식품이다. 때로는 아픈 사람의 치료제로, 수도자의 수양차로, 선비의 한량차 등의 다양한 모습으로 발전해 왔다. 그리고 최근에 들어 차의 여러 가지 기능성물질이 과학적으로 밝혀짐에 따라 종합건강식품으로서의 역할도 한층 중요시되고 있다.

녹차의 장점으로는 첫째, 비타민 C가 아주 풍부해서 말린 녹차잎 100그램에는 비타민 C가 67밀리그램으로 청포도의 여섯 배이상 함유되어 있다. 둘째, 탄닌이 들어 있는데, 탄닌은 차를 마실 때 떫은맛을 내는 성분으로 녹차에는 12~15퍼센트 정도, 홍차에는 10퍼센트 정도가 함유되어 있다. 셋째, 녹차의 탄닌은 알칼로이드와

---

54) 삭힌 홍어와 삶은 돼지고기, 김치 세 가지에다 막걸리를 곁들여 먹는 목포지방의 독특한 음식을 가리킨다.

결합해서 체내흡수를 막아줄 뿐만 아니라 수은, 납, 카드뮴, 크롬, 구리 등의 중금속과 결합해 체외로 배출시키는 작용을 한다. 넷째, 녹차에는 카페인이 들어있다. 녹차에 함유되어있는 카페인은 몸에 쌓인 피로를 풀어주고, 정신을 맑게 해주며 이뇨작용이 있어 노폐물을 제거하는 효과가 있다. 다섯째, 녹차는 항산화 활성을 높여준다. 녹차에 있는 대표적인 항산화성분으로는 카테킨이 있다. 주로 EC, ECG, EGCG, EGC로 일반적으로 이 네 가지가 차(茶)의 카테킨류로 불리어진다. 이 중 EGCG가 가장 많은 양을 차지하며, 생리활성 또한 가장 높다. 여섯째, 암의 위험을 줄여준다. 녹차는 유방암과 전립선암 예방에 효과가 있다. 일곱째, 신체에너지소비를 증가시킨다. 녹차의 추출물은 위나 췌장의 지방분해효소인 리파아제의 활성을 감소시켜 지방흡수를 억제하고, 지방산생성을 방해한다. 여덟째, 혈중콜레스테롤수치를 떨어뜨린다. 적당량의 녹차섭취는 카테킨 성분에 의해 혈중콜레스테롤수치를 낮춘다.

"따꺼! 보성녹차만의 매력은 뭐라고 생각하세요?"

"중국의 유명한 차 재배지도 매한가지이겠지만, 보성지역은 청정지역에다 산·바다·호수가 잘 어우러져 있고, 온도도 일 년 내내 따뜻해 차를 재배하기에는 최적의 조건을 갖추고 있는 셈이지. 그 예로 '동국여지승람(東國與地勝覽)55)'과 '세종실록지리지(世宗實錄地理志)56)'에 그 내용이 자세히 기록되어 있어. 뭐니 뭐니

---

55) 조선 성종 때, 노사신(盧思愼)·강희맹(姜希孟)·서거정(徐居正) 등이 엮은 지리서(地理書)

56) 1454년(단종 2)에 완성된 《세종장헌대왕실록(世宗莊憲大王實錄)》의 제148권에서 제155권에 실려 있는 전국지리지

해도 녹차의 품질은 기후와 토질 그리고 무공해농법에 좌우된다고 봐야 하지 않겠어! 그러니 국내뿐 아니라 해외에서도 인기가 아주 높지."

"치엔뻬이는 언제나 나의 기대를 저버리지 않는군요! 자세한 설명에다 녹차 맛도 일품이라 피로가 싹 풀리는 것 같네요. 몸에 좋은 보성녹차도 많이 마셨으니 힘을 내 다음 장소로 가봅시다. 따꺼!"

"여부가 있겠습니까, 분부대로 따르겠습니다. 중국아가씨!"

오정혁과 쨩위에홍은 녹차의 향을 듬뿍 머금고 순천을 거쳐 여수 국가산업단지로 갔다.

여수국가산업단지는 1966년 4월 박정희 대통령이 전라남도 연두 순시에서 적합한 정유공장의 입지로 여수지역을 선정하고, 이어 경제기획원장관이 공식적으로 여수에 제2정유공장을 건설한다는 계획을 발표하게 되었다. 1967년 여수공업단지 조성을 시작하여 여러 단계를 거쳐 1979년 10월에 완성됐다. 이곳에 맨 처음 들어선 호남정유 여수공장은 1967년 2월에 공사를 시작해 전용부두 설치·공업용수 확보·산업도로 건설 등을 1969년 3월에 완성하였다. 이것이 선도 역할을 해 1973년에는 제7비료공장이 연간 260만 톤을 생산하는 세계 최대 규모의 생산시설을 갖추게 되었다. 또한 석유화학단지가 조성되어 이곳에 호남에틸렌을 비롯하여 호남석유, 한양화학, 한국다우케미칼 등의 대규모 석유화학공장들이 들어서고 석유화학 관련 단지도 조성돼 많은 공장들이 들어오게 되었다.

"따꺼! 이쪽은 임해공단으로서 종합석유화학산업단지를 육성하는 데 매우 양호한 입지여건을 갖추고 있네요?"

"그렇지. 그야말로 천혜의 자연조건을 갖춘 선택받은 곳이라고 말할 수 있지."

여수국가산업단지를 둘러본 두 사람은 바로 옆 광양국가산업단지로 들어갔다. 포스코 광양제철소는 포스코의 전신인 포항종합제철이 포항제철소에 이어 건설한 제2제철소이며, 전라남도 광양시에 조성된 광양국가산업단지의 중심업체이다.

1981년 11월 입지를 확정하고 1982년 9월 부지조성공사에 착수하였으며, 1985년 3월 연간 270만 톤 조강생산능력을 갖춘 1기 설비건설에 착공하여 1987년 5월 준공하였다. 이어서 1988년 7월 2기 설비를, 1990년 12월 3기 설비를, 1992년 10월 4기 설비를 준공하였고, 1999년 3월 5고로를 준공하였다. 2009년 현재 총면적 1,857만 평방미터의 부지에 5기의 고로를 보유하고 연간 1,800만 톤의 조강 생산능력을 갖춤으로써 1,500만 톤의 포항제철소에 앞서며, 단일제철소로는 세계 최대 규모이다.

포스코는 미래성장의 강력한 의지를 담긴 '비전 2020'을 선포하고, 포스코패밀리사와 함께 2020년 '글로벌 100대 기업, 매출 200조 원'의 글로벌 초일류기업으로 성장을 꿈꾸고 있는 중이다.

"따꺼! 정말 대단하네요. 그럼 기적적인 포스코의 건설역사는 어떻게 되나요?"

정혁은 간단히 요약한 내용을 들려주었다.

첫째, 창업기(1965~1969)에는 국내외의 온갖 회의적인 시각과

반대여론, 주요기관들의 잇따른 타당성 논란 등 좌절과 위기를 극복하는 시련의 시기였다.

둘째, 포항제철소 건설기(1970~1981)에는 '우향우(右向右)정신'57) 등 제철소 건설에 임하는 포스코인들의 정신과 의지가 가슴 깊숙이 전해져 온다.

셋째, 광양제철소 건설기(1982~1992)에는 '포항제철소'의 역사가 황무지를 일군 선구자의 발걸음이었다면, '광양제철소'는 바다 위에 제철소를 세운 기술의 승리였다.

넷째, 대역사 완성 이후(1993~) 세계 초일류 창조의 기치를 내건 포스코는 국제사회의 변화조류에서 한 발짝 앞서나가기 위해 글로벌경영과 기술개발 등 각고의 노력을 기울이고 있다.

오정혁과 짱위에홍은 세계 제일의 포스코 광양제철소를 천천히 둘러보고 사천항공산업단지로 떠났다.

"치엔뻬이! 사천항공산업단지 입구 쪽에 모형비행기가 설치되어 있네요?"

"사천산업단지에는 항공부품·전기·전자·정보·재료소재 등 대부분 항공관련업종으로 특화돼 있다 보니 한국항공우주산업, 한국경남태양유전, S&K항공, BHI, 율곡 등의 항공업체들이 대부분 입주해 있어."

"치엔뻬이! 미래 성장 동력으로 항공우주산업이 주목을 받는

---

57) 1968년 대일청구권자금(7,300만 달러)으로 짓는 포항제철소건설이 실패하면 앞에 보이는 포항 영일만 바다에 모두 빠져 죽읍시다. 라고 한 고 박태준 회장의 결연에 찬 명연설을 가리킨다.

터라 항공우주산업이 집적화된 사천산업단지의 역할이 새삼 기대가 되네요."

정혁과 쌰오짱은 항공우주산업이 몰려 있는 사천항공산업단지를 찬찬히 살펴본 뒤, 아름다운 해안도로를 따라 고성·통영을 거쳐 거제도포로수용소유적공원으로 갔다.

"치엔뻬이! 포로수용소란 이름만 들어도 왠지 끔찍한 일이 일어났을 것 같아 소름이 돋아요. 거제도포로수용소는 한국전쟁 때문에 생긴 거 맞지요?"

쌰오짱이 또 자세한 설명을 요구하는 눈빛을 보냈다.

"쌰오짱 말이 맞아. 거제도포로수용소는 1950년 6월 25일 북한의 침략으로 시작된 한국전쟁에서 적군의 포로들을 집단으로 수용하기 위해 1950년 십일월에 설치하게 되었어. 한국의 남단인 거제도에 포로수용소를 설치하게 된 가장 큰 이유는 첫째, 섬이라는 지리적 조건으로 포로관리에 인력과 경비를 최소화할 수 있다는 점, 둘째, 급수가 용이하다는 점, 셋째 포로들이 스스로 곡식을 재배해 먹을 수 있는 넓은 공간이 있다는 점 등이 고려되었기 때문이야."

"따꺼! 이곳에 얼마나 많은 포로들이 수용되었었지요?"

"처음에는 육만 명 정도였으나 나중엔 이십이만 명까지 늘어났지."

"따꺼 말마따나 이곳의 환경이 포로들을 관리하기에 훌륭한 자연적 조건을 갖추고 있는 것 같아요."

"바로 그런 연유 때문에 1950년 12월부터 섬의 중심부인 일운면 고현리를 중심으로 총 천이백만 평방미터 부지에 수용소설치가 시작되었지. 동시에 공사시작과 더불어 부산에 있던 포로들을 이곳으로 이송해와 1951년 이월 말경에는 이미 수용인원이 오만 명을 넘었고, 1951년 유월 말에는 최대 십칠만 삼천여 명의 포로들을 수용하였어."

"그 많은 포로들을 어떻게 관리했을까요?"

"포로수용소 관리는 한국군과 유엔군의 경비 하에 포로자치제로 운영되었는데, 포로송환문제를 놓고 북한으로 송환을 거부하는 반공포로와 송환을 희망하는 친공포로로 갈라져 이념갈등이 아주 심했을 뿐 아니라 참혹한 유혈사태도 자주 발생했어. 친공포로들이 수용소 내부에 조직을 만들어 수시로 소요 및 폭동 사건을 일으켰지. 1952년 5월 7일에는 친공포로들이 수용소장인 프랜시스 도드 (Francis Dodd) 준장을 납치하는 이른바 거제도포로소요사건을 일으켜 한 달이 지난 6월 10일에야 겨우 무력으로 진압되었어."

"따꺼! 수용소 안에서도 이념대립이 장난 아니었군요? 그래서요?"

"그래서 유엔군사령부가 반공포로와 친공포로를 분리 및 분산하기로 결정하고 1952년 8월까지 북한으로 송환을 희망하는 포로들은 거제도를 비롯해 용초도·봉암도 등지로, 송환을 거부하는 포로들은 제주·광주·논산·마산·영천·부산 등지로 이송해 소규모로 분산시켰지."

"그럼 전쟁이 끝난 다음에는 그 사람들을 어떻게 했어요?"

"1953년 7월 27일 정전협정이 조인된 뒤 남북 양쪽에서 전쟁포로들을 교환하였는데, 33일간에 걸쳐 거제도에 수용된 친공포로들은 모두 북한으로 돌려보냈고, 남과 북 그 어느 쪽에도 선택하지 않은 사람들은 중립국을 택해 한국을 떠나면서 포로수용소도 그 수명을 다하게 되었어."

정혁과 쌰오쨩은 한민족의 아픈 역사를 실증적으로 대변하는 거제도포로수용소유적공원을 무거운 발걸음으로 돌아보기 시작했다.

총 6만4천2백 평방미터로 흥남철수작전기념비, 분수광장과 철모광장, 6·25역사관, 탱크전시관, 포로생활관, MP다리, 극기훈련장, 무기전시장, 당시 포로수용소의 배치상황과 생활상 및 폭동현장 등을 재현한 모형전시관, 포로생포관, 여자포로관, 송환심사과정 등을 영상으로 볼 수 있는 포로설득관, 친공포로와 반공포로들 간의 격돌장면을 첨단복합 연출기법으로 재현한 포로폭동체험관, 포로들 간의 사상대립을 매직비전으로 보여주는 포로사상대립관, 포로수용소유적관, 포로수용소의 막사와 감시초소 등을 실물로 재현한 야외막사, 경비대장 집무실과 경비대 막사 그리고 무도회장 등 실물유적을 볼 수 있는 잔존유적지, 기념촬영코너 등으로 이루어져 방문객들의 마음을 더욱 아프게 하였다.

거제도포로수용소유적공원을 둘러본 두 사람은 역사의 장소를 뒤로한 채, 세계 조선산업의 메카인 대우조선해양과 삼성중공업거제조선소로 떠났다.

1973년 10월 한반도 동남쪽 거제도 옥포만(玉浦灣)에서 기공해 1981년에 준공한 대우조선해양은 각종 선박과 해양플랜트, 시추선, 부유식 원유생산설비, 잠수함, 구축함 등을 건조하는 세계 초일류의 조선해양 전문기업이다. 400만 평방미터의 넓은 부지 위에 세계 최대인 100만 톤급의 도크, 구백 톤의 골리앗크레인(Goliath Crane)[58] 등의 최적설비와 고기술선박건조에 탁월한 능력을 보유하고 있다. IT기술을 기반으로 체계화된 선박건조기술과 고난도의 해양플랫폼건조능력, 대형플랜트프로젝트관리능력, 전투용잠수함과 구축함을 건조하는 높은 기술력을 고루 갖춰 모든 종류의 조선해양 제품을 만들 수가 있다.

"치엔뻬이! 그렇담 삼성중공업거제조선소는 어떻게 다르지요?"

삼성중공업은 조선해양, 건설, 풍력 및 전기전자사업 분야에서 세계 최고를 자랑하며 다양한 프로젝트를 성공적으로 수행한 실적이 풍부한 글로벌회사이다. 특히 드릴쉽, 초대형컨테이너선, LNG선, FPSO 등 고기술·고부가가치 제품분야에서 세계 1위의 시장점유율을 유지함과 동시에 독보적인 경쟁력을 확보한 상태이다. 삼성중공업은 쇄빙유조선과 LNG-FPSO를 세계 최초로 개발·건조한 바 있고, 극지형 드릴쉽, LNG-FSRU, 쇄빙(碎氷)컨테이너선 등 신제품 개발로 새로운 시장개척에 전력투구 중이다. 또한 해양설비 분야에서도 탄탄한 기술력과 경험을 바탕으로 세계 최대 규모의 반잠수식(半潛水式) 원유시추 설비인 해양플랫폼을 성공적으로 인도하는 등 그 명성을 이어가고 있다.

"따꺼! 제가 몰랐던 한국기업들의 첨단기술력을 이번 답사로 알게 돼 박사학위논문을 쓰는 데 큰 도움이 되겠네요. 고마워요."

---

58) 바퀴를 부착(附着)한 문형(門形)에 호이스트(hoist), 체인블록(chain block) 등을 갖추어 부재(部材)를 매달아 올리거나 내릴 수 있는 기중기(起重機).

"세계에서 고난도선박과 해양플랜트시장을 한국의 대우조선해양, 현대중공업, 삼성중공업이 대부분 점유하고 있다고 보면 틀림없을 거야."

"따꺼. 역시 삼 면이 바다로 둘러싸인 나라답게, 그리고 거북선의 나라답게 해양업 분야에서 깃발을 날리는 한국이네요."

낮에 국수를 먹어 그런지 두 사람 다 배가 출출했다. 이왕 여기까지 왔으니 통영의 별미인 충무김밥으로 저녁을 해결하는데 두 사람 의견이 일치했다.

'충무김밥'은 해방 이후 남해의 충무(忠武, 현 통영)항에서 고기잡이를 나가는 남편이 고기 잡느라 식사를 거르고, 술로 끼니를 대신하는 모습을 본 아내가 남편이 안쓰러워 김밥을 만들어주면서부터 유래되었다고 전한다. 처음에는 아내가 싸준 김밥이 잘 쉬어서 못 먹게 되는 일이 많았다. 그래서 밥과 속(반쯤 삭힌 꼴뚜기무침과 무김치)을 따로 담아 주자 쉬어서 못 먹는 일이 사라졌다. 이후 아내들은 바다로 나가는 남편의 점심이나 간식을 밥과 속을 따로 담은 김밥으로 싸주게 된 것이다.

"치엔뻬이! 충무김밥에는 통영지역 어부 아내들의 남편에 대한 깊은 애정과 정성이 들어 있네요? 나도 그렇게 할 수 있는데……."

정혁은 빤히 쳐다보는 쌰오짱의 눈을 피하느라 허둥대며 충무김밥을 입에 우겨넣고 씹었다. 쌰오짱과 함께 하는 시간이 기쁘면서도 괴로운 정혁이었다.

통영에서 숙박을 하고, 다음날 아침 그들은 다시 만나 통영시 광도면에 있는 안정국가산업단지(安井國家産業團地)를 거쳐 경남 창원으로 향했다. 창원국가산업단지로 가는 길에 오정혁과 쌍위에 홍은 임진왜란 때, 충무공 이순신 장군이 두 차례에 걸쳐 왜선 57척을 전멸시킨 '당항포대첩지'에 잠시 들렀다.

" 따꺼! 그림같이 아름다운 '장항포'를 역사가 살아 숨 쉬는 호국성지로, 교육적 효과가 뛰어난 체험관광지로 멋지게 탈바꿈시켜놓았네요?"

"그럼 안으로 한번 들어가 볼까."

"당연하죠!" 하며 쌰오짱은 기쁘게 손뼉을 치면서 어린애처럼 소리를 질렀다.

이곳에는 '기념사당(숭충사)' '당항포해전관' '전승기념탑' '거북선체험관' 동물류의 박제·공룡알·어패류의 화석 등을 전시한 '자연사관' 양생화와 어우러진 '자연조각공원' 그리고 수석관으로 구성된 '자연예술원' 등이 잘 조성돼 있었다.59)

"치엔뻬이! 오늘 점심은 뭐로 드실 건가요?"

"곧 마산이라는 곳이 나오는 데, 그 곳의 별미인 '아구찜'으로 점심을 먹으면 어떨까?"

"따꺼! '아구찜'은 어떤 요리인가요?

"아귀의 경상도 사투리로 한국 마산에서 유래된 '찜요리의 대명사'라고 보면 되겠지. 아귀라는 생선은 삼십년 전까지만 해도 쓰임새가 거의 없어 버려지는 경우가 많았어. 그러나 어부들이 선술집에 잡은 아귀를 가지고와 술안주로 만들어 달라고 부탁하면서 탄생한 것이 바로 '아귀찜'이야!"

---

59) 참고 : 정보화마을, 경남 고성군

"따꺼! 벌써부터 군침이 도는 데요?"

"역시 미식가는 틀린다 말이야!"

아귀를 맛있게 요리하는 방법은 고춧가루와 다진 파, 마늘 등으로 매운 맛을 내고, 미더덕, 콩나물, 미나리 등으로 아귀와 함께 시원하고 깔끔한 맛을 더한다. 전통적인 '마산아귀찜'은 말린 아귀를 위의 재료와 함께 양념에 섞어 양념이 배게 한다. 그러나 다른 지역에서는 그냥 아귀내장만 제거하고 사용한다. 아귀의 흰 어육은 중풍의 원인이 되는 동맥경화 및 당뇨병예방에 좋을 뿐만 아니라 주독해소, 정력증강 그리고 성인병예방에도 효과가 뛰어나다.60)

깔끔하게 단장된 '당항포대첩지'를 둘러본 두 사람은 서둘러 다음 행선지로 떠났다. 한참 해안을 따라 달리다보니 어느 듯 마산 시내가 눈앞에 들어왔다. 마산에 도착한 정혁은 점심을 먹기 위해 '아구찜거리'에서 3대째 운영하고 있는 '오동동아구할매집'을 찾았다.

"손님! 어서오이소. 두 분입니꺼?"

"예!"

"잠시만 기다려주이소. 퍼뜩 갔다드릴게……."

얼마 있지 않아 바다의 향이 듬뿍 담긴 '아구찜요리'가 한상 차려져 나왔다. 김이 모락모락 나는 '아구찜'을 본 쌰오짱은 눈이 휘둥그레지고, 침샘을 자극하는지 혀로 입술마저 쓰윽 한번 핥았다.

정혁과 쌰오짱은 쫄깃쫄깃한 아귀 살에다 오도독오도독 씹히는 맛이 일품인 미더덕, 자연을 품은 미나리, 아싹아싹한 콩나물 그리고

---

60) 참고 : 한국민족문화대백과사전, 두산백과사전, 매일신문

마늘, 파, 고추 등 갖은 양념을 넣고 끓인 마산의 별미 '아구찜'을 정신없이 집어먹었다.

"따꺼! 고기의 생김새와는 완전히 딴판이네요. 죽이는데요!"

"쌰오짱! 그렇게 맛있어?"

"생각지도 못한 곳에서 한국의 진미를 맛보다니…… 도대체 따꺼의 한계는 어디까지예요?"

그 말에 정혁은 대답을 하는 대신 빙그레 웃었다. 맛있는 점심을 먹은 두 사람은 바로 옆 창원으로 들어갔다. 창원국가산업단지에 도착한 정혁과 쌰오짱은 자동차를 타고 공단을 천천히 둘러보기 시작했다.

창원국가산업단지는 한국의 산업구조를 경공업중심에서 중화학공업 중심으로 고도화하기 위한 정책의 일환으로 설립됐다. 국제규모의 기계류 생산공장을 집단화하고, 기술의 집약화와 관련 기계류 생산공장의 전문화·계열화로 투자효과의 극대화를 겨냥해 조성된 기계공업전용 임해특수공업지역이었다.

"따꺼. 창원에 종합기계공업단지를 건설하게 된 특별한 이유라도 있나요?"

"그건 말이야. 훌륭한 입지조건을 구비하고 있기 때문이야. 첫째, 창원은 포항·울산·대구·구미·부산·마산 등의 기존 공업집적지가 다핵적(多核的) 벨트를 이룬 중앙부에 위치하고 있어. 그래서 주변도시들과 긴밀히 접촉할 수 있는 유리한 조건을 갖추었지. 둘째, 부산·대구·마산·진해 등과 연결되는 2번국도 및 남해고속도로가 통과하고 있단 말씀이야. 또한 철도가 경전선(慶全線)과

진해선의 분기점이며, 임해부(臨海部)는 마산항과 연결될 뿐만 아니라 수심이 깊어 새로운 항만건설이 가능하거든. 셋째, 지형적 조건을 보면, 높이 오백에서 팔백 미터의 구릉지로 둘러싸인 분지 내에 약 오천 헥타르의 평야부가 있어 광활한 공장부지를 확보할 수 있고, 게다가 지반이 견고하여 중량물공장(重量物工場)을 건설하기에 적합하거든. 넷째, 기후가 온난다우(溫暖多雨)하며 부근 낙동강에서의 용수공급이 원활해 공업용수 및 생활용수의 확보가 용이하고, 다섯째, 수목이 울창한 소구릉지(小丘陵地)가 산재하고, 분지 내 평야면적이 공업용지와 함께 광대한 주거용지를 충족시켜 줄 수 있어 새로운 산업도시를 건설하기에 충분하다는 거야. 어때 쌰오짱? 이만하면 최고의 입지조건 아니겠어?"

쌰오짱이 고개를 끄덕였다. 정혁은 마저 보완설명을 했다.

창원국가산업단지의 개발이 시작된 것은 1974년경으로, 1970년대 당시 시행된 경제개발5개년계획과 밀접한 관련이 있다. 창원국가산업단지는 제3차 경제개발5개년(1972~1976)계획 중 중화학공업추진계획에 의거 1973년 9월 19일 박정희 대통령의 '창원기계공업기지건설에 관한 지시'가 단초가 되었다. 이해 4월 1일 창원종합기계공업기지개발을 위한 '산업기지개발촉진지역'으로 확정되고, 이에 따라 창원에 개발이 본격화 되었다. 그리고 1975년 밸브를 생산하는 피케이밸브(PK Valve)의 가동을 시작으로 오늘에 이르렀다. 1978년에는 대형기업체인 LG전자, 대우중공업, 기아기공, 한국종합특수강, 부산제철, 삼성중공업, 효성중공업 등이 본격적으로 생산활동에 들어감에 따라 창원국가산업단지는 이른바 발화기를 넘어

개화기에 돌입했다.

"치엔뻬이! 원자력과 해수담수화플랜트 분야에서 독보적 기술을 자랑한다는 두산중공업의 성장배경은 어떻게 되나요?"

"쌰오짱이 그런 걸 어디서 들었을까? 거 신기하네."

"중국에 있을 때 얼핏 들었어요."

"하여튼 대단한 쌰오짱이야. 젊은 아가씨가 어떻게 그리 시야가 넓을까?"

정혁의 칭찬에 쌰오짱은 싱글벙글했다. 역시 고래도 춤추게 하는 칭찬이었다.

두산중공업의 성장배경을 간단히 살펴보면 1962년 현대양행으로 시작해 1976년 미국 GE사로부터 발전설비 최초 수주, 1978년 해수담수화사업에 진출했다. 1980년 공기업으로 전환되어 한국중공업으로 사명을 변경했다. 1982년 창원종합기계공장 준공(단일공장으로 세계최대 규모), 1985년 사우디아라비아 아씨르(Athir) 담수플랜트 최초 턴키(turnkey) 수주, 1991년 울진원자력이 미국 '파워엔지니어링'지로부터 '올해의 최우수 발전소'로 선정됐다. 1999년 발전설비사업 구조조정에 따라 현대중공업 및 삼성중공업 발전설비를 두산중공업으로 일원화했다. 2001년 민영화 및 사명 변경(한국중공업→두산중공업), 해수담수화플랜트 세계시장 1위 기록 및 세계일류상품에 선정됐다. 2002년 미국 세쿼야(Sequoyah) 원전과 중국 친산(秦山)원전에 원자력 주기기 공급, 2005년 세계 최대 사우디아라비아 쇼아이바(Shoaiba) 담수 프로젝트 수주, 2010년 UAE 원전 프로젝트 주기기(APR1400) 공급 계약, 2013년

3MW 풍력발전시스템 국내 첫 신제품 인증 등 세계 플랜트 시장을 선도하는 글로벌기업이 되었다.

정혁의 설명을 들은 쌰오짱이 뭔가 골똘히 생각하고 있었다.

"왜 그래 쌰오짱. 뭐 충격 먹은 거 있어?"

"그게 아니고요, 따꺼! 제가 치엔뻬이를 따라다니며 한국을 둘러본 소감을 정리해봤어요."

"그래? 그거 흥미 있는걸. 어디 소감이 어떤지 얘기해 봐."

"첫째, 한반도 남부권에 '국제허브공항'이 없다는 점. 둘째, 수도권에 인재와 돈이 과도하게 몰려 있다는 것. 셋째, 서해나 남해 쪽은 발전을 거듭하고 있으나 동해와 내륙 쪽은 발전의 혜택이 거의 돌아가지 않고 있다는 점. 넷째, 경북의 동북부 쪽이 타 지역에 비해 교통망이 매우 열악하다는 것. 다섯째, 한국인들의 의식구조가 너무 빨리 서구화돼 정체성이 급속히 무너지고 있다는 점이에요. 이런 문제를 하루속히 해결하기 위해서는 첫째, 남부권의 생명줄인 '국제허브공항'을 조기에 개항해야 하고, 둘째, 내륙의 중심인 대구, 광주, 대전, 안동, 영천에 집중적으로 투자를 해야 한다는 것이고요. 셋째, 한국에서 소득수준이 가장 낮다고 알려진 경북의 영덕·울진·봉화·청송, 경남의 합천, 전남의 곡성, 충북의 괴산, 강원도의 영월 등에는 국가 차원의 특단의 대책이 필요하다는 것이고, 넷째, 지역균형개발을 위해 경북의 동북부에 고속도로와 철도를 조기에 개설해야하며. 다섯째, 정체성 회복을 위해 한국인의 정신적 고향인 경주를 문화특별시(文化特別市)로 하루빨리 지정해야 한다는 것으로 정리할 수 있을 것 같은데 어때요, 치엔뻬이! 제 생각이 맞지 않아요?"

"대단해! 정말 예리한 지적이야. 우리 쌰오짱이 그새 공부 많이 했네. 날아온 돌이 박힌 돌 빼겠어. 무섭다!"

"학위논문 자료를 구하기 위해 전국방방곡곡을 돌아다니다보니 자연스럽게 알게 되었어요. 제 눈에 뻔히 보이는데 여기 사람들은 안 보이나 봐요."

"그럼 쌰오짱, '남부권 국제허브공항'이 어디에 생기면 가장 효율성이 높고 합리적일 것 같애?"

쌰오짱은 일말의 망설임도 없이 답했다.

"따꺼. 제가 밀양시 하남읍과 부산시 가덕도를 모두 가봤지만, 다양한 요인들을 감안해 분석할 때 밀양 하남읍이 부산 가덕도보다 여러 측면에서 유리한 것 같아요."

"어떤 근거로 그런 결론을 내린 거지?"

"그거야 뻔한 거 아닐까요? 따꺼도 다 알고 있잖아요?"

역시나 학구파답게 쌰오짱은 일목요연하게 설명했다.

·투자의 효과성·교통의 편리성·접근성·활용가능성·발전가능성·국토균형개발가능성·국내외투자유치가능성·건설비 및 공사기간·공사의 난이도·유지관리비·환경피해 및 자연재해·토지이용·지형장애물·공역(空域)61) 및 기상(氣象)·소음(騷音)·항공수요(승객+물류) 등을 분석해보면 바로 알 수 있다는 것이었다.

---

61) 비행 중인 항공기가 충돌하는 것을 막기 위하여 반드시 필요한 공간. 또는 연습할 때 비행기편대가 차지하는 공간.

"벌써부터 쨩위에홍의 박사학위논문이 기대되는구먼."

"비행기 고만 태우고 따꺼! 창원국가산업단지까지 온 김에 남부권 국제허브공항으로 따꺼가 강력 추천하는 밀양 하남읍에 들렀다가 대구로 올라가면 어떨까요?"

"그러자구."

두 사람은 창원국가산업단지을 떠나 밀양시 하남읍으로 들어갔다. 그곳의 광활한 평야지대는 한반도 남부권에서 국제허브공항을 짓기에 가장 적합했다. 지정학적 환경을 분석해보면 낙동강을 경계로 부산시 북구, 경남 양산시 물금읍/원동면, 경남 김해시 진영읍/생림면, 경남 창원시 대산면, 경남 밀양시 삼랑진읍과 인접해 있을 뿐만 아니라 철도, 고속도로, 산업도로, 일반도로, 수운(水運) 등이 사통팔달로 발달되어 있었다.

"치엔뻬이! 기업하기 좋은 환경을 만들려면 '국제허브공항'이 필수적임을 한국정부도 잘 알고 있을 텐데, 그동안 무슨 이유로 신속하게 결정을 내리지 못했을까요? 아무리 생각해도 이해가 안 가요."

"그거야 국민의 고통은 아랑곳하지 않고 오로지 정치적인 계산만 했기 때문이지. 직장이 바로 최고의 복지임에도 불구하고, 직장은 직장대로 복지는 복지대로 정책을 따로 추진하다보니 젊은이들은 직장을 구하지 못해 아우성이고, 노인과 장애인들은 복지에 목말라 정치권에 대한 불만이 갈수록 커지고 있는 실정이니 딱한 노릇이야. 외국인인 쌰오쨩에게 다 들키고 나니 부끄럽구먼. 조금만 공부하면 남의 눈에도 보이는 것을 눈 가리고 아웅하고 있으니 말이야."

"치엔뻬이. 제가 이렇게 열 올리며 공부하는 건 단지 박사학위 때문만은 아니에요. 바로 치엔뻬이의 나라이기 때문인 거지요. 저도 어떤 식으로든 이 나라에 보탬이 되고 싶어요."

"쌰오짱, 그럴 바엔 아예 한국으로 귀화하는 게 어때?"

"글쎄요. 그건 치엔뻬이한테 달린 거 아닐까요?"

또 닿는 쌰오짱의 집요한 눈길! 정혁은 재빨리 차에 올라 운전대를 잡았다. 비겁하다. 사내답지 못하다. 그러나, 어쩔 수 없다. 쌰오짱 당신은 이곳의 국제허브공항을 말했지만 어쩌면 나는 그대의 국제 허브피플일지도 모르겠다. 나를 거쳐 지나가라. 어서 환승하라. 그대의 원대한 꿈을 향해서.

30. 나침반

정혁이 대구 사무실로 돌아오자 미숙이 혼자 울고 있었다. 시어머니 앞으로 명의신탁해둔 집을 시동생이 주택회사에 매도하고 매매대금을 가로채 하는 수 없이 변호사를 선임하고 '부당이득금반환소송'[62]을 했다는 것이었다.

"변호사는 뭐라고 그래?"

"이와 비슷한 일들이 자주 벌어진다면서 재판하면 승소할 수 있다고 했어요. 하지만 아닌 밤중에 홍두깨라고 너무 속상해서 그만. 미안해요 오빠."

"소송은 장기전이니까 마음 단단히 먹고 준비해야 할 거야."

황당한 일을 당한 미숙을 달래 집으로 보내놓고 정혁도 퇴근을

---

62) 법률상 원인이 없이 타인의 재화(財貨)나 노무(勞務)로부터 이익을 얻은 자에게 권리자가 반환을 청구하는 소송을 말한다.

했다.

　다음날 사무실로 출근한 정혁은 북경서울대학설립자금을 기부하겠다는 안도환 박사와 함께 청강사 혜광(慧光)스님을 만나기 위해 경남 합천으로 떠났다. 혜광 스님은 정혁에게 전 서울대학교 교수였던 안도환 박사를 처음으로 소개해준 고마운 분이었다. 해서 혜광 스님이 입회한 자리에서 「북경서울대학 설립자금 기부 협약식」을 정식으로 체결하고 기념하기 위해서였다.

　청강사에 도착한 정혁은 대웅전에 들러 삼배를 한 뒤, 혜광 스님을 만나 전후사정을 자세히 설명하자 혜광 스님도 기쁨을 감추지 못했다. 오정혁과 안도환 박사는 혜광 스님이 보는 앞에서 협약식을 원만히 끝마쳤다.

　기쁨에 겨운 정혁은 합의문 내용을 새삼 훑어봤다.

● 양성자생명수(陽性子生命水) 특허권, 특허권에 관련된 기술 및 용역을 중국정부, 기관, 법인, 개인 등에게 양도·양수하기 위해 업무위탁합의서를 보증인의 입회하에 갑 [안도환(양성자생명수특허권자)] 과 을 [오정혁(양성자생명수특허권, 특허권에 관련된 기술 및 용역을 중국정부, 기관, 법인, 개인 등 양도·양수업무권리자)] 간에 체결하고 업무를 개시한다.

● 양성자생명수 특허권, 특허권에 관련된 기술 및 용역을 중국정부, 기관, 개인 등에게 양도·양수함에 있어 한국지역 내 특허관련 권한은 안도환(양성자생명수특허권자)이 계속 행사하는 조건으로

중국매각을 추진한다.

● 약정금액은 미화 9천만 달러(US$90,000,000)로 하고, ① 한국 측은 미화 7천만 달러(US$70,000,000) ② 중국 측은 미화 2천만 달러(US$20,000,000)를 각각 나누는 조건으로 업무를 추진한다. 다만, 최종약정금액은 한국 측과 중국 측간의 합의로 결정한다.

● 양성자생명수 특허권, 특허권에 관련된 기술 및 용역을 중국정부, 기관, 법인, 개인 등에게 양도·양수함에 있어 한국 측과 중국 측 간의 원만한 합의가 이루어지면, 한국에 소재하는 '국제법률사무소'에서 계약서를 작성하고, 이에 따라 한국 측과 중국 측은 각자의 권리와 의무를 행사한다.

〈특약조건〉

약정금액 가운데 한국 측 지분인 미화 7천만 달러 (US$70,000,000)는 다음과 같은 용도로 사용한다.

● 양성자생명수 특허권자인 안도환 박사의 고귀한 의사를 반영해, 미화 5천만 달러(US$50,000,000)는 한·중우호증진사업의 일환으로 추진 중인 중국 북경소재 (가칭)북경서울대학(北京首尔大学)의 설립자금으로 기부한다.

● 국제변호사비용·세금·기타비용 등으로 미화 1천만 달러

(US$10,000,000)를 따로 준비해둔다.

● 양성자생명수 특허권자인 안도환 박사는 미화 1천만 달러
(US$10,000,000)만 가진다.

　안도환(安度煥) 박사는 안중근(安重根) 의사63)와 같은 문중으
로 항렬로는 안중근 의사의 삼촌뻘이었다. 정혁은 안도환 박사에게
한민족의 운명과 한중 간우호증진에 중심역할을 할 수 있는 (가칭)
북경서울대학의 설립 필요성에 대해 수없이 피력했다. 하여, 안도환
박사의 평생 업적인 양성자생명수 특허권을 매각해 그 자금으로
북경서울대학 설립을 추진하게 되었다.

　정혁의 가슴은 말할 수 없이 뛰었다. 드디어 황요우푸 교수의
평생 숙원사업이 이루어지려나? 급속히 한족화(漢族化) 돼가는
조선족에게 민족적인 정체성과 말 그리고 글을 가르치기 위해 사재
를 털어가며 홀로 애쓰는 황 교수가 아니던가. 그분에게 작은 힘이나
마 보태는 것 같아 마음이 풍선처럼 부풀어 올랐다. 그리고 보니
북경서울대학 설립을 추진하는 황요우푸 박사는 독립투사의 후손이
요, 설립자금을 후원하는 안도환 박사는 독립투사의 삼촌이었다.
북경서울대학의 설립은 한민족의 미래와 한·중우호증진에 선도적
인 역할을 할 수 있을 뿐 아니라 남북통일에도 엄청난 기여를 할
것으로 예상된다. 나라와 민족을 생각하는 두 분의 뜻이 부디 원만하
게 이루어지기를 바라며 정혁은 부처님을 향해 다시 삼배를 올렸다.

---

63) 한말의 독립운동가로 삼흥학교(三興學校)를 세우는 등 인재양성에 힘썼으며,
　　중국 하얼삔(哈爾濱)에서 침략의 원흉 이토 히로부미(伊藤博文)를 사살하고
　　사형되었다.

며칠 후 정혁이 출장을 갔다 사무실로 돌아오니 미숙이 와 있었다.

"미숙이. 어쩐 일이야? 쉬는 날도 아닌데 사무실에 다 나와 있고?"

정혁을 보자 갑자기 서러움이 복받치는지 미숙의 커다란 눈이 금세 흥건해졌다. 하자있는 계약을 한 부동산개발회사와 명도소송64)에서 패소하고 강제집행65)을 당해 아무런 대책도 없이 길거리로 쫓겨났다는 거였다.

"그럼 지금 어디에서 생활하고 있어?"

"저는 자동차 안에서 생활하고, 큰애는 방 구할 돈이 없어 잠시 후배 원룸에서 신세를 지고 있어요. 그리고 막내는 고등학교 앞 학원 옥탑방에 간이침대를 갖다놓고 생활하고요."

"하루속히 임시거처라도 마련하는 게 급선무군."

"그래서 말인데요, 오빠. 제가 집을 구할 때까지 며칠간 이곳에 와서 생활하면 안 될까요?"

"안 될 게 뭐 있겠어. 생활하기는 불편하겠지만 옆방이 비어있으니 사용하도록 해……. 그런데 가재도구는 어디에 갖다 놨지?"

"큰 물건 몇 가지만 대충 골라 철거된 집 옆에 임시로 비닐로 덮어두었어요."

"그러다가 중요한 물건이라도 잃어버리면 어쩌려고?"

"완전히 전쟁터와 진배없는데요 뭐. 식품은 길거리에서 썩어가고, 온갖 살림살이와 가재도구는 길바닥에 내팽개쳐 비바람에 휘날리

---

64) 점유자가 불법으로 부동산을 점유하고 있는 경우, 부동산을 넘겨달라고 요청하는 소송을 가리킨다.
65) 사법상 또는 행정법상의 의무를 이행하지 않는 자(者)에 대하여, 국가의 강제 권력에 의해 그 의무이행을 실현하는 작용 또는 그 절차를 가리킨다.

고, 중요한 서류와 비품들은 이미 상당히 유실된 상태예요."

"저런. 그래 그동안 생활은 어떻게 했어?"

"말도 마세요. 정말 사람 꼴이 아니었어요. 주위에 있는 건물 철거 때문에 저의 집 담이 무너지고 마당도 쩍쩍 갈라졌어요. 부동산 개발회사에서 매일 새벽 여섯 시면 중장비를 동원해 공사를 하다 보니 소음뿐 아니라 쓰레기와 먼지가 온 집 안을 뒤덮었어요. 그 와중에 집 앞에 설치돼 있던 맨홀뚜껑마저 누군가 훔쳐 가버려 밤늦게 자동차를 몰고 집에 돌아오다 맨홀에 빠진 적도 있어요. 집 주위에 전선을 잘못 끊어놓아 비가 오는 날이면 전기스파크가 나는 게 제일 무서웠어요. 심지어 사흘이 멀다 하고 전화선까지 끊어 놓더라구요. 빨리 나가라는 거지요."

미숙이 닭똥 같은 눈물을 뚝뚝 떨구며 말을 이었다.

"큰애는 대학 일학년, 둘째는 중학교 삼학년인데 평온하던 집이 하루아침에 쑥대밭이 되는 걸 보고 아이들 충격이 이만저만 아니에 요. 우연인지 몰라도 큰애는 폐결핵 진단까지 받았어요. 대구시청과 관할구청에 여러 번 민원을 제기하였지만, 시원한 민원처리는 없이 서로 책임전가 하느라 바빠요. 하늘이 무너져도 솟아날 구멍은 있다는데 정말 솟아날 구멍이 있을까요 오빠?"

없는 사람들은 동네가 재개발된다고 하면 가슴부터 철렁 내려앉는다. 보상금은 얼마나 나올지, 언제 나올지, 어디로 이사를 갈지, 어떤 집을 구해야할지, 어떻게 쓸지, 가족 간 재산분배는 어떻게 해야 할지 걱정이 한두 가지가 아니다. 일반적으로 쥐꼬리만 한 보상금을 놓고 형제 간, 부자 간, 모자 간, 고부 간, 형수와 시동생

간, 시숙과 제수 간, 처제와 형부 간, 계모와 본처 자식 간, 채권자와
채무자 간에 신경전이 대단하다. 가등기66), 근저당67), 전세권68),
임차권69), 지역권70), 유치권71), 지상권72), 가압류73), 경매74)
등 부동산물건의 일부 권리제한이나 작은 하자를 핑계로 한 악덕브
로커들의 장난은 우리들의 상상을 훨씬 뛰어넘는다. 예를 들면,
이중계약서 작성하기, 알박기 하기75), 고리자금 떠넘기기, 투기
조장하기, 가족 간 이간질하기, 주민 간 이간질하기, 헛소문 퍼뜨리
기, 소송 대리하기, 문서작성 대리하기, 허위문서 작성하기, 중장비
동원 시위하기, 통행로 막기, 공갈협박하기, 깡패 투입하기 등 말하
기조차 부끄러울 정도다.

---

66) 假登記. 부동산등기법 제3조에 따라 장래에 행해질 본등기에 대비해 미리 그
   순위 보전을 위해 하는 예비적 등기를 말함.
67) 根抵當. 일정기간 동안 증감 변동할 불특정의 채권을 결산기에 최고액을 한도로
   담보하기 위한 저당권.
68) 傳貰權. 전세금을 지급하고 타인의 부동산을 일정기간 그 용도에 따라 사용·수익
   한 후, 그 부동산을 반환하고 전세금의 반환을 받는 권리.
69) 賃借權. 임대차계약에 의하여 임차인이 목적물을 사용·수익할 수 있는 권리이다.
70) 地役權. 일정한 목적을 위하여 타인의 토지를 자기토지(自己土地)의 편익에
   이용하는 권리로서 토지용익물권(土地用益物權)의 일종이다.
71) 留置權. 타인의 물건이나 유가증권을 점유한 자가 그 물건이나 유가증권에
   관하여 생긴 채권이 변제기에 있는 경우에 그 채권을 변제받을 때까지 그 물건이나
   유가증권을 유치할 수 있는 권리.
72) 地上權. 타인의 토지에 건물, 기타의 공작물이나 수목(樹木)을 소유하기 위하여
   그 토지를 사용할 수 있는 물권.
73) 假押留. 금전 또는 금전으로 환산할 수 있는 청구권을 그대로 두면 장래 강제집행이
   불가능하게 되거나 곤란하게 되는 것을 막기 위해 미리 일반담보가 되는 채무자의
   재산을 압류, 확보하는 것으로 보전절차의 일종이다.
74) 競賣. 경매를 청구한 권리자의 신청에 의해 법원 또는 집행관이 동산이나 부동산을
   구두의 방법으로 경쟁시켜 파는 일을 가리킨다.
75) 개발예정지의 땅 일부를 먼저 사들인 뒤 사업자에게 고가로 되파는 부동산투기
   수법을 속칭 '알박기'라고 한다.

민초들의 피눈물을 적극적으로 나서 해결하려는 현대판 홍길동[76]은 어디에도 없다. 이런 일에 대하여 대부분, 정치권이나 행정관청들은 처음에는 조금 신경을 써주는 척하다 용두사미를 삶아먹었는지 바로 꿀 먹은 벙어리가 되고 만다. 기업체나 브로커들로부터 얼마나 많은 정치자금이나 반대급부를 약속받았는지는 모르나, 국회의원 사무실이나 행정관청은 민원인들을 잡상인 내쫓듯 문전박대한다. 사회적 약자들이 지역 국회의원이나 시장을 만나려고 하면, 담당자들은 아예 경련을 일으킨다. 온갖 수모를 다 겪고 어렵사리 만난다하더라도, 입에 발린 소리만 몇 마디 하다 귀찮다는 말투로 아랫사람에게 슬쩍 떠넘기고 바로 자리를 비운다. 이런 행동은 자기합리화의 전형적인 수법이요, 고질적인 병폐에 하나다. 누구의 세금으로 떵떵거리고 호의호식하며 잘사는지 처음부터 관심이 없다. 그저 자기들만의 리그에 열중하면서 윗사람 눈치만 살핀다. 그러다가 좋은 기회가 찾아오면 어제까지의 일들은 까맣게 잊어버리고 새로운 자리에 거품을 문다. 국가관과 애국심이 얼어 죽어 일부 식충이들이 온 나라를 휩쓸고 다니며 세상을 어지럽힌다.

정말 구역질이 나고 가슴이 벌렁거려 숨쉬기조차 힘들다. 바통을 이어받은 직원들도 온갖 변명과 핑계를 대며 시간 끌기에 열중한다. 선무당이 사람 잡듯이 온갖 법조문을 다 들먹인다. 바로 무식의 극치요, 번문욕례(繁文縟禮)[77]의 대표적 사례이다. 늑대의 몸에 양의 얼굴을 하고 수십 번의 전화나 방문에도 잘 만나주지 않다가

---

76) 1500년(연산군 6)을 전후하여 서울 근처에서 활약하던 농민무장대의 지도자.
77) 문(文)도 번거롭고 예(禮)도 번거롭다는 뜻으로, 규칙(規則), 예절(禮節), 절차(節次) 따위가 번거롭고 까다로움을 나타낸다.

통로에서 우연히 만나면 퉁명스럽게 말한다.

"좀 기다려보라니까? 왜 이리 성가시게 하는 줄 모르겠네."

인상을 잔뜩 찌푸리고 휑하니 가버린다. 하루하루가 절박한 서민
들의 외침은 그저 허공에 메아리칠 뿐, 애당초 고려의 대상에도
들지 못한다. 멀쩡한 사람이 순식간에 허수아비 되기 딱 좋다. 이런
일을 당할 때마다 기가 차고 피가 거꾸로 솟는 민초들이다. 자신이
대한민국 국민인 게 너무나 슬퍼 역장이 무너진다.

그러나 민초들의 애환은 장애물을 만나고 시련이 닥칠수록 그
능력을 발휘하게 되어 있다. 바로 눈물 젖은 빵을 먹은 본 사람들만이
잡초 같은 삶을 이어갈 수 있기 때문이다.

정혁은 미숙에게 서두르지 말고 찬찬히 생각해보자고 했다. 섣부
른 판단은 사람을 과격하게 한다. 정혁으로서도 당장은 묘안이
없기 때문이었다.

31. 용과 봉황

"치엔뻬이! 내일 뭐하세요?"

"아직은 별다른 약속이 없는데 왜?"

"그럼 내일 경북 군위군에 있는 인각사(麟角寺)로 바람 쐬러 가실래요?"

"갑자기 거기는 왜?"

"이번 학기 과제물로 환단고기(桓檀古記), 삼국유사(三國遺事), 삼국사기(三國史記)의 역사적 중요성과 의의에 대해 논문을 써내야 하걸랑요. 그래서……."

"경제학도인 쨩위에홍이 어째서 한국역사에 대한 논문을 쓰는 거지?"

"지도교수님께서 중국인인 저에게 한국문화를 알 수 있는 기회를 주기 위해 이번 학기 과제물로 정했다고 그랬어요."

"그 교수님 정말 멋진 분이군."

다음날 오전 열 시, 그들은 경북대학교 북문 앞에서 만나 군위 인각사로 향했다.

"따꺼! '환단고기'는 어떤 내용을 담고 있는 책이지요?"

"그러면 그렇지. 샤오짱이 이럴 줄 알고 내 어젯밤 공부 좀 하고 왔지. 정신 바짝 차리고 잘 들어둬. 알았지?"

안경전(安耕田) 역주자(譯註者)의 《환단고기(桓檀古記)》를 보면, 안함로(安含老)의 《삼성기(三聖紀)》《三聖紀 上》, 원동중(元董仲)의 《삼성기(三聖紀)》《三聖紀 下》, 이암(李嵒)의 《단군세기(檀君世紀)》, 범장(范樟)의 《북부여기(北夫餘紀)》, 이맥(李陌)의 《태백일사(太白逸史)》 등을 모아 한 권으로 엮은 사서(史書)로서 구천 년 한국사의 진실에 대해 그 특징과 가치를 자세히 기록하고 있다.

첫 번째, 《환단고기》는 인류의 창세문화와 한민족의 뿌리 역사의 진실을 밝혀주는 유일한 사서이다. 《삼성기》는 "오환건국(吾桓建國)이 최고(最古)라(우리 환족이 세운 나라가 가장 오래 되었다)"라는 문장으로 시작한다. 이것은 동서양 4대 문명권의 발원처가 되는 인류창세 문명의 주체를 밝힌 짧지만 매우 강력한 문장이다. 그 주체는 바로 '오환건국'이라는 말에 나오는 환(桓)으로, 한민족(韓民族)의 시원조상(始原祖上)인 환족(桓族)을 가리킨다. 오늘의 인류문명은 바로 우리 환족(桓族)이 세운 환국(桓國)에서 비롯되었다.

두 번째, 《환단고기》는 단절된 한민족사의 국통(國統) 맥(脈)을 가장 명확하고 바르게 잡아준다. 한 나라의 계보와 그 정통 맥을 국통(國統)이라 한다. 환단고기에 들어 있는 5대 사서(史書) 가운데 특히 《삼성기 上》, 《삼성기 下》, 《북부여기》는 한민족의 뿌리인 환인(桓因)·환웅(桓雄)·단군(檀君)의 삼성조(三聖祖)에서 고려·조선에 이르는 국통 맥을 바로 세우는 근간이 된다. 그중 《북부여기》는 한민족사의 잃어버린 고리인 부여사(북부여와 동부여를 비롯한 여러 부여의 역사)의 전모를 기록하여, 기존의 어느 사서(史書)에서도 밝히지 못한 고조선과 고구려 사이의 끊어진 국통의 맥을 이어 준다.

세 번째, 《환단고기(桓檀古記)》는 환(桓), 단(檀), 한(韓)의 원뜻을 밝혀 줄뿐만 아니라, 환(桓), 단(檀), 한(韓)의 광명사상이 실현된 상고시대 인류와 동북아역사의 전체 과정을 기록하였다. '환(桓)'은 이 우주를 가득 채우고 있는 하늘의 광명, 즉 천광명(天光明)을 뜻한다. '달빛이 환하다', '대낮같이 환하다'라고 할 때의 환(桓)이 바로 이 천광명(天光明)의 환(桓)이다.

그리고 '단(檀)'은 박달나무 단 자인데, 박달은 '밝은 땅'이라는 뜻이다. 즉 단(檀)은 땅의 광명, 지광명(地光明)을 뜻한다. 그래서 환단(桓檀)은 천지의 광명이요, 《환단고기(桓檀古記)》는 '천지광명을 체험하며 살았던 태고적 인류의 삶을 기록한 옛 역사이야기'라는 뜻이다. 또한 '한(韓)'은 인간의 광명, 인광명(人光明)이다. 그런데 이 한(韓) 속에는 환단(桓檀), 즉 천지의 광명이 내재되어 있다. 인간은 천지가 낳은 자식이므로 천지부모의 광명이 그대로 다 들어 있다. 한(韓)은 그 뜻이 수십 가지가 넘지만, 가장 근본적으로는 '천지광명의 주인으로서의 인간'을 뜻하는 것이다.

네 번째, 《환단고기》에는 한민족의 고유 신앙이자 인류의 시원종교이며 원형문화인 신교의 가르침이 구체적으로 기록되어 있다. 신교(神敎)의 문자적 뜻은 '신으로서 가르침을 베푼다', 다시 말해서 신의 가르침으로 세상을 다스린다는 것이다. 《단군세기》의 이신시교(以神施敎), 《규원사화(揆園史話)78)》의 이신설교(以神設敎), 《주역(周易)79)》의 이신도설교(以神道設敎) 등의 줄임말이 곧 신교이다. 신교에서 말하는 신(神)은 인간과 천지만물을 모두 다스리는 통치자 하나님인 '삼신상제(三神上帝)님'이시다. 그러므로 신교는 삼신상제님의 가르침으로 세상을 다스리는 것이다. 즉 신교는 삼신상제(三神上帝)님을 모시는 인류의 원형신앙이다.

한민족은 천제(天祭)를 올려 상제님에 대한 신앙을 표현하였다. 한민족의 천제문화는 구천 년 역사의 첫머리인 환국(桓國)을 연 환인(桓因)때부터 시작된 것이다. 이것을 《태백일사(太白逸史)》 《환국본기(桓國本紀)》에서 '환인천제(桓因天帝)께서 천신(삼신상제님)에게 지내는 제사를 주관하였다[主祭天神]'라고 기록하였다.

다섯 번째, 《환단고기》는 천지인(天地人)을 삼신(三神)의 현현(顯現)으로 인식한 한민족의 우주사상을 가장 체계적으로 전한다.

---

78) 조선 숙종(肅宗) 2년(1675년) 3월 상순 북애노인(北崖老人)이 지은 고조선(古朝鮮)에 대한 역사책이다.
79) 《주역(周易)》은 유교(儒敎)의 경전(經典) 중에서도 특히 우주철학(宇宙哲學)을 논하고 있어 한국을 비롯한 일본·베트남 등의 유가사상(儒家思想)에 많은 영향을 끼쳤다.

우주만유(宇宙萬有)가 생성되는 근원을 환단고기에서는 일신(一神)이라 정의한다. 일신은 곧 각 종교에서 말하는 조물주(造物主)요, 도(道)요, 하느님이다.

그런데 일신이 실제로 인간의 역사 속에서 작용을 할 때는 언제나 삼신으로 나타난다. 그리고 조물주 삼신의 신령한 손길에서 천지인 삼재(三才)가 나왔다. 다시 말해서 삼신이 현실계에 자신을 드러낸 것이 바로 천지인이다. 때문에 천지인 각각은 삼신의 생명과 신성(神性)을 고스란히 다가지고 있고, 각각에 내재된 삼신의 생명과 신성은 서로 동일하다. 이러한 천지인을《환단고기》는 천일(天一)·지일(地一)·태일(太一)이라 정의한다. 인간을 태일(太一)이라 부르는 것, 이것이 한민족우주사상(韓民族宇宙思想)의 핵심이다. 인간을 '인일(人一)'이라고 하지 않고 '태일'이라 한 것은 인간이 천지의 손발이 되어 천지의 뜻과 소망을 이루는, 하늘땅보다 더 큰 존재이기 때문이다.

여섯 번째,《환단고기》는 동방 한민족사의 첫 출발인 배달시대(倍達時代) 이래 전승된, 한민족의 역사개척정신인 낭가사상(郎家思想)의 원형과 계승 맥을 전하고 있다. 낭가는 곧 낭도(郎徒)인데, 우리에게 익숙한 신라의 화랑도(花郎徒) 또한 낭가이다. 그러나 낭가의 원형은 배달시대의 관직이었던 '삼랑(三郎)'이다. 삼신의 도법(道法)을 수호하는 직책이기 때문에 삼(三)자를 붙여 삼랑(三郎)이라 불렀다. 그들은 삼신상제님의 도로써 백성을 교화하고 형벌과 복을 주는 일을 맡았다. 환국 말기에 태동한 제세핵랑(濟世核郎)80)과 배달시대의 삼랑은 그 후 고조선의 국자랑(國子郎)→

북부여의 천왕랑(天王郎)→ 고구려의 조의선인(皂衣仙人), 백제의 무절(武節)[81], 신라의 화랑(花郎)→ 고려의 재가화상(在家和尙) : 선랑(仙郎), 국선(國仙) 등으로 계승되었다.

일곱 번째,《환단고기》는 동방 한민족의 천자(天子)문화의 주인공이요, 책력(冊曆)문화의 시조로서 수(數)를 최초로 발명하였음을 밝히고 있다. 천자의 가장 근본적인 소명(召命)은 자연의 법칙을 드러내어 백성들이 춘하추동 제때에 맞춰 농사를 지을 수 있도록 책력을 만드는 것이었다.

배달시대에 지은 한민족 최초의 책력인 칠회제신력(七回祭神曆) :《태백일사(太白逸史)》「신시본기(神市本紀)」 또는 「칠정운천도(七政運天圖)」:《태백일사(太白逸史)》 「소도경전본훈(蘇塗經典本訓)」는 인류 최고의 달력이다. 역법(曆法)에는 숫자가 사용된다. 그래서 책력의 시조(始祖)는 곧 숫자문화의 시조이다. 숫자의 기본인 일(一)에서 십(十)까지의 숫자는 구천 년 전 환국시절(桓國時節)의 우주론 경전(經典)인《천부경(天符經)》에 처음 보인다.《천부경》은 3분의 1이 숫자로 구성되어 있다. 문자발명 후에는 반드시 숫자가 나오는 법이다. 한민족은 세계 최초로 숫자를 만든 민족이다.

여덟 번째,《환단고기》는 한민족이 천문학의 종주임을 밝히고 있다.《단군세기》와《태백일사》에 따르면, 고조선은 BCE 2000경

---

80) 핵랑(核郎)은 낭도(郎徒)들 중에서도 핵심낭도(核心郎徒)를 가리키는 말로 「태백일사(太白逸史)」 「고구려국본기(高句麗國本紀)」에 보인다.
81) 백제(百濟)의 무절(武節)정신이 일본(日本)의 사무라이(武士)정신으로 이어졌다.

부터 천문관측기술을 보유하였다. 고조선의 10세 노을단군((魯乙檀君) 때(BCE 1916) 감성(監星)이라는 천문대를 설치하여 별자리를 관측하기 시작하였다. 그 결과 다섯 행성(行星)의 결집, 강한 썰물, 두 개의 해가 뜬 일 등 고조선시대에 일어난 특이한 천문현상을 오늘날까지 전하고 있다. 과학적으로 입증되고 있는 고조선의 천문기록은 인류역사 최초의 천문기록이다. 천문대를 운영하며 남긴 천문기록은 당시 전 세계의 어느 역사에도 없는 것으로 고조선이 인류천문학의 종주국임을 보여주는 실례인 것이다. 《삼국지(三國志)》《위서동이전((魏書東夷傳)》에도 예(濊)나라 사람들은 별자리를 관측하여 그 해의 풍흉(豊凶)을 점쳤다라고 하여 고조선에서 천문관측이 행해졌음을 밝히고 있다.

아홉 번째, 《환단고기》는 삼성조(三聖祖)시대의 국가경영제도를 전하는 사서로서 만고불변(萬古不變)의 나라 다스림의 지침을 담고 있다. 환국·배달·조선은 우주원리를 국가경영원리로 삼아 나라를 다스렸다. 그 우주원리가 바로 삼신오제(三神五帝)사상이다. 삼신 즉 조화신(造化神)·교화신(敎化神)·치화신(治化神)이 현실에서 작용할 때에는 다섯 방위(方位)로 펼쳐진다. 오방(五方)은 동서남북과 중앙이다. 이 오방을 대변하는 다섯 가지 색깔, 청(동방)·백(서방)·황(중앙)·적(남방)·흑(북방)을 오방색(五方色)이라 한다. 오방에서 각기 만물의 생성작용을 주장하는 신(主神)을 오제(五帝)라 하는데, 청제(靑帝)·백제(白帝)·황제(黃帝)·적제(赤帝)·흑제(黑帝)이다. 이 다섯 방위의 주재자(主宰者)가 수화목금토(水火木金土) 오행(五行)의 천지기운을 주재한다. 이러한 삼신오제 문화를 드러낸 한 장의 그림이 고구려 무덤벽화 속의 사신도(四神圖)이다. 사신도는 동서남북 사방과 춘하추동 사계절의 천지오행(天地五行) 기운을 주재하는 자연신인 청룡(靑龍) : 동방(東方), 백호(白虎) : 서방(西方), 주작(朱雀) : 남방(南方), 현무(玄武) : 북방(北方)을 표현한 것이다. 오방 가운데 중앙을 맡은 황룡(黃龍)은 무덤벽화의 중앙을 차지하고 있다.

열 번째, 《환단고기》는 배달과 고조선이 창제한 문자를 기록하여 고대 한국이 문자문명의 발원처임을 밝혀준다. 문자는 문명발상의 필수요소이다. 한민족은 배달시대부터 이미 문자생활을 영위하였다. 초대 환웅천왕(桓雄天王 : BCE 3897~BCE 3804)이 신지(神誌) 혁덕(赫德)에게 명하여 녹도문자(鹿圖文字)[82]를 창제하게 하신 것이다. 이것은 가장 오래된 문자로 알려진 BCE 3000경의 쐐기문자(수메르)[83]와 상형문자(이집트)보다 앞서는 세계 최초의 문자이다. 고조선 3세 가륵단군(嘉勒檀君)은 이 문자를 수정 보완하여 가림토문자(加臨土文字)[84]를 만들었다. 가림토의 모습은 조선 세종 때 만든 한글과 매우 흡사하다. 가림토는 일본에 전해져 아히루(阿比留)문자를 낳았다. 아히루문자는 일본 신사(神社)의 고대 비석에서 자주 발견되는 신대(神代)문자의 일종이다.

---

82) 신시시대(神市時代) 환웅(桓雄)의 신하인 신지혁덕(神誌赫德)이 업무의 편의를 위해 사슴 발자국과 만물(萬物)의 형상(形象)을 보고 만들었다는 문자이다.

83) 한자(漢字)와 마찬가지로 회화문자(그림문자)에서 생긴 문자이다. 점토 위에 갈대나 금속으로 만든 펜으로 새겨 썼기 때문에 문자의 선이 쐐기 모양으로 되어 설형문자(楔形文字) 또는 쐐기문자라고 한다.

84) 가림토(加臨土) 또는 가림다(加臨多)는 《환단고기》에 등장하는 문자로 기원전 22세기 고조선에서 만들어졌다.

가림토(加臨土)는 첫 세 글자(· ㅣ ㅡ)는 삼신사상에서 나온 천지인(天地人) 삼재(三才)를 나타낸다. 흔히 음양오행론으로 한글의 소리체계를 설명하지만, 한글은 사실 음양사상의 출원처인 신교(新敎)의 삼신오제 문화에서 나온 것이다.

열한 번째, 《환단고기》에는 중국과 일본의 시원역사(始原歷史)와 역대왕조의 개척사 및 몽골, 흉노(匈奴)와 같은 북방민족(北方民族)의 개척사가 밝혀져 있다. 《단군세기》에는 고조선과 중국의 관계에 대한 기록이 적지 않게 나온다. 고조선은 무려 1,500년[(BCE 2205 하(夏)나라 건국(建國)~BCE 770 주(周)의 동천(東遷)] 동안 중국의 고대왕조인 하(夏)·상(商)·주(周)의 출현과 성립에 깊이 관여하였다. 그 한 예로 중국 오천 년 역사에서 처음으로 맞은, 국가를 존망의 위기에 빠뜨린 4,200여 년 전의 '9년 홍수'를 들 수 있다. 그때 단군왕검(檀君王儉)은 우(禹)에게 치수법(治水法)을 가르쳐 줌으로써 홍수를 무사히 해결하고 그 공덕으로 나중에 하나라를 열 수 있게 하였다. 또한 13세 흘달단군(屹達檀君)은 하나라의 멸망과 은(殷)나라의 개국에 결정적 영향을 미쳤고, 25세 솔나단군조(率那檀君祖)에는 주나라 개국과 관련된 기자(箕子)이야기가 기록되어 있다. 그리고 《단군세기》와 《태백일사》에는 아직도 의문에 싸여 있는 2,600년 전 일본의 개국과정을 밝힐 수 있는 단서들이 들어 있다. 《환단고기》에는 또한 오늘의 서양문명과 중동(中東) 유대문명의 뿌리인 고대 수메르문명의 유래를 추적할 수 있는 단서들도 들어 있다. 한마디로 말해서 《환단고기》는 뿌리를 잃어 왜곡된 한(韓)·중(中)·일(日)의 시원역사(始原歷史)에서

부터 북방민족의 역사, 서양문명의 근원인 수메르 역사까지 총체적으로 바로 잡을 수 있다.85)

"따꺼의 논리정연한 설명을 들으니까 한국역사에 무지한 저에게도 환단고기에 대한 내용이 귀에 쏙쏙 들어오네요. 그 귀중한 자료 제게도 주실 수 있나요? 그러면 찬찬히 다시 복습할게요. 그건 그렇고, 지금 우리가 가고 있는 인각사(麟角寺)는 어떤 사찰인가요?"

"인각사는 대한조계종 제10교구 본사인 은해사(銀海寺)의 말사(末寺)로서 신라선덕여왕 11년(서기642)에 의상대사(義湘大師)가 창건한 사찰이야. 사찰 입구에 깎아지른 듯한 바위가 있는데, 세상에 전하기를 기린(麒麟)이 뿔을 바위에 얹었다고 하여 인각사라고 부르고 있어."

"일연(一然)은 어떤 분입니까?"

"고려 후기 〈1206년(희종 2)~1289년(충렬왕 15)〉의 승려로서 성은 경주 김씨, 법명(法名)은 일연(一然)이고, 경상도 경주의 속현(屬縣)이었던 장산군(章山郡 : 지금의 경북 경산) 출신으로 아버지는 언정(彦鼎)이었지. 왕에게 불법을 설하였을 뿐만 아니라 간화선(看話禪)86)에 주력하면서 《삼국유사(三國遺事)》 등을 찬술하였어. 일연 스님은 이 책으로 중화사상(中華思想)87)에 물들어

---

85) 참고 : 安耕田 譯註 《桓檀古記(完譯本)》, 相生出版社, 2012년
86) 불교에서의 선(禪) 수행방법 중 화두(話頭)를 들고 수행하는 참선법(參禪法)을 가리킨다.
87) 중국에서 나타난 자문화 중심주의적 사상으로서 중화(中華) 이외에는 이적(夷狄)

있던 당시의 사회풍토 속에서 이 나라가 유구한 역사를 자랑하는 민족임을 만천하에 드러내기도 했었지."

정혁은 쌰오짱에게 일연 스님의 생애를 연대별로 요약해 들려주었다.

일연 스님은 1214년(高宗 1) 해양(海陽 : 지금의 전남 광주)에 있던 무량사(無量寺)에서 학문을 익혔다. 그리고 1219년에는 설악산 진전사로 출가하여 대웅(大雄)의 제자가 되어 구족계(具足戒)[88]를 받은 뒤, 여러 곳의 선문을 방문하면서 수행을 이어갔다. 이 때 구산문사선(九山門四選)의 으뜸이 되었다. 1227년(고종 14)에는 승과의 선불장(選佛場)에 응시하여 장원에 급제하였고, 그 뒤 비슬산 보당암에서 수년 동안 참선에 몰두하였다. 1236년 10월 몽고가 침입하자, 문수보살의 계시로 보당암 북쪽 무주암으로 거처를 옮겨 깨달음을 얻었으며, 1246년에 선사(禪師)의 법계(法界)[89]를 받았다. 1249년에는 남해 정림사에 머물면서 남해의 분사대장도감작업(分司大藏都監作業)[90]에 약 삼 년 동안 참여하였다.

이라 하여 천시하고 배척하는 관념이 있었기 때문에 화이사상(華夷思想)이라고도 한다.

88) 출가(出家)한 비구(比丘)・비구니(比丘尼)가 지켜야 할 계율(戒律). 분파(分派)에 따라 계(戒)의 수는 다르지만 보통 비구는 250계, 비구니는 348계를 지키지 않으면 안 된다.

89) 부파불교(部派佛敎)에서 법계는 의식의 대상이 되는 모든 사물을 가리킨다. 반면, 일반적으로 대승불교(大乘佛敎)에서는 모든 존재를 포함한 세계, 온갖 현상의 집합으로서의 우주를 뜻하며, 또한 모든 현상의 본질적인 양상(樣相), 즉 진여(眞如)까지도 포함한다.

90) 고려(高麗)가 재조대장경(再雕大藏經)을 판각(板刻)하기 위하여 임시로 설치한 관청. 본사(本司)는 피난도읍지(避難都邑地)인 강화(江華)에 두고 분사(分司)는 진주(晋州) 관내의 남해현(南海縣)에 두어 판각(板刻)을 분담 착수하였다.

1256년에는 윤산의 길상암에 머물면서 《중편조동오위(重編曹洞五位)》 두 권을 지었고, 1259년에는 대선사(大禪師)의 승계91)를 제수92)받았다. 1261년(원종 2)에는 원종(元宗)의 부름을 받아 강화도 선월사에 머물면서 설법을 시작하였고, 이때 보조국사(普照國師) 지눌(知訥)의 법(法)을 잇게 되었다. 이후 일연 스님은 남쪽으로 돌아가기를 여러 차례 청하여 마침내 4년 후인 1264년 경북 영일군 운제산에 있던 오어사로 자리를 옮겼다. 이때 비슬산 인홍사의 만회가 주석(柱錫)93)을 양보해 인홍사의 주지로 있으면서 후학을 가르쳤다. 1268년에는 조정에서 선종94)과 교종95)의 고승 백 명을 개경에 초청하여 운해사에서 대장낙성회향법회(大藏落成廻向法會)를 베풀었는데 일연 스님으로 하여금 그 법회를 주관하게 하였다. 이때 일연 스님의 물 흐르는 듯한 강론과 설법으로 그곳에 모인 사람들이 감동하였다.

1274년에는 그가 인홍사를 중수하자 원종은 '인흥(仁興)'으로 이름을 고치고 제액(題額)96)을 써서 하사하였으며, 비슬산 동쪽 기슭의 용천사를 중창하고 불일사로 고친 뒤, 불일결사문(佛日結社文)을 쓰기도 했다. 1277년(충렬왕 3)부터 1281년까지는 청도

---

91) 僧戒. 승려(僧侶)가 지켜야 할 계율(戒律)을 가리킨다.
92) 除授 시험(試驗)이나 천거(薦擧)등의 임명절차를 거치지 않고 왕이 직접 벼슬을 내리는 일을 말하며, 구관직(舊官職)을 없애고 다른 관직을 내릴 때도 제수(除授)라고 하였다.
93) 선종(禪宗)에서 승려(僧侶)가 입산해 안주(安住)하는 것을 말한다.
94) 禪宗. 참선수행(參禪修行)으로 깨달음을 얻는 것을 중요시하는 불교의 한 종파.
95) 敎宗. 부처님의 설교(說敎)·경론(經論), 곧 언어와 문자로써 수행하는 불교의 종파.
96) 액자(額子)에 그림을 그리거나 글씨를 쓰는 것을 가리킨다.

운문사에 살면서 선풍(禪風)을 크게 일으켰다. 이때《삼국유사(三國遺事)》를 집필하기 시작한 것으로 추정된다. 1282년에는 충렬왕에게 선(禪)을 설(說)하고 개경의 광명사에 머물렀다. 다음 해, 국존97)으로 책봉되어 원경충조(圓經冲照)라는 호를 받았으며, 왕의 거처인 대내에서 문무백관98)을 거느린 왕의 구의례(摳衣禮 : 옷의 뒷자락을 걷어 올리고 절하는 예)를 받았다. 그 뒤, 어머니의 봉양을 위해 고향으로 돌아왔다.

1284년 어머니가 타계하자, 조정에서 경상도 군위의 인각사를 수리하고, 토지 백여 경(頃)99)을 내려 노후를 보내도록 했다. 인각사에서는 당시의 선문(禪門)을 전체적으로 망라하는 구산문도회100)가 두 번 열렸다. 1289년 세수 84세에 제자들과 선문답101)을 나눈 뒤, 손으로 금강인102)을 맺고 입적하였다. 현재, 일연 스님의 탑과 비는 인각사에, 행적비(行蹟碑)는 운문사에 각각 흩어져 있다.

일연 스님의 대표적인 제자로는 혼구와 죽허가 있고, 저서로는 《화록(話錄)》두 권,《게송잡저(偈頌雜著)》세 권,《중편조동오위

---

97) 國尊. 고려·조선 전기의 법계(法階) 가운데 하나. 법계 가운데 가장 높은 등급으로, 고려 말에 국사(國師)를 고친 것이다.
98) 文武百官. 나라의 정사(政事)를 맡아보는 벼슬을 통틀어서 말하는 것으로 문관(文官)과 무관(武官)을 합해서 부르는 말이다.
99) 신라와 고려시대에 경(頃)을 사용하고 있었는데, 그 실질적인 넓이는 1결(結)과 같아 결(結)의 별칭으로 사용되고 있었다. 삼국시대에서 고려 때까지의 1경의 넓이는 15,447.5㎡이었다.
100) 九山門都會. 선종(禪宗) 쪽의 스님들이 모여 회합을 가지는 것을 일컫는다.
101) 이심전심(以心傳心), 즉 말을 통하지 않고 통하는 진리 또는 불립문자(不立文字), 즉 문자로 세울 수 없는 진리를 종지(宗旨)로 삼는 선종(禪宗)에서의 화두(話頭)를 말한다.
102) 金剛印. 엄지손가락을 손바닥에 넣고 다른 네 손가락으로 싸쥐는 것으로 금강계대일여래(金剛界大日如來)의 오른손 수인(手印)이다.

《重編曹洞五位)》 두 권,《조파도(祖派圖)》 두 권,《대장수지록(大藏須知錄)》 세 권,《제승법수(諸乘法數)》 일곱 권,《조정사원(祖庭事苑)》 삼십 권,《선문염송사원(禪門拈頌事苑)》 삼십 권,《삼국유사(三國遺事)》 다섯 권 등이 있다.

"따꺼. 힘드시겠지만 삼국유사에 대해서도 설명해주세요."

아닌 게 아니라 입이 말랐다. 정혁은 생수를 한 모금 마시고 말을 이었다.

삼국유사는 활자본이며, 5권2책으로 구성되어 있다. 편찬연대는 미상이나 1281~1283(충렬왕 7~9) 사이로 보는 것이 통설이다. 현재까지 고려시대의 각본(刻本)은 발견되지 않았고, 원본으로는 1512년(조선 중종 7) 경주부사 이계복에 의해 중간된 정덕본(正德本)이 최고본이며 그 이전에 판각된 듯한 영본103)이 전하고 있다. 본서는 김부식이 편찬한《삼국사기(三國史記》와 더불어 현존하는 한국고대사적(韓國古代史籍)의 쌍벽으로서《삼국사기》가 여러 사관(史官)에 의해 이루어진 정사104)이므로 그 체재나 문장이 정제되어 있다. 그러나《삼국유사》는 일연 혼자의 손으로 씌어진 이른바 야사(野史)이므로 체재나 문사(文辭)가 삼국사기에 못 미치는 것은 사실이나, 삼국사기에서 볼 수 없는 수많은 고대 사료들을 수록하고 있어 둘도 없이 소중한 가치를 지니고 있는 문헌이라 볼 수 있다.

그중에서도 특히 고조선에 관한 서술은 한국의 반만년 역사를

---

103) 零本. 책에서 권책 일부분이 잔존된 것. 잔결본(殘缺本)・잔본(殘本)・단본(端本)・영간(零簡)・단간(斷簡) 등도 같은 뜻으로 쓰인다.
104) 正史. 동아시아국가들에서 각 왕조가 정통(正統)으로 인정하여 편찬한 사서(史書)로 민간에서 개인이 저술한 야사(野史), 패사(稗史) 등과 구별된다.

내세울 수 있게 하고, 단군신화는 단군을 국조(國祖)로 받드는 근거를 제시해주는 중요한 기록인 셈이다. 그밖에도 많은 전설과 신화가 수록되어 있어 설화문학서라고 일컬을 만하고, 특히 향찰(鄕札)로 표기된 《혜성가(彗星歌)》 등 14수(首)의 신라향가(新羅鄕歌)가 실려 있다. 이것은 《균여가(均如傳)》에 수록된 11수(首)와 함께 현재까지 전하는 향가의 전부로써 한국고대문학사의 실증에 있었어도 절대적 가치를 지닌다고 볼 수 있다.

삼국유사의 내용을 보면 제1의 「왕력편(王曆篇)」은 신라시조 혁거세로부터 고려태조의 후삼국통일에 이르기까지의 왕대와 연표를 도표식으로 질서정연하게 보이고 있으며, 그 위쪽과 말미 부분에 중국의 역대왕조와 연호를 표시하여 시대적인 준거가 되게 한다. 왕력은 현재의 《삼국유사》에서는 편(篇)으로 처리되어 있지 않지만, 이는 부록으로써 단순한 연대표가 아니다.

즉 이에는 각 왕의 대수(代數), 즉위연대(卽位年代), 존위년수(在位年數), 릉(陵)의 명칭, 소재, 화장기사(火葬記事), 왕모에 대한 기록, 왕비에 관한 기술, 연호의 사용, 중국과의 교섭관계, 국호에 대한 설명, 사찰건립, 수도의 옮김, 축성, 제방, 시장에 대한 기록, 외침(外侵)에 관한 기사(記事) 등 국가적인 중대사건이 기록돼 있어 단순한 연대대조표가 아니라 일연 스님의 선대역사에 대한 지식과 관점을 알 수 있는 한 편의 저술이다.

제2의 「기이편(紀異篇)」은 고조선 이래로 후백제까지 이르는 한국고대사의 광범위한 영역을 신이105)를 바탕으로 하여 1, 2권에

---

105) 神異. 신기(神奇)하고 이상(異常)한 것을 가리킨다.

걸쳐 59항목으로 다루고 있다. 그러나 환단고기에 의하면 한민족의 역사는 환국(桓國)-배달국(倍達國)-단군조선-북부여-고구려, 신라, 백제, 가야, 통일신라, 대진(발해)-고려-조선-대한제국-대한민국임시정부-대한민국, 조선민주주의인민공화국 등 이름으로 불리어지며, 장장 구천 년 넘게 면면히 이어져오고 있음을 확실히 보여주고 있다.

권1은 단군조선의 고대사로부터 신라의 통일 전인 태종무열왕 대에 이르기까지의 요사(要史) 및 질문(秩文)을 왕조중심(王朝中心)으로 모은 36항목의 내용이 들어 있다.

권2는 문호왕법민(文虎王法敏)에서 가락국기(駕洛國記) 등 통일 이후 국망(國亡)까지의 신라를 중심으로 하여 백제와 후백제 및 가락국 등에 대한 것을 권1의 예에 따라 수록한 23항목이 들어 있다. 특히, 가락국의 역사는 삼국유사 이외의 다른 사서에서는 찾아볼 수 없다.

제3의 「흥법편(興法篇)」은 삼국에서 불교가 공인되기까지의 불교전래에 대한 기술로, 이에는 사실적인 내용이 주를 이루고 있다. 설화적인 내용이 일부 들어 있긴 하지만, 대부분 문헌자료에 의거한 것이다.

제4의 「탑상편(塔像篇)」은 불교신앙의 대상인 석탑·범종·불상·사찰에 대한 기록이다. 이는 불교문화사에 대한 것으로 이전의 고승전(高僧傳)에 없는 내용들이다. 여기에도 설화로 전하는 영험적인 내용을 일부 전하고 있으나 사지(寺誌), 금석문(金石文) 등을 통하여 비교적 구체성이 있는 내용을 전해주고 있다.

제5의 「의해편(義解篇)」은 불교 교리에 능통한 승려에 대한 전기이다. 종교적 철학에 능통한 사람뿐만 아니라 이미 득도하여 시간과 공간에 구애받지 않고 자유롭게 행동한 고승 이야기, 공예에 신통한 양지의 전기(傳記), 신이(神異)를 일으킨 고승의 영험 등이 다루어졌다. 고승전에서 자료를 취하면서 설화도 함께 실었다.

제6의 「신주편(神呪篇)」은 고승들의 신통한 신술력(神術力)에 대한 설화를 모은 것이다. 이는 「기이편」과 더불어 신이적(神異的)인 내용을 가장 많이 담고 있다. 하지만 「기이편」이 왕에 대한 설화가 주라고 한다면, 「신주편」은 승려의 신이에 대한 설화가 주를 이루고 있다고 할 수 있다.

제7의 「감통편(感通篇)」은 지극한 신심이 인간의 능력한계를 뛰어넘는 설화를 다룬 것이며, 이 편도 신이로운 내용으로 일관되고 있다.

제8의 「피은편(避隱篇)」은 세속적인 부귀를 탐내지 않고 초연히 벗어날 수 있는 사람에 대한 기록으로, 여기에는 승려에 국한하지 않고 화랑이나 일반인들도 포함되어 있다. 기본사상은 모두 세속사를 영원한 것, 절대적인 것으로 보지 않는 불교의 가르침과 일치함을 강조하고 있다.

마지막의 「효선편(孝善篇)」은 가정의 기본윤리인 효가 불교에서도 존중되는 덕목이라는 것과 불교적인 선(禪)과 연결되는 것이 더욱 값지다는 점을 보여주는 내용이다.106)

"치엔뻬이! 삼국유사의 중요성을 몇 마디로 요약할 수 있을까요?"

---

106) 참고 : 인각사(麟角寺), 한국고전용어사전, 한국민족대백과사전

"으음. 삼국유사의 중요성을 요약하면 다섯 가지로 말할 수 있을 거야. 첫째, 삼국사기와 함께 한국고대사를 살펴볼 수 있는 희귀한 문헌이라는 점. 둘째, 고구려, 신라, 백제 삼국의 개국설화를 실어놓은 설화문학서로서 신화학(神話學)이나 설화문학을 연구하는데 좋은 자료라는 점. 셋째, 불교사를 연구하는데 큰 도움이 된다는 것. 넷째, 설화와 함께 수록된 여러 가지 관습과 제(祭)의 행위가 민속학적 측면에서 중요한 자료적 가치가 있고, 다섯째, 사학사적 가치가 매우 뛰어나다는 점을 들 수 있지. 어때? 동의하나?"

샤오짱이 고개를 끄덕였다.

"따꺼! 일연 스님과 삼국유사에 대해 훤하시네요. 부러워요. 치엔뻬이는 도대체 언제 그렇게 공부하는 거예요?"

"그때그때 궁금할 때마다 미루지 않고 공부하는 편이야. 샤오짱도 알잖아? 하나를 알면 두 개 세 개가 궁금한 거. 그래서 공부는 새끼를 치는 거잖아. 눈 감고 있으면 세상에 배울 게 아무것도 없고, 눈 뜨고 있으면 온천지가 배울 거 투성이지. 샤오짱도 만만치 않은데 뭘 그래? 그나저나 내 설명이 논문 작성하는데 도움이 될지 모르겠다."

"지나친 겸손은 오만이라고 했던가? 다 알면서 뭘 물으세요? 이번 학기는 치엔뻬이 덕을 톡톡히 보게 되었는데 어쩌라는 거예요?"

"그럼 막걸리 한 잔 사던가."

"사고말고요. 저 혼자 인각사에 왔다면, 논문자료도 제대로 구하지 못한 채 고생만 실컷 하고 맨손으로 돌아갈 뻔했는데 당연하지요."

정혁과 샤오짱은 대웅전에 들러 삼배를 올리고 일연 스님의 생애와 삼국유사의 중요성에 대해 이야기를 나누면서 일연 스님의 진영[107]이 모셔져 있는 국사전, 지옥시왕(地獄十王)이 모셔져 있는 명부전, 보각국사 정조지탑, 불신과 한 돌로 조성된 인각사석불좌상, 왕희지[108]의 글씨체를 집자하여 조성한 보각국사비, 일연선사(1206~1289년) 탄생 팔백주년을 기념해 세운 보각국사비재현탑, 학이 둥지를 틀고 새끼를 키웠던 학소대, 인각사의 창건연대를 밝히는데 매우 중요한 미륵당석불좌상, 고은[109]이 지은 일연찬가비, 사찰경지 내 외곽에 자리 잡은 인각사부도탑, 덧없는 인생을 노래한 일연시비, 과거 인각사의 형편없었던 사세를 짐작할 수 있는 산령각, 학소대를 배경으로 자리 잡은 인각사일연학연구원, 일연 스님의 생애를 조망할 수 있는 일연선사생애관, 발굴조사를 끝내고 본격적인 인각사의 복원만을 기다리는 유물발굴현장, 기린의 뿔끝에 묘지를 쓰면 복을 받는다고 하여 옛날부터 세도가들의 침탈을 받아왔던 기린 뿔 모양의 지형을 둘러보고 대구로 돌아왔다.

---

107) 眞影. 주로 얼굴을 그린 화상(畫像) 또는 사진(寫眞).
108) 중국 동진(東晉)의 서예가로 중국 고금(古今)의 첫째가는 서성(書聖)으로 존경 받고 있다. 해서(楷書) ·행서(行書) ·초서(草書)의 각 서체를 완성함으로써 예술로서의 서예의 지위를 확립하였다.
109) 고은(高銀, 1933~)은 한국현대문학사에서 매우 특이한 존재다. 그는 우리시대의 민족지성이자 풍부한 감성을 지닌 시인이며 소설가이고, 수필가이자 평론가이기도 하다.

32. 노다지 줍기

정혁은 경북 영천시 청통면 죽정리 일대, 대규모 위락시설을 조성하는데 필요한 중국자금을 유치하기 위해 북경으로 날아갔다. 우선 박사과정 지도교수였던 황요우푸 교수님을 찾아가 전후사정을 말씀드리고 중국정부 고위직에 있는 사람을 만나고 싶다고 부탁했다. 그리고 황 박사로부터 중국정부에서 요직을 맡고 있는 중국기업연합회/중국기업가협회 부이사장인 리밍씽(李明星) 박사를 소개받았다. 정혁은 • 사업의 개요 • 추진배경 및 목적 • 사업의 범위 및 실행프로세스 • 입지환경 • 관광자원현황 • 지역개발현황 • 사업의 강점 및 기회요인 • 개발의 기본구상 • 도입시설선정 및 적정규모산정 • 마스터플랜 • 투자비산정 • 수익계획 • 수지분석 등을 꼼꼼히 그리고 자신있게 설명했다.

"오 사장님! 사업내용은 아주 매력적입니다만, 중국기업들이 이

사업에 투자하려면 몇 가지 문제점을 해결하지 않고는 어려울 것 같습니다."

"리밍씽 박사님이 생각하시는 문제점은 어떤 건가요?"

"세 가지로 요약할 수 있는데요. 첫째는 한반도 남부권에 '국제허브공항'이 최종적으로 결정되어야합니다. 둘째는 '경산지식산업지구'의 토지보상이 완료되어야합니다. 셋째는 '제4경마장'의 토지보상이 완료되어야합니다. 이 문제들만 해결된다면 바로 투자를 결정하겠습니다."

"리밍씽 박사님의 고견 잘 들었습니다. 차후 여건이 성숙되면 다시 연락드리도록 하겠습니다."

정혁은 허탈한 마음으로 한국행 비행기를 탔다. 리밍씽 박사가 지적한 문제점은 정혁의 권한 밖의 일이었다. 허탈한 마음을 달래기 위해 기내에서 서류를 꺼내 다시 훑어봤다.

Ⅰ. 사업명칭과 사업의 소개

가. 사업의 명칭

● 청통골드온천(清通GOLD溫泉), 청통골드캐슬컨트리클럽(清通 GOLD CASTLE COUNTRY CLUB) 외자유치제안서

나. 사업의 소개

● 한국 경북 영천시 청통면 죽정리. 옛날 지명은 구정리(九井里)로 아홉 개의 우물이 있었다고 전한다.

지명에서 알 수 있듯이 자연환경이 우수하고 약수온천이 분출해 임금님들이 여기에서 피부병 치료와 온천욕을 즐겼다는 기록이

있다.

• 청통골드온천은 수질이 우수할 뿐 아니라 음용수로도 아주 적합하다. 또한 이곳은 과거 금광을 캤던 곳으로 비가 내리면 사금이 많이 나온다.

• 청통골드캐슬컨트리클럽은 수려한 자연경관을 최대한 활용한 자연친화적인 골프코스조성을 원칙으로 한다.

II. 사업의 방향

• 제4경마장 • 갓바위 • 은해사 • 불국사 • 롯데백화점 • 현대백화점 • 대구백화점 • 대구경북첨단의료복합단지 • 대구패션주얼리특구 • 대구약령시한방특구 • 영천한방진흥특구 • 경북대학병원 • 영남대학병원 • 대구가톨릭대학병원 • 계명대학병원 • 대구한의대학한방병원 • 대구경북한방진흥원 • 대구경북연구원 • 포항공대 등과 연계한 콘텐츠 개발과 영업 전략을 수립해 국내외에서 호평 받을 수 있도록 꾸준한 노력과 상상력의 차별화를 적극적으로 시도한다.

III. 사업내용 및 기간

가. 위치 : 한국 경북 영천시 청통면 죽정리·신덕리 일대(대구−포항고속도로 청통 와촌에서 한국 최대규모인 제4경마장 입구까지)

나. 부지면적 : 1,720,065㎡(520,320坪)

온천부지	43,520㎡(13,165평)
펜션/콘도/전원주택/ 차이나타운부지	173,272㎡(52,415평)
골프장부지	1,490,000㎡(450,725평)
총계	1,706,792㎡(516,305평)

다. 사업기간 : 2012년~2015년

Ⅳ. 개발의 필요성

한국의 위상이 국제적으로 올라가고 K-POP과 한류로 중국, 일본을 비롯한 동아시아, 서아시아, 오세아니아, 아프리카, 중동, 유럽, 북미, 남미 등에서 인기를 얻다보니 한국을 찾는 관광객과 비즈니스맨들이 해마다 늘고 있다. 그러나 한국 방문을 원하는 관광객과 비즈니스맨들을 위한 다양한 시설과 풍부한 콘텐츠 그리고 차별화된 서비스를 제공할 수 있는 곳은 그다지 많지 않다. 그래서 지구촌 어디에서도 경험해볼 수 없는 시설과 콘텐츠로 고객들을 감동시킬 수 있는 청통골드온천, 청통골드캐슬컨트리클럽과 같은 특별한 사업을 구상하게 되었다.

Ⅴ. 개발예정지의 주위환경

가. 한국 경북 영천시 청통면 죽정리 118-2번지, 신덕리 산35번지 일대는 ● 갓바위 ● 동화사 ● 불국사 ● 은해사 ● 거조암 ● 인각사 ● 불국사 ● 석굴암 ● 팔공산 ● 무학산 ● 봉화산 ● 보현산 ● 청송주왕산 ● 안동도산서원 ● 경주옥산서원 ● 경주보문단지 ● 영천보현산천문대 등이 가까운 거리에 위치해 그야말로 달빛이 세상을 감싸듯 산수가 그림같이 아름답고 한국인의 정체성이 살아 있는 역사문화 공간이다.

나. 한국 대구시 동구, 경북 경산시 와촌면, 경북 영천시 청통면 등 3개 행정구역이 만나는 지점으로 ● 제4경마장(한국최대규모

: 2016년 개장 예정) ● 경산지식산업지구(국가산업단지 : 2013년 토지분양 예정) ● 영천하이테크파크지구(국가산업단지 : 2014년 토지분양 예정) ● 대구테크노폴리스 ● 대구혁신도시지구 ● 대구국가산업단지 ● 구미국가산업단지 ● 포항국가산업단지 ● 울산국가산업단지 ● 창원국가산업단지 등이 가까운 거리에 위치해 잠재적 수요인구가 풍부하고 휴식공간으로서 성장가능성이 매우 높다.

다. 교통부문은 1분에서 1시간 거리에 ● 청통와촌IC−제4경마장(4차선 확장 예정) ● 제4경마장−영천 금호사거리(4차선 확장 예정) ● 대구 동구−경북 영천(지하철1호선 연장 검토 중) ● 경북 경산 영남대학교 앞−경북 영천시 금호(지하철2호선 연장 검토 중) ● 동대구KTX, 경주KTX ● 포항KTX(2014년 개통 예정) ● 울산KTX, 밀양KTX ● 대구−영천−안동(복선 예정) ● 대구−부산고속도로, 경부고속도로, 대구−포항고속도로 ● 상주−영천고속도로(2012년 착공−2017년 개통 예정) ● 상주−영덕고속도로(2015년 개통 예정) ● 포항−울산간고속도로(2014년 개통 예정) ● 대구−포항/경주산업도로 ● 의성−영천4차선국도(구간별 개통 예정) ● 청통와촌IC−영천시 신령면 4차선국도(영천국가산업단지접안도로 : 토지보상 중) ● 기타국도/지방도 ● 대구국제공항 ● 부산김해국제공항 ● 포항공항 ● 울산공항 등이 있어 접근성이 매우 뛰어나다.

VI. 프로젝트별 토지 이용계획

가. 온천 관련 부문 : 종합온천장, 상업시설, 농축산직판장, 숙박시설, 공영주차장, 공원 및 위락시설 조성

나. 전원, 관광, 웰빙 부문 : 펜션, 콘도, 전원주택, 차이나타운 조성

다. 골프장부문 : 골프장 및 관련시설 조성

Ⅶ. 총투자유치금액

156,630,433,000원/한국화폐 기준

가. 온천휴양지구 총괄사업비 추정내역

(단위 : 원/한국화폐 기준)

구분		사업량	사업비	비고
합계			50,083,333,000원	
토지보상비		216, 792㎡	20,990,500,000원	
조성비	소계		27,707,460,000원	
	대지조성비	216, 792㎡	6,716,960,000원	
	건축(조경)공사비	216, 792㎡	17,002,305,000원	온천휴양지구, 개략적 공사비 적용
	조사설계비	216, 792㎡	1,217,449,000원	
	시공감리비	216, 792㎡	461,791,000원	
	각종부담금	216, 792㎡	2,308,955,000원	
부대비용			1,385,373,000원	조성비 × 5%

나. 골프장(27홀) 총괄사업비 내역

(단위 : 원/한국화폐 기준)

구분		사업량	사업비	비고
합계			106,547,100,000 원	
토지보상비		1,490,000㎡	27,043,500,000원	
조성비	소계			
	대지조성비	4,500,000㎡	24,700,000,000원	
	건축(조경) 공사비	27홀	37,528,000,000원	27홀 골프장, 개략적 공사비 적용
	조사설계비		3,528,000,000원	
	시공감리비	1,490,000㎡	1,244,500,000원	
	각종부담금		5,295,500,000원	
부대비용			7,227,600,000원	조성비 × 10%

VIII. 온천휴양시설 수익성 분석

(단위 : 원/한국화폐 기준)

구분	금액	비고
합계	265,232,146,250원	
온천부지분양	20,000,543,750원	상업지역 분양부지 26,447㎡ ×756,250원/㎡

휴양시설부지	66,707,602,500원	휴양시설부지 중 펜션분양부지 147,014㎡ × 453,750원/㎡
리조트휴양시설	178,524,000,000원	19,836㎡× 9,000,000원/㎡

IX. 27홀 골프의 수지 분석

가. 18홀 회원권 분양 : 88,000,000,000원/한국화폐 기준

나. 9홀 퍼블릭코스 : 회원권 분양보다 퍼블릭코스가 훨씬 투자성이 높다. 기존 골프장을 참고하면 쉽게 투자여부를 결정할 수 있다.

X. 결론

지금 한국은 중국 관광객들로 넘쳐난다. 중국이 경제대국으로 부상하면서 중국 돈, 이른바 차이나머니가 국제금융과 국제부동산 시장을 완전히 휘젓고 있다. 한국의 제주도를 예로 들면, 이미 분양된 220채 리조트가운데 105채와 분양가 9억 원(한국화폐 기준)인 단독주택형 대형콘도 10채 가운데 6채가 중국인들에게 팔렸고, 현재에도 더 사겠다는 문의가 끊이지 않는다.

한국 경북 영천시 청통면 죽정리·신덕리에 위치한 청통골드온천/청통골드컨트리클럽은 대구-포항고속도로 청통와촌IC, 제4경마장(2016년 개장예정 : 한국최대규모), 경산지식산업지구(국가산업단지), 영천하이테크파크지구(국가산업단지)와 인접하고, 대구, 경산, 포항, 구미, 안동, 경주, 울산, 부산, 창원 등의 대도시와 가까워

관광객의 수요 창출과 접근성에서 매우 유리하다. 아울러 제4경마장의 하루 이용객이 2만 명을 상회할 것으로 예상하고 있을 뿐만 아니라 대구-포항고속도로 청통와촌IC 입구에서 제4경마장까지의 도로가 중심도로로 4차선으로 이미 확정되어 있다. 특히, 4차선중심도로가 청통골드온천/청통골드컨트리클럽을 접하여 통과함에 따라 투자성과 접근성에서 날개를 단 형국이다.

이 사업이 실현되기만 하면 노다지를 캘 수 있다. 아니, 캐는 게 아니라 주울 수 있다. 그런데, 그런데……. 정혁은 침을 꼴깍 삼켰다. 어디선가 임자가 나타나겠지. 임자가 아니면 쥐어줘도 모른다지 않는가? 좀 더 부지런히 발품을 팔아야 한다.

33. 감로수

중국 출장을 마치고 바로 사무실로 출근한 정혁은 사무실의 분위기가 예전과 다름을 직감하고 미숙에게 물어봤다.

"나 없는 동안 사무실에 무슨 일 있었어? 사무실의 분위기가 좀 다른 것 같은데 왜 이래?"

미숙이 잠시 머뭇거리다가 멋쩍은 듯 머리카락을 쓸어내리며 입을 열었다.

"쌰오짱과 좀 다퉜어요."

"왜? 무슨 일로 두 사람이 다퉜어?"

"쌰오짱이 오빠한테 선물한 상아 코끼리 한 쌍을 청소하다 그만 실수로 깨뜨리는 바람에…… 죄송해요, 오빠한데 귀한 선물이었을 텐데. 그런데요. 물론 제 과실이긴 하지만 쌰오짱이 지나치게 예민하게 굴어 저도 가만히 있지 않았어요. 지나놓고 보니 그래도 미안한 일이라 여러 번 사과를 했는데 쌰오짱이 받아주지 않았어요. 자신의 분신 같은 것을 함부로 다뤘다며 얼굴까지 붉히면서 고래고래 고함을 질러대 깜짝 놀랐어요. 선물을 줬으면 그만이지 주인이 바뀌었는데 자신의 분신이란 말이, 말이 된다고 생각해요 오빠는?"

정혁의 책상에 못 보던 원앙 한 쌍이 놓여 있었다.

"깨뜨린 상아 코끼리 한 쌍을 대신해 그저께 제가 사다 놓았어요. 거슬리면 치울게요."

"그래서 서로 앙금은 풀었어?"

"그날 이후 아직 만나지 못했어요."

"시간 봐서 내가 자리를 마련할 테니 화해하고 잘 지내도록 해. 앞으로 안 볼 사람도 아니고……."

보통 일이 아니었다. 여자들은 너나없이 요물이다. 둘 사이에서 까딱 잘못 처신했다간 망신사기 십상이다. 정혁에게 있어서 쌰오짱은 든든하고, 미숙은 안타까운 여자였다. 아니, 여자라기보다 친구였다. 피차 속을 내보이고 의논할 수 있는.

미숙을 달래놓고 퇴근하던 정혁은 짱위에홍에게 전화를 걸었다.

"치엔뻬이! 언제 귀국했어요?"

"으응. 오늘 오후에."

"사무실엔 들렀나요?"

"조금 전에 잠깐 들렀다가 퇴근하는 중이야."

"김미숙 씨가 뭐래요?"

"두 사람이 좀 다투었다는 얘긴 들었어. 미숙이가 많이 미안해하던데 쌰오짱은 아직도 풀리지 않았어?"

"아니요. 제가 지나치게 발끈했던 거 같아서 후회하는 중이에요."

"다행이다. 그럼 없었던 일로 하기다 쌰오쨩."

"네. 알았어요. 그런데 따꺼! 내일 뭐하세요?"

"왜? 중국에서 오자마자 또 어디로 끌고 가려고?"

"해인사, 안 될까요?"

"이번에도 역시 논문 때문이겠지? 그러면 내가 꼼짝 못하니까."

쌰오쨩이 킥킥 웃으며 팔만대장경의 종류와 의의에 대한 논문을 준비 중이라고 했다.

"쌰오쨩! 아예 역사학으로 전공을 바꾸는 게 낫지 않겠어?"

"글쎄요. 좀 두고 봐야죠."

다음날 오전 열 시 정혁이 경북대학교 북문 앞에 자동차를 세우자, 쨩위에홍이 가방과 사진기를 어깨에 멘 채, 먹을 것을 잔뜩 사들고 뛰어왔다.

"따꺼 아침 식사는 어떻게 했어요?"

"간단히 먹고 왔어."

"그러시다 병이라도 나면 완전 제 책임이잖아요? 맛있는 거 많이 사왔으니까 함께 드시고 출발해요."

"뭐가 이렇게 많지?"

"치엔뻬이가 좋아하는 초밥, 충무김밥, 통닭, 식빵, 삶은 계란, 블랙커피까지 풀코스로 준비했죠. 어때요? 맘에 드셔요?"

"보아하니 쌰오쨩이야말로 굶은 모양이네."

"밤늦게까지 논문을 쓰느라 늦잠을 잤어요."

"어라? 그런데 충무김밥은 어디서 산거야?"

"어제 저녁 통영에 택배신청을 해서 오늘 아침에 받은 거예요."

"정말?"

"그럼요. 따꺼가 충무김밥을 워낙 좋아하시길래 시험 삼아 한번 시켜봤더니 정말 오더라구요. 저도 깜짝 놀랐어요. 한국은 이래서 좋아요. 최고예요."

"그러게. 나도 놀랐어. 그런 것도 택배로 오는구나. 어째 오늘은 내가 쌰오쨩한테 밀리는 느낌인데?"

"제가 호기심이 많잖아요. 앞으로도 기대하세요."

"그건 그렇고 미숙이랑은 왜 그런 거야? 쌰오쨩답지 않게."

"치엔뻬이를 위해 미얀마에서 특별히 사온 물건을 소홀히 취급해 파손하고 함부로 버린 게 화가 났어요."

"그래. 나도 속상해. 그렇지만 실수로 그런 걸 어쩌냐? 안 그래도 미숙이 속이 말이 아닌데 좀 봐주라. 힘든 사람 더 코너로 몰지 말고."

"알았어요. 그런데 지금 생각해봐도 이상한 게 한두 가지가 아니에요."

"뭐가?"

"상아로 만든 물건은 시멘트바닥에 강하게 부딪쳐도 잘 깨지지 않아요. 게다가 암수 코끼리상이 동시에 파손된 것도 그렇고, 코끼리상을 버리자마자 바로 나무로 된 원앙새 한 쌍을 갖다 놓은 것도 그렇고……. 김미숙 씨가 치엔뻬이를 사랑하는 거 아닐까요?"

쌰오쨩처럼 적극적이진 않지만 보이지 않게 마음을 보내는 미숙을 정혁도 느끼고 있었다. 하지만 정혁은 전혀 틈을 주지 않았다.

쌰오짱도 감당을 못하는데 두 여자라니, 그건 있을 수 없는 일이었다. 사실 정혁은 아직 여자를 가까이할 마음이 없었다. 갈 길이 먼 까닭이다.

"쌰오짱도 알다시피 미숙이는 내 고향마을 동생이야. 한국사람 정서를 아는지 모르지만 우리네는 고향 동생을 거의 혈육처럼 생각해. 나도 그런 마음이고 미숙이 역시 같은 마음일 거야."

"아무튼 이번은 치엔뻬이 얼굴 봐서 넘어가겠지만, 차후에 또다시 이런 일이 있으면 그냥 넘어가지 않을 거예요."

"그냥 안 넘어가면 어쩔 건데?"

"싸워서 이길 거예요."

"얼씨구!"

둘은 가벼운 농담까지 나누며 충무김밥이랑 기타 음식들을 먹었다. 정혁의 차는 어느새 해인사인터체인지에서 지방도로로 바꿔 탄 뒤, 세월의 풍상에 깎인 홍류동(虹流洞)계곡 바위들을 감상하면서 팔만대장경이 소장된 해인사로 들어갔다.

법보종찰(法寶宗刹)로 불리는 해인사(海印寺)는 불보종찰(佛寶宗刹) 통도사, 승보종찰(僧寶宗刹) 송광사와 함께 한국의 삼대 사찰로 꼽히고 있다. 신라시대 도도한 화엄종정신(華嚴宗精神)을 확충하고 선양한다는 기치 아래, 의상(義湘)의 법손(法孫)[110]인 순응과 이정이 신라 제40대 애장왕(哀莊王) 3년(802) 10월 16일 왕과 왕후의 도움으로 화엄십찰(華嚴十刹)의 하나로 세운 절이다.

---

110) 부처님의 자손(子孫)이라는 뜻으로 한 스승으로부터 불법(佛法)을 이어받아 대를 이은 불제자(佛弟子)를 가리키는 말이다.

그러나 해인사는 다섯 차례의 화재로 여러 번 중창을 하게 되어 창건 당시의 정확한 건축 형태는 알 수가 없다. 현재의 전각은 대부분 조선 말기에 지은 것이고, 단지 삼층석탑과 석등만이 고난의 역사를 대변이라도 하듯 외롭게 서 있다.

1481년 조선 성종 12년 이후 팔 년간 중건하였고, 조선 초기의 대표적인 건축물인 장경판전(藏經板殿)에 세계문화유산인 팔만대장경이 보관되어 있었다. 그러다가 광복 후 한국전쟁 때, 천년고찰 해인사가 절체절명의 위기에 봉착하게 되었다. 1951년 구월, 인천상륙작전111) 이후, 전세가 대한민국 쪽으로 역전되면서 퇴각하지 못하고 남은 천여 명의 북한군 잔당들이 해인사를 중심으로 게릴라전을 전개했다. 그때 유엔군 측에서 폭격기 4대로 해인사를 폭격하라고 한국공군에 명령을 내렸으나, 당시 공군편대장이었던 김영환 조종사가 해인사와 팔만대장경의 소실을 우려해 명령에 따르지 않았다. 이로 인해 해인사는 폭격당할 위기를 무사히 넘기고 오늘에 이르게 되었다. 현재 해인사 경내에는 그를 기리는 공덕비가 세워져 있다.

"치엔뻬이! 법보종찰 해인사, 불보종찰 통도사, 승보종찰 송광사라고 불리는 이유가 뭐예요?"

"법보종찰은 부처님 경전인 팔만대장경이 모셔져 있는 사찰이라는 뜻이고, 불보종찰은 부처님의 진신사리가 봉안되어 있는 사찰이며, 승보종찰은 보조국사(普照國師)와 같은 고승대덕(高僧大德)

---

111) 1950년 9월 15일 국제연합(UN)군이 맥아더의 지휘 아래 인천에 상륙하여 6·25전쟁의 전세를 뒤바꾼 군사작전을 가리킨다.

이 많이 배출된 사찰이라는 뜻이야. 해인사가 법보종찰 역할을 하게 된 것은 조선 태조 때 강화도에 보관 중이던 대장경을 지금의 서울시청 부근 지천사(支天寺)로 보냈다가 다시 해인사로 옮겨오면서부터였지."

"따꺼. 대장경은 어떤 경전을 가리키는 건가요?"

알려진 바에 의하면, 부처님을 따랐던 수많은 제자와 중생들에게 한 설법과 교화내용을 생전에는 기록하지 않았다고 한다. 그러다가 부처님이 팔십 생애를 마치고 열반에 드신 뒤에야, 제자들은 부처님의 말씀을 기록으로 남겨야 할 필요성을 절실히 느껴 만들기 시작한 것이 패엽경(貝葉經)이었다. 이후 불교가 중국에 전해지게 되면서 인도어로 된 불경을 중국어로 번역하는 일이 매우 중요해졌다. 초창기 산발적으로 이루어지던 번역 사업은 포교활동과 함께 당시 나라를 통치하던 지배계층들이 관심을 가지면서 활기를 띠게 되었다. 대장경은 모든 불교경전을 가리키는 말로 그 내용은 경장(經藏), 율장(律藏), 논장(論藏) 등 삼장(三藏)으로 구성되어 있다.

삼장이란 '세 개의 광주리'란 뜻을 가진 산스크리트어 트리피타카(Tripitaka)를 한문으로 번역한 말이다. 삼장 중에서 경장은 부처가 제자와 중생을 상대로 설파한 내용을 기록한 '경(經)을 담아 놓은 광주리'라는 뜻이고, 율장은 제자들이 지켜야 할 조항과 그 밖의 공동생활에 필요한 규범을 적어 놓은 '율(律)을 담아 놓은 광주리', 논장은 경과 율에 관한 해설을 달아 놓은 것으로 '논(論)을 담은 광주리'라는 뜻을 내포하고 있다.

"그렇군요. 종교도 원산지에서 외국으로 포교되면서 다양하게 확장되었네요. 역시 고여 있으면 발전이 없나 봐요. 그렇죠 따꺼?
저도 이렇게 살다보면 더욱 확장되고 깊어지겠지요?"

"그래 쌰오짱. 나도 북경에서 공부하면서 많이 달라졌어."

"따꺼. 패엽경이 어떻게 만들어졌는지도 아시나요?"

"내가 모르는 거 있는 거 봤어? 쌰오짱이 어디 가자고 할 때마다
머리에 쥐나도록 공부하는데. 하여튼 쌰오짱 때문에 뇌세포에 과부
하가 걸려 아마도 나는 제 명에 못 죽을 거야."

"알았어요 따꺼. 제가 모두 책임질게요."

"어떻게?"

"어떻게든 책임진다니까요. 빨리 얘기나 해주세요."

패엽경은 스님들의 입에서 입으로 구전되어 오던 초기의 부처님
법을 최초의 불교결집(佛敎結集)에서 만든 경전이다. 패다라112)에
죽필(竹筆) 또는 송곳이나 칼 등으로 글자의 획을 만들고 먹을
새겨 넣거나 먹과 붓으로 쓰기도 했다. 패다라는 인도에서 종이
대신 글자를 새기는 데 쓰였던 나뭇잎을 말하는 데, 흔히 다라수잎이
많이 쓰여 붙여진 이름으로 다라수(多羅樹)는 종려나무와 비슷하
며, 그 잎은 바탕이 곱고 빽빽하며 긴 편이다. 글 쓰는데 사용하려면
말려서 일정한 규격으로 자른 다음, 칼이나 송곳으로 자획(刺劃)을
만들고 먹을 넣었다. 그 크기는 너비 육칠 센티미터, 길이 육십에서
칠십 센티미터 정도로 양쪽에 구멍을 뚫어 몇 십 장씩 실로 꿰어
묶어 사용했다고 한다.

---

112) 貝多羅. 고대 인도에서 경문(經文)을 새기거나 쓰기위해 사용한 길고 넓은
나뭇잎을 가리킨다.

"좋아요 치엔뻬이! 또 질문 들어갑니다. 대장경에는 몇 가지 종류가 있나요?"

중국 송나라에서 시작된 경판 새기기 사업은 한국의 경우, 초조대장경(初雕大藏經)에서부터 의천113)의 속장경(續藏經), 팔만대장경(八萬大藏經)으로 이어졌으며, 거란대장경(契丹大藏經)·몽골대장경(蒙古大藏經)·티베트대장경(西藏大藏經)·서하판대장경(西夏板大藏經)114) 등을 제작하는 자극제가 되었다. 이외에도 세계적으로 이십여 종의 대장경이 있지만, 철저한 교정으로 정확도가 높고 완성도면에서도 다른 어떤 대장경보다 완벽한 대장경이 바로 팔만대장경이라고 할 수 있다. 팔만대장경 본문의 내용을 살펴본 국내외 석학들의 공통된 의견도 대장경 가운데 가장 우수하다는 평가를 내렸다.

팔만대장경과 관련 있는 몇몇 대장경을 살펴보면 다음과 같다.

● 북송칙판대장경(北宋勅板大藏經)

중국 송나라 태조의 어명으로 태조 4년(972)에 시작하여 태종 8년(983)까지 십일 년에 걸쳐 완성된 대장경이다. 이것은 불교의 발원지인 인도는 물론이고, 중국과 한국을 통틀어 최초로 조성된 목판대장경판으로 나무를 커서 판자를 만들고, 그 위에 부처님

---

113) 義天. 고려시대의 승려로 교선일치(敎禪一致)를 역설하며 천태종(天台宗)을 개창(開創)하였다. 저서(著書)로 《신편제종교장총록(新編諸宗敎藏總錄)》 《석원사림(釋苑詞林)》 등이 있다.
114) 11세기~13세기에 중국서북부의 오르도스(Ordos)와 깐쑤(甘肅)지역에서 티베트계통의 탕구트(Tangut)족이 세운 나라이다. 1227년 칭기즈칸의 몽골군에 의해 멸망했다. (1038~1227)

말씀을 새겨 넣었다. 이후 한국과 거란 등에서 만들어진 목판대장경판의 효시가 된 중요한 경판이다.

　북송칙판대장경은 일명 개보칙판대장경(開寶勅板大藏經), 촉판대장경(蜀板大藏經), 관판대장경(官板大藏經)이라고도 하며 지승(智昇)의 개원석교록(開元釋敎錄)을 근거로 하였다. 이 대장경의 제작은 인도를 제외한 한문문화권에서는 최초로 이루어진 엄청난 규모의 불경 정리 작업이었고, 동시에 최초의 불경 간행사업이었다. 따라서 중국에 전파된 불교가 비로소 체계적인 경전을 갖는 계기가 되었고, 당시 사람들이 불교중심의 종교생활을 하며 정신적 지주를 삼았으므로 역사상 매우 중대한 의미를 가진다. 이 경판은 송나라 휘종 때까지만 해도 그대로 잘 보존되어 있었던 것으로 알려지고 있으나 금나라의 침입 이후의 사회적 혼란기에 대부분 없어지고 최근에 와서 십여 권이 발견된 바 있다

● 초조고려대장경(初雕高麗大藏經)

　송나라의 칙판대장경이 만들어지자 중국과 왕래가 빈번했던 고려에서는 성종 10년(991년) 송나라 사신으로 가있던 한언공(韓彦恭)이 귀국하면서 북송칙판대장경 481함(函) 2,500권을 가지고 돌아와 비로소 그 내용이 알려졌다. 이어서 현종 13년(1022)에는 한조(韓祚)가 역시 송나라로부터 보완된 칙판대장경 500여 권을 가져오기도 하였다.

　현종이 즉위한 후 고려는 거란족, 여진족, 몽고족 등 끝임 없이 밀려오는 북방오랑캐들의 침략을 퇴치하기 위해 군비확충과 동시에

부처님의 가피력115)을 얻고자 우선 현화사(玄化寺)라는 절을 세웠다.

뒤이어 고려는 처음으로 대장경판을 새기고 부처님의 힘이라도 빌려 외적을 물리쳐보려고 민관이 똘똘 뭉쳐 안간힘을 다했다. 이런 염원이 통했는지 경판을 새기자 거짓말처럼 거란군이 스스로 물러났다. 이에 고려인들은 부처님의 가피력을 더욱 믿게 되었다.

현종은 수입한 칙판대장경을 바탕으로 대장경을 간행하는 관서(官署)라고 할 수 있는 반야경보(般若輕寶)를 설치하고 대반야경(大般若經)·화엄경(華嚴經)을 비롯한 불경을 새기기 시작했다. 처음 시작한 연대는 명확치 않으나 현종 2년(1011)경부터 꾸준히 계속되어 현종 22년(1031)에 일단 끝이 났다.

문종(文宗)(1046~1083년) 초기에 다시 경판을 새기기 시작하여 선종 4년(1087)에 이르러서야 초조대장경이 비로소 완성되었다. 이 경판을 우리는 초조고려대장경 혹은 초조대장경이라 부른다.

초조대장경은 570개 함(函) 6,000여 권에 이른다. 대반야바라밀다경을 시작으로 대방광불화엄경, 대열반경 등 경장·율장·논장, 삼장이 모두 집약돼 있다.

송나라 칙판대장경을 바탕으로 이를 수정·보완해 만들어 당시로서는 가장 정확하고 풍부한 내용을 담고 있었다. 경판을 넣은 함은 다른 대장경들과 마찬가지로 천(天)함에서 시작해 초(楚)함에 이르기까지 천자문에 의해 순서가 매겨졌다. 초조고려대장경은 송나라

---

115) 加被力. 부처나 보살이 자비의 마음으로 중생을 이롭게 하려고 주는 힘을 가리킨다.

칙판대장경의 내용과 형식을 토대로 대부분 새로이 제작한 것으로 보인다.

남아 있는 초조대장경인쇄본을 보면, 고려인들이 보완과 수정을 가해 원본보다 더 훌륭한 대장경을 만들고자 얼마나 피나는 노력을 하였는지 수많은 문헌에서 쉽게 찾아 볼 수 있다. 완성된 초조대장경 판은 대구의 팔공산 부인사(符仁寺)에서 보관되어 왔으나 안타깝게 도 고종 19년(1232)에 살리타이(撒禮塔)가 이끄는 제2차 몽골군 침입에 의해 의천의 고려속장경과 함께 불타버렸다.

그러나 초조대장경의 인쇄본은 일본의 남선사에 1,500여 권이 소장돼 있고, 국내에는 200여 권만 전하고 있다. 호암박물관에 백여 권으로 가장 많고, 나머지는 성암고서박물관(誠庵古書博物 館) 등 여러 곳에 분산돼 있는 상태이다. 그나마 초조대장경의 일부 내용이라도 엿볼 수 있어, 험난한 우리 역사를 되돌아볼 때 천만다행한 일이 아닐 수 없다.

초조대장경은 우리나라에서 가정 먼저 만들어졌다고 해서 초조 (初雕)라는 이름이 붙여졌고, 983년 북송(北宋) 때 만들어진 칙판 대장경에 이어 세계에서 두 번째로 한자로 번역한 대장경으로써 문화사적 의의가 대단히 크다.

● 거란대장경(契丹大藏經)

거란은 송나라의 북송칙판대장경의 영향을 받아 고려의 초조대장 경보다는 약간 늦게, 거란의 흥종(興宗: 1031~1054)때 대장경을 만들기 시작했다. 완성된 정확한 연대는 확실치 않으나 거란의

도종(道宗)이 고려 문종(文宗) 17년(1063)에 거란대장경 전질116)을 고려에 보내온 것으로 보아 이보다 앞서 완성된 것으로 보인다.

479함으로 구성된 거란대장경은 개원석교목록(開元釋敎目錄)과는 함호(函號)배열이 다르고 일부 없어져버린 불경이 수록되어 있는 등 칙판대장경이나 고려의 초조대장경 및 의천의 고려속장경과는 또 다른 문화사적 의미가 있는 귀중한 대장경으로 평가받고 있다.

거란대장경은 내용이 우수하여 팔만대장경판각을 주관하였던 수기대사(守其大師)에 의해 광범위하게 참조 이용되었다.

● 고려속장경(高麗續藏經)

현종(顯宗)과 선종(宣宗) 대에 걸쳐 초조대장경을 완성한 후 이에 만족치 않고 문종(文宗)때 조정에서는 대각국사(大覺國師) 의천(義天, 1055~1101)에게 명해 새로운 형식의 대장경을 간행하였다. 이 대장경을 고려속장경, 의천의 속장경 혹은 속장경 등으로 부른다.

초조대장경은 북송칙판대장경을 원본으로 하여 경장·율장·논장, 삼장을 주로 모아 기록한 것인데 반해, 이의 주석서(註釋書)나 연구서(硏究書)라고 할 수 있는 장(章)·소(疏)들을 모아 간행한 것이 바로 고려속장경의 특징이다.

고려속장경을 새기기 시작한 시기는 초조대장경이 거의 완성되어

---

116) 全帙. 한 질로 된 책의 전부를 가리킨다.

가던 때였으며, 경(經)·율(律)·논(論)의 정장(正藏)117)과는 다른 일종의 속장(續藏)118)인 장(章)·소(疏)를 간행(刊行)한 것으로써 고려가 또 다른 대장경판을 새겼다는 귀중한 의미를 부여할 수 있다. 이 속장경은 독실한 불자였던 고려인들에 의해 널리 읽혀지고 수많은 간행이 있었을 것으로 예상해 볼 수 있으나, 이후 이어지는 몽골의 침입을 비롯한 잇단 외환으로 전질의 경판은 물론 인쇄본마저 거의 전해지지 않고 있다. 다만 일부 인쇄본과 조선 초에 중수 간행된 불서목록(佛書目錄) 신편제종교장총록(新編諸宗敎藏總錄)이 순천 송광사에, 다른 인쇄본 일부는 일본 나라의 동대사에 전하고 있다.

● 팔만대장경(八萬大藏經)

우선 대장경판의 내력을 간단히 살펴보면, 수십 년에 걸쳐 완성된 초조대장경과 의천의 속장경은 고려 고종 19년(1232) 몽골군에 의해 모두 불타버렸다. 무력한 고려조정은 몽골과의 항쟁을 위해 수도마저 개경에서 강화도로 옮겼다. 이에 고려는 다시 한 번 부처님의 힘을 빌려 외침에 대처하고 민심을 수습코자 대장경 새길 계획을 세운다. 대장도감(大藏都監)을 새로이 설치하고, 고종 23년(1236)부터 38년(1251)까지 장장 십육 년간에 걸쳐 다시 대장경을 조성하였다.

---

117) 인도에서 지은 경(經), 율(律), 론(論) 삼장(三藏)을 한문으로 번역한 대장경을 정장(正藏)이라고 한다.
118) 대장경을 중국, 한국, 일본 등의 여러 학승(學僧)들이 다시 정리한 것을 속장(續藏)이라고 한다.

경판은 처음 강화도성 서문 밖의 대장경판당에 보관하고 있다가 같은 지역인 강화도 선원사로 옮겨졌다. 그 후 조선 초기 서울 근처 지천사로 옮겨갔다 다시 합천 해인사로 옮겨와 지금까지 보존하고 있는 중이다.

팔만대장경은 북송의 칙판대장경을 효시로 이십여 종에 이르는 각종 대장경이 잇달아 나왔다고 하나, 다른 어떤 대장경보다 본문이 충실하여 오자나 탈자가 거의 없는 완벽한 대장경으로 평가받고 있다. 초조대장경에서 속장경, 팔만대장경으로 이어지는 경판의 제작은 현종 2년(1011)에서 고종 38년(1251)에 걸쳐 고려가 가장 어려웠던 국가적 위기의 시기로 장장 240년이라는 긴 세월을 통해 이룩한 거국적 대사업이었다.

대장경의 완벽한 제작은 문화국으로서 고려의 위신을 드높였을 뿐 아니라 인쇄술과 출판술의 발전에도 크게 공헌하여 문화사적인 면에서도 한민족의 영원한 자랑거리이다.[119]

정혁과 쌍위에홍은 자동차를 주차장에 세워두고 대웅전을 향해 걸어가기 시작했다. 세속의 잡다한 번뇌와 망상을 떨쳐버리고 한마음으로 진리의 세계로 들어가는 일주문(一柱門), 인의예지신(仁義禮知信)의 표상인 봉황문(鳳凰門), 모든 번뇌에서 벗어나 열반에 들어가는 해탈문(解脫門), 스님들의 수행 공간인 우화당(雨華堂), 종무소로 사용 중인 사운당(四雲堂), 다용도로 사용 중인 보경당(普鏡堂), 목어(木魚)[120]·범종(梵鐘)·운판(雲版)·법고(法鼓)가

---

119) 참고 : 해인사, 한국사개념사전

있는 종각(鐘閣), 행정업무실로 사용 중인 청화당(淸和堂), 해인사(海印寺)의 사중보물(寺中寶物)과 부처님사리(舍利)가 보관중인 구광루(九光樓), 말없이 수행하는 적묵당(寂默堂), 깊고 오묘한 진리를 탐구한다는 궁현당(窮玄堂), 자비의 보살인 관세음보살(觀世音菩薩)121)을 모신 관음전(觀音殿), 도서관으로 사용 중인 경학원(經學院), 깊은 선정(禪定)과 지혜(智慧)의 빛으로 충만한 비로자나불(毘盧遮那佛)122)을 모신 대적광전(大寂光殿), 팔만대장경(八萬大藏經)을 보관하고 있는 장경판전(藏經板殿), 생전의 업보를 심판하는 명부전(冥府殿), 성자(聖者)인 아라한(阿羅漢)을 모신 응진전(應眞殿), 홀로 수행을 하여 성인이 된 나반존자(那畔尊者)123)를 모신 독성각(獨聖閣), 주지스님124)이 주석하고 있는 선열당(禪悅堂) 등을 천천히 둘러봤다.

"쌍위에홍! 가야총림(伽倻叢林) 해인사를 둘러본 소감이 어땠어?"

"아름다운 자연경관과 가람(伽藍)도 마음에 들었지만, 세계문화유산인 팔만대장경을 보고 한국인들의 끈질긴 민족정신과 높은

---

120) 나무를 깎아 잉어모양으로 만들고 속을 파내고 그 속을 두드려 소리를 내는 불교용구(佛敎用具). 물고기는 밤낮 눈을 감지를 않으므로 수행자로 하여금 졸거나 자지 말고 늘 깨어서 꾸준히 수도에 정진하라는 의미를 담고 있다.
121) 불교에서 구원을 요청하는 중생의 근기(根機)에 맞는 모습으로 나타나 대자비심(大慈悲心)을 베푸는 보살을 가리킨다.
122) 비로자나불(毘盧遮那佛, Vairocana)은 태양의 빛처럼 불교의 진리가 우주 가득히 비추이는 것을 형상화한 것이다. 이 부처는 다른 부처와는 달리 설법하지 않는 점이 특징이다.
123) 남인도의 천태산에서 홀로 수행하였다는 성자로, 과거·현재·미래의 모든 일을 꿰뚫어 알고, 중생에게 복을 주고 그의 소원을 성취시켜 준다고 한다.
124) 사찰을 주관(主管)하는 승려를 가리킨다.

불심을 느낄 수가 있었어요. 첫째, 국토가 유린된 상태에서 불사를 통해 나라를 지킨 백성들의 열정을 엿볼 수 있었고요. 둘째, 경전내용이 방대함에도 불구하고 과학적인 배열과 엄격한 자료수집에 의해 잘못 적고 누락된 글자를 바로잡아 가장 정확한 대장경을 만들었다는 점이고요. 셋째, 인류 최초의 한문대장경인 송나라 관판대장경의 내용을 알 수 있었을 뿐만 아니라 현재에는 전해지지 않는 거란판대장경의 내용까지 짐작할 수 있어 더욱 감동을 받았습니다. 그런데요 따꺼, 가야총림이라는 말은 무슨 뜻인가요?"

"가야라는 말은 해인사가 위치한 가야산을 가리키는 것이고, 총림(叢林)이라는 말은 범어(梵語) 빈타바나(貧陀婆那, vindhyavana)를 번역한 말로서 단림(壇林)이라고도 불러. 즉 승속(僧俗)이 화합하여 한곳에 머무름(一處住)이 마치 수목(樹木)이 우거진 숲과 같다고 하여 이렇게 불리고 있어. 지금은 승려들의 참선수행전문도량인 선원(禪院)과 경전교육기관인 강원(講院), 계율전문교육기관인 율원(律院)을 모두 갖춘 사찰을 지칭하는 말로 한국에는 통도사, 해인사, 송광사, 수덕사, 백양사, 동화사, 범어사, 쌍계사가 8대 총림으로 지정되어 있어. 총림의 수장(首長)을 방장(方丈)이라고 하며, 모든 승려들은 행자교육을 마치고 사미계[125]를 받으면, 강원이나 선원, 율원에 입방하여 사 년간 교육을 수료해야만 비구계[126]를 받을 수가 있어."

정혁의 말을 골똘히 듣고 있던 쌰오짱이 의외의 말을 했다.

---

125) 沙彌戒. 사미(沙彌)가 지켜야 할 10가지 계율을 가리킨다.
126) 比丘戒. 비구가 받아 지켜야 할 250가지의 계율을 가리킨다.

"따꺼! 우리가 평생 함께 하면 한중총림이 될까요? 중한총림이 될까요?"

역시 지혜로운 여자다. 생각이 큰 여자다. 아니, 도반이다. 이 여자와 사는 동안 함께한다면 뭐가 되든 총림을 이룰 수 있지 않을까? 화합하여 한곳에 머무름이 마치 수목이 우거진 숲과 같은……. 정혁은 쌰오짱을 바라보며 흐뭇한 미소를 지었다. 사방에 계신 부처님도 분명 흐뭇한 미소를 지으셨을 것이다.

오정혁과 쨩위에홍은 합천 해인사 장경판전에 소장중인 팔만대장경을 찬찬히 살펴본 뒤, 관련 자료를 수집해 대구로 향했다.

자동차를 타고 오면서 쌰오짱이 뜬금없이 금강산관광사업에 대해 물었다.

"갑자기 금강산관광사업은 왜? 남한으로 부족해서 북한까지 섭렵하려고?"

"제가 학위논문을 쓰는데 참고할까 해서요."

"훌륭한 아이디어야. 역시 CEO출신은 뭐가 달라도 다르단 말이야. 쨩위에홍은 세상을 보는 눈이 매서울 뿐 아니라 스케일도 커서 내 마음에 쏙 드는구먼! 어떤 논문이 나올까 정말 기대되는데?"

"치엔뻬이, 정말 그럴까요?"

"그렇고 말고. 박사학위를 받으려면 관점과 접근방식이 독특해야 심사과정에서 쉽게 통과되지 않겠어?"

"그럼 금강산관광사업에 대한 구체적인 추진과정이나 알려주세요."

"금강산관광은 남북 분단 오십년사에 새로운 획을 긋는 중요한 사건으로 오래전부터 다양한 시나리오들이 모색되어 왔었지만, 출발은 현대그룹의 오랜 노력과 한국정부의 햇볕정책 때문이라고 볼 수 있겠지. 첫 단추는 1989년 1월 현대그룹의 정주영 명예회장이 방북하여 북한 측과 '금강산남북공동개발의정서'를 체결하면서부터였어."

"그래서요?"

"금강산관광을 하기 위해서는 남북 간에 풀어야 할 문제가 많다보니 정주영 현대그룹명예회장이 '금강산남북공동개발의정서'를 체결한 후, 거의 십 년의 세월이 흐른 다음에야 겨우 첫발을 내딛게 되었지."

정혁은 그 내용을 시간대별로 정리해 들려주었다.

- 1998년 2월 : 정주영 명예회장의 아들인 정몽헌 회장이 중국 뻬이찡에서 북한 측과 첫 협의
- 1998년 6월 : 금강산관광계약체결 정식발표
- 1998년 8월 : 한국 통일부가 현대상선, 현대건설, 금강개발 협력사업자로 승인
- 1998년 10월 : 장진항 공사용 자재와 장비출항
- 1998년 11월 : 금강산관광선 금강호 시험운항
- 1998년 11월 : 금강호 첫 출항
- 1999년 2월 : 금강산 온정리휴게소 및 금강산문화회관 준공
- 1999년 6월 : 한국관광객 민영미 북한 억류사건 발생
- 2001년 6월 : 한국관광공사 금강산관광사업 참여

- 2001년 11월 : 현대상선 금강산관광사업철수
- 2002년 11월 : 북한, 비과세원칙규정하고 외화의 반출입 허용
- 2003년 9월 : 육로관광 본격실시
- 2008년 7월 : 남측 금강산관광객 박왕자 피격사망사건으로 금강산관광 잠정중단

금강산관광의 최초의 고비가 바로 한국관광객 북한 억류사건이다. 한국인에 대한 억류사건이 있은 후 현대 측과 북한이 삐이찡에서 만나 관광세칙과 신변안전보장에 대한 합의서를 체결하고 금강산관광은 재개되었다.

"따꺼! 금강산관광지구의 특혜와 범위는 어떻게 되나요?"

금강산관광지구의 특혜로는 첫째, 북한의 주권은 행사되지만 관광지구개발을 위한 개인과 법인, 기타 경제단체들의 자유로운 투자가 허용될 뿐만 아니라 재산에 대해 법적인 보호를 받을 수 있다. 둘째, 관광업 외에 소프트웨어 등 무공해 첨단과학기술부문의 투자도 허용되는 한편, 사업 주체인 현대아산이 사업권한의 일부를 다른 투자자에게 양도, 임대할 수 있도록 했다. 셋째, 현대아산은 금강산관광특구의 토지를 2052년까지 50년간 이용할 수 있는 '토지이용권'을 확보하였다.

그리고 금강산관광지구의 범위로는 강원도 고성읍 온정리, 성북리 일부지역과 삼일포, 해금강지역, 통천군 일부지역이 포함되어 있다.

"치엔뻬이! 금강산관광사업이 남북한에 미치는 영향은 뭔가요?"

"잘은 모르지만, 내 식대로 크게 열 가지로 요약해 볼게."

정혁은 자신의 생각을 들려주었다.

하나. 남북한 신뢰회복으로 경제협력과 교류에 크게 기여한다.

둘. 금강산관광사업을 기반으로 제3세계에 공동 진출이 가능하다.

셋. 민족 동질성 회복에 크게 도움이 된다.

넷. 북한의 개혁개방에 크게 기여한다.

다섯. 북한의 자연자원에 대한 효율적 개발이 가능하다.

여섯. 남북한 긴장완화로 사전에 전쟁을 예방할 수 있다.

일곱. 장기적인 관점에서 평화통일에 도움이 된다.

여덟. 남북이산가족문제 해결에 크게 도움을 준다.

아홉. 새로운 일자리를 많이 창출해 준다.

열. 자연재해 및 인공재해에 대해 신속한 공동대처가 가능하다.

"그렇군요. 언젠가 여건이 되면 금강산에 한 번 가보고 싶어요. 그런데 치엔뻬이! 정주영 소떼 방북사건이 한동안 화제가 되었는데 그 애기 좀 해주세요."

"그건 또 어떻게 알았지?"

"북경에 있을 때 텔레비전에서 봤어요."

"그게 어떻게 된 건가 하면 말이야. 정주영 현대그룹 명예회장이 열일곱 살 때, 현재 북한지역인 강원도 통천군 아산리의 고향집에서 부친의 소 판돈 70원을 몰래 들고 가출해 오늘날의 현대그룹으로 키운 실향민이었거든. 그래서 그의 나이 83세가 되던 1998년 6월과 10월 두 차례 소떼를 몰고 북한을 방문한 사건이야."

"따꺼! 그렇게 많은 소들을 어디에서 구했답니까?"

"그건 정주영 명예회장의 말에 의하면, 1992년 현대그룹이 충남 서산시 부석면 창리 간척지에 조성한 서산농장 70만 평의 초원에다 소 백오십 마리를 사주면서 시작되었다고 할 수 있겠지. 그 소들을 씨받이로 해 삼천 마리까지 불어났는데, 이 가운데 튼실한 소 천 마리를 특별히 선별해 두 차례에 걸쳐 북한에 보내, 전 세계 매스컴들로부터 찬사를 받았을 뿐만 아니라 세계적인 미래학자이자 문명비평가인 기소르망은 이를 가리켜 '20세기최후의 전위예술'이라고 표현한 바가 있어."

"그야말로 세계적인 퍼포먼스네요? 정주영 명예회장의 독특한 아이디어로 지구촌이 완전히 초토화가 되었겠는데요."

"두말하면 잔소리지! 방북하는 날 정주영 명예회장은 '한 마리의 소가 천 마리의 소가 되어 그 빚을 갚으러 꿈에 그리던 고향산천을 찾아간다.'라고 그 감회를 밝힌 바가 있지. 그래서 금강산관광사업도 이를 계기로 순풍에 돛단 듯이 급진전하게 되었고."

"맞아요 따꺼. 금강산관광사업하면 제일 먼저 떠오르는 게 그 장면이더라구요. 정주영 회장님 말이에요. 참 통도 크지만 재미있는 분이셨던 것 같아요."

두 사람은 오래전 소떼를 몰고 가던 그 장면을 생각하면서 미소를 나누었다. 정혁의 눈앞에 문득 심우도의 한 장면이 그려졌다.

34. 차이홍(彩虹)

"따꺼! 대구로 올라가시면 저녁에 뭐 하실 거예요?"

"미숙이와 화해도 할 겸 같이 술이나 한 잔 하면 어떨까?"

"좋아요. 안 그래도 마음이 찜찜했는데……."

"쌰오짱, 혹시 나한테 따로 할 말이 있는 거 아니야?"

"몇 가지 상의드릴 일이 있긴 해요."

"여기서 말하면 안 되는 거야?"

"꼭 그런 건 아니지만 이따가 술 한 잔 하면서 말씀드릴게요."

"시원시원한 쌰오짱이 망설이다니 의외인데? 아무래도 어려운 문제인 모양이지?"

"글쎄요. 어렵다면 어렵고 쉽다면 쉬운 문제예요."

두 사람은 합천 해인사 장경판전에 소장중인 팔만대장경을 찬찬히 둘러보고, 관련 자료를 수집하여 대구로 출발했다. 그제서야 쌰오짱이 입을 열었다.

"따꺼. 제가 오랫동안 생각했던 문제인데요. 대구와 서울에서 '중국어전문학원'을 운영하면 어떨까 싶은데 따꺼 생각은 어떠세요?"

"쌰오짱! 학교공부도 힘들 텐데 어떻게 학원까지 운영하려는 거지?"

"사실은요. 한국 학생들의 요청에 따라 대학원공부를 하면서 틈틈이 중국어 과외를 해왔어요. 그러다보니 주위에서 아예 중국어학원을 하면 어떻겠냐는 제안이 들어와서요."

"구체적인 계획이라도 갖고 있어?"

"그래서 치엔뻬이에게 자문을 구하는 거지요."

"실력 있는 중국어 선생님들은 어떻게 확보할 건데?"

"저 말고 경북대학교, 영남대학교, 포스텍, 서울대학교, 동국대학교 대학원으로 유학 온 중국유학생들이 제법 많아요. 그리고 한국인들 가운데 중국에서 유학을 마친 사람도 여럿 확보해뒀고요."

"중국어학원을 개설하려면 자금도 상당히 들어갈 텐데, 그 문제는 해결된 모양이지?"

"돈을 대겠다는 사람은 많이 있지만 믿음이 가지 않아 주저하고 있어요."

"쌰오짱이 내게 부탁하고 싶은 부분은 어떤 것이지?"

"제가 가장 믿는 사람이 따꺼니까 말씀드리는 건데요. 치엔뻬이와 동업으로 대구와 서울에서 중국어학원을 운영하면 어떨까하고 생각해봤어요. 운영자금과 학원경영은 치엔뻬이가 하시고, 저는 중국어 선생 관리와 수업을 담당하면 어떨까 싶어요."

"그럼 내가 학원 운영자금은 책임질 테니까 나머지 문제는 쨩위에 홍이 맡아서 하면 어떻겠어?"

물새 등에 물 흘러내리듯 애기가 순조롭게 진행됐다. 한국공부에만 매달리는 줄 알았는데 어느새 사업까지 생각하고 있었을까? 다방면으로 두각을 나타내는 쌰오쨩에게 정혁은 혀가 내둘러졌다.

"며칠 후 학생들을 가르칠 중국어 선생님들을 데리고 사무실로 찾아갈게요."

"쌰오쨩! 학원 위치는 생각해봤어?"

"대구는 범어동과 서울은 대치동에 개설하면 어떨까 싶은데요."

"알았어. 내일부터 건물을 알아보고 조건이 맞으면 계약을 하도록 하지."

"제가 학원 원장을 하더라도 치엔뻬이께서 명예원장은 맡아주실 거지요?"

"누구의 명령인데 거역하겠습니까? 어려운 일이 있으면 내가 적극적으로 도와줄 테니 걱정 말고……."

둘은 학원이름에 대해 고민했다. 쌰오쨩은 이것저것 생각해봤는데 마땅한 것이 없다며 정혁에게 지어보라고 떼를 썼다. 급작스러운 일이라 정혁도 근사한 이름이 생각나지 않았다. 그런데 기가 막힌 상호가 떠올랐다. 이 또한 오늘을 위해 만들어두었는지도 모를 일이었다.

"쌰오쨩. 내가 오래전에 특허청에 등록해둔 상호가 하나 있는데 마음에 들지 모르겠네."

"뭔데요?"

"중국어로 '무지개'라는 뜻을 가진 '차이홍(彩虹, 채홍)'인데 어때?"

쌰오짱이 박수를 치며 좋아라했다. 두 사람은 '차이홍중국어학원'으로 합의를 봤다.

사무실에 도착하니 다른 직원들은 모두 퇴근하고 미숙이 혼자불을 밝힌 채 공부를 하고 있었다.

"저녁은 먹었어?"

"아직이요."

"그럼 오랜만에 소주나 한 잔 하게 뭐 좀 시키자."

얼마 후, 단골집 주인아주머니가 직접 배달을 왔다.

"오 박사님께서 좋아하시는 살코기와 암뽕·순대·간·깻잎·양파·마늘·부추·된장 등도 듬뿍 넣었습니다."

미숙과 쌰오짱은 제각각 딴청을 부리고 있었다.

"두 사람, 어서 이리 와서 서로 화해술 한 잔 하자. 쌰오짱이나이가 어리니까 김미숙 씨한테 먼저 사과를 하고, 미숙 동생은 쌰오짱에게 술 한 잔 권하고 그러자구. 인생 일장춘몽이라는데 쓸데없는 소모전 하지 말고 말이야."

마지못해 흉내는 내지만 두 사람의 감정이 쉽게 정리될 것 같지는 않았다. 하지만 이렇게라도 봉합을 하면 일상엔 문제가 없을 터였다. 때마침 미숙과 미용실을 함께 운영했던 한지혜가 들어섰다.

"한지혜 씨! 그동안 잘 지냈습니까? 어째 잘 안 보이시더니 좋은 일이 있는가 봅니다."

"경북 안동에 미용실을 개업해 좀 바빴어요."

"듣던 중 반가운 소식이네요. 축하드립니다. 우선 한 잔 받으시지요."

한지혜는 안 그래도 술 생각이 나서 왔다며 주섬주섬 삶은 문어와 소주를 꺼냈다.

"멀리서도 텔레파시가 통했나 봅니다."

갑자기 등장한 한지혜 때문에 어색한 분위기가 자연스러워졌다.

"이렇게 큰 술상을 봐놓고 술을 드시는 것을 보니 사무실에 좋은 일이라도 있는 모양이지요?"

"같은 사무실에 있으면서도 업무가 달라 만날 수 없다가 마침 시간이 맞아 단합대회 하는 중이었습니다."

"오 선생님은 출장이 잦으신가 봐요."

"업무 특성상 이틀에 한 번꼴로 가는 편입니다."

주로 정혁과 한지혜가 대화를 주고받고 쌰오쨩과 미숙은 말없이 술만 마셨다. 안주발 좋은 여자들 때문에 어느 순간 술만 돌았다. 아무래도 자리가 길어질 것 같아 정혁이 일어섰다.

"잠시 밖에 갔다 올 테니까 세 분이 화기애애하게 드시고 계십시오."

"오 선생님. 치사하게 벌써 도망치시는 건 아니시죠?"

"안주 좀 사올까 해서요. 숙녀분들이 강술만 드시는데 그냥 있을 수 있나요?"

정혁을 따라 쌰오쨩도 일어섰다.

"쌰오짱은 왜 일어서세요?"

한지혜가 잡았지만 쌰오짱은 정중히 사양하고 정혁과 함께 나왔다. 정혁이 쌰오짱을 보내고 술안주를 사서 돌아오니 미숙과 지혜는 오랜만의 회포를 푸느라 자못 들떠 있었다.

"오 선생님! 뭘 그리 많이 사오셨어요?"

"술판이 벌어진 김에 제대로 술 한 잔 하고 싶어서요. 그런데 미숙인 국제재무관리사(CFP)시험 본다고 하지 않았나?"

"한 달 전에 봤어요."

"합격자 발표는 언제 하고?"

이미 일주일 전에 합격자 발표가 있었고, 합격통지서까지 받았다는 거였다.

"어려운 시험을 한 번에 합격을 하다니 미숙이 정말 대단해. 그런 좋은 일을 왜 이제야 말하는 거냐? 좋은 일은 자랑을 해야지."

말은 그렇게 하면서도 미숙에게 무심했던 자신을 나무라지 않을 수 없었다.

"국제재무관리사 시험에 합격한 김미숙을 위해 건배!"

뒤늦은 축하에 미숙이 눈물을 글썽였다.

"미숙아. 국제재무관리사도 됐으니 이참에 대학원에 들어가서 공부를 좀 더 하는 건 어떨까?"

"명의신탁재산에 대한 부당이득금반환청구소송문제와 내년에 대구시의원 출마문제를 고려하여 결정할 생각이에요."

"소송은 어떻게 되어가고 있어?"

"어제께 새로 선임한 변호사에게 ● 부동산매매계약서 ● 진정인의 민원검토결과에 대한 반박서면 • 부동산개발회사의 책임자가 명의신탁부동산소유자에게 써준 확약서 • 등기권리증미소유를 숨기기 위해 작성한 확인서면 • 명의신탁부동산의 소유자가 삼십 년 동안 보관해온 등기권리증사본 • 1980년 10월 매도한 부동산소유자의 매매사실확인서 등을 제출해둔 상태예요."

세 사람은 이런저런 얘기로 밤이 깊도록 대화를 나누다 새벽이 되어서야 헤어졌다.

다음날 해가 퍼지도록 잠을 잔 정혁은 출장 갈 채비를 했다. 중국에 진출할 의료기기생산업체를 방문하기 위해 오래전부터 계획했던 일이었다. 의료기기시장 전문조사기관인 영국의 에스피콤에 따르면, 세계헬스케어(Health Care)기기의 시장규모가 1998년 이래 연평균 5퍼센트 이상 성장해 현재는 2천억 달러가 넘을 것으로 추산하고 있다. 아울러 중국의 의료기기시장도 매년 20퍼센트 이상 고성장을 하고 있는 상태이다.

정혁이 강원도 원주에 있는 의료기기 생산업체를 방문하고 사무실로 돌아오니 짱위에홍이 친구들과 함께 와 있었다.

"따꺼! 중국어전문학원에서 중국어를 강의할 선생님들입니다. 이쪽은 북경대학을 졸업하고 경북대학교 대학원에서 법학을 전공하고 있는 천리(陈莉, 진리) 씨이고요. 저쪽은 북경사범대학을 졸업하고, 영남대학교 대학원에서 교육학을 전공하고 있는 리나(李娜, 이나) 씨이고요. 앞쪽은 중앙민족대학을 졸업하고, 서울대학교 대학원에서 경영학을 전공하고 있는 펑위펑(冯玉萍, 풍옥평) 씨이고요. 청일점인 남성은 청화대학을 졸업하고, 포스텍 대학원에서 기계공학을 전공하고 있는 찌잉난(箕英男, 기영남) 씨이고요. 뒤쪽은 복단대학을 졸업하고 동국대학교 대학원에서 철학을 전공하고 있는 루민쒸에(陆敏雪, 육민설) 씨입니다."

정혁은 일일이 악수를 하며 앞으로 잘해보자고 따뜻한 미소를 보냈다.

"치엔뻬이! 학원 건물 임차계약은 끝났습니까?"

"당연하지. 대구 범어동과 서울 대치동에 적당한 건물을 찾아 임차를 해뒀어."

"언제쯤이며 입주가 가능할까요?"

"건물 인테리어와 책상을 비롯한 각종 집기는 보름 뒤쯤 완벽히 준비될 거야."

"학원을 운영하려면 교육청에 설립신고를 해야 한다고 들었는데, 그 문제는 어떻게 되었어요?"

"이미 다 마쳤지."

"그럼 창업할 때 발생할 수 있는 시행착오와 운영미숙을 예방하기 위해 학생모집과 학습계획을 잘 짜야 하겠네요?"

"그렇지. 만약 중국어전문학원이 어느 정도 궤도에 올라가면 프랜차이즈127)사업으로 전환해 기업화를 시도할 생각이니까 다시 말해 학생모집·학습계획·교재개발·과학적인 관리방법 그리고 홍보 및 마케팅 전략까지 염두에 두고 마스터플랜을 꼼꼼히 짜도록 해봐."

"잘 알겠습니다. 제가 마스터플랜을 만들어 치엔뻬이에게 정식으

---

127) 물질적 또는 정신적 상품을 제조·판매하는 업자가 체인본부가 되고 독립소매점을 가맹점으로 하여 소매영업을 하는 것을 말한다.

로 보고를 드리도록 하겠습니다."

"모든 것은 여러분들이 의논해서 결정하시고, 나는 뒤에서 도와주는 역할만 할 것이니 그렇게 알고 열심히 한번 해봐요. 그리고 짱위에홍, 내가 오늘 저녁 선약이 있어 그러는데, 신용카드를 줄 테니 내 대신에 손님들에게 맛있는 저녁을 대접하면 어떨까?"

"사양할 이유가 있을까요? 감사합니다, 치엔삐이!"

쌰오짱이 헤헤거리며 냉큼 신용카드를 받아 챙겼다. 정혁은 다시금 손님들과 일일이 악수를 하며 작별인사를 나누었다.

"선생님들, 짱위에홍에게 맛있는 거 많이 사달라고 해서 마음껏 드세요. 제 신용카드는 한도가 없으니까 가격 신경 쓰지 마시고요!"

젊은이들이 환호성과 함께 와르르 빠져나갔다. 빠져나가는 그들을 눈으로 세어보니 쌰오짱까지 딱 일곱 명, 저들이 바로 차이홍(彩虹), 바로 일곱 가지 색을 내는 무지개였다. 정혁은 차이홍들이 빠져나간 출입문을 물끄러미 바라보다 아뿔사! 늦었구나 싶어 급히 서류를 챙겨들고 약속장소로 향했다.

35. 사랑은 호환되지 않는다

부지런한 사람도 게으른 사람도, 건강한 사람도 아픈 사람도, 잘난 사람도 못난 사람도, 부자도 가난뱅이도 막을 수 없는 게 세월이다. 각자의 성격과 의지대로 살다보니 세월이 흘러 2013년 봄을 맞았다. 봄은 아랫녘에서 올라오고 지면에서 산꼭대기로 올라간다. 위에서 내려오는 가을보다 밑에서 위로 올라가는 봄이 정혁은 좋았다. 팝콘처럼 터지는 벚꽃의 눈부심, 매일매일 부풀어 오르는 산, 이래서 생명의 봄, 생동하는 봄이라 하나 보다.

사계절을 가진 우리나라 백성은 절망을 모른다. 기다리면 오기 때문이다. 한겨울 혹한엔 헉헉대던 한여름을 반추하며 이겨내고, 한여름 복중엔 바늘구멍으로 황소바람 들어오던 엄동을 생각하며 이겨낸다. 더위고 추위고 기다리면 지나간다. 해마다 반복되는 계절이지만 맞이할 때마다 새롭고 경이롭다. 이 나라 백성들의 뛰어난 패션감각 또한 사계절과 무관하지 않을 것이다.

그동안 오정혁, 김미숙, 쌍위에홍 세 사람의 신변에도 많은 일들이 발생하였다. 정혁의 모친은 여러 번의 뇌수술 후유증으로 가족들의 극진한 간호에도 불구하고 세상을 떠났고, 아이들은 모두 외국으로 유학을 간 상태이다.

한편, 미숙은 피눈물 나는 고통과 오랜 법정싸움으로 명의신탁재산에 대한 부당이익금반환청구소송에서 승소해 망자인 남편의 재산을 모두 되찾았다. 그러나 사회정의를 위해 정치에 뜻을 두고 대구시의원에 출마를 하였지만 쓰디쓴 낙선의 고배를 마시고 재기를 노리는 중이다.

또한 쌍위에홍은 경북대학교에서 《한·중지도자의 국가관과 미래전략(박정희와 등소평 중심으로)》 라는 논문으로 경제학박사 학위를 받고, 영남대학교에 특채돼 교수로 재직하면서 활동영역을 국내외적으로 넓혀가고 있다. 그렇지만 정혁을 마음에 둔 미숙과 쌍위에홍의 관계는 여전히 얼음장이다. 그녀들이 불편하니 정혁역시 불편할 수밖에 없다. 따지고 보면 이 모든 게 다 정혁 탓이다. 정혁이 분명하게 액션을 취해주면 쉽게 정리될 일이지만 정혁에겐 쉬운 일이 아니었다. 누구는 다다익선이라고 여자도 많으면 많을수록 좋다고 떠벌리지만 정혁은 두 여자 때문에 한 여자도 취할 수 없다. 어쩌면 이것도 구차한 핑계일지 모른다. 정혁의 내면에 들어 있는 정혁도 모르는 욕심의 정체만 파악한다면 둘 중 하나를 취하든, 둘 다 취하든, 둘 다 버리든, 결판이 날 것이다. 혹시 그림의 떡인

두 여자를 앞에 두고 누리는 심정적 호사에 중독된 것은 아닐까? 아니면 남성성에 문제가 있는 건 아닐까? 이런저런 상념에 젖어 있는데 쨩위에홍이 활기차게 사무실로 들어왔다.

"따꺼! 저녁 드셨어요?"

"아니, 아직."

"그럼 저하고 같이 먹어요."

정혁과 쨩위에홍은 몸보신도 할 겸 삼계탕전문점으로 갔다.

"오늘은 치엔뻬이한테 부탁말씀이 있어서 왔어요. 가능한 한 제 의견에 동의해주시면 좋겠습니다."

"왜 또? 샤오쨩이 그렇게 나오면 겁부터 난다구."

"다음 달 초순 제가 중국출장을 갈 건데요."

국제회의가 충칭(重庆)과 씨안(西安)에서 열리는데, 중국에 간 김에 샤오쨩의 고향인 꽝씨썽(广西省) 난닝(南宁)도 들르고, 허난썽(河南省) 쩡쪼우(郑州), 싼씨썽(陕西省) 씨안(西安), 깐쑤썽(甘肃省) 란쪼우(兰州), 씬쨩(新疆) 우루무치(乌鲁木齐), 씨쨩(西藏) 라싸(拉萨), 충칭(重庆), 허난썽(湖南省) 창싸(长沙), 쨩씨썽(江西省) 난창(南昌), 후뻬이썽(湖北省) 우한(武汉), 안훼이썽(安徽省) 허페이(合肥), 쩌쨩썽(浙江省) 항쪼우(杭州), 싼뚱썽(山东省) 칭따오(青岛) 그리고 홍콩(香港), 마카오(澳门), 태국(泰国), 말레이시아(马来西亚), 싱가포르(新加坡), 타이완(台湾)에도 가보려고 하는데 정혁에게 동행해 달라는 거였다. 정혁 역시 충칭과 씨안은 구미가 당기는 터라 기꺼이 승낙했다.

"어느 분의 부탁인데 당연히 가야지."

"그리고 한 가지 부탁이 더 있어요. 중국어학원 선생님들의 사기 진작을 위해 야외로 바람 쐬러 가고 싶은데, 어디가 좋은지 추천 좀 해주세요."

"미리 생각해둔 곳이 있으면 말해봐."

"장소는 치엔뻬이에게 일임할래요."

"좋아. 그럼 이러면 어떨까? 일본제국주의자들의 잔학상이 고스란히 느껴지는 충북 천안의 독립기념관, 허브향이 가득한 청원의 상수허브랜드, 한국인의 혼이 담긴 경북 문경의 전통찻사발축제, 영남유생들이 한양으로 과거를 보러갈 때, 반드시 들렸다는 경북 예천의 삼강주막촌(三江酒幕村) 등을 둘러보면 어떻겠어?"

"역시……. 코스가 아주 멋져요 치엔뻬이! 그럼 말 나온 김에 이번 주말에 가면 어떨까요?"

"좋아. 토요일에 서울 팀이 대구에 내려오면 회의를 하고, 다음날 아침 일찍 대구를 출발해 충북 천안의 독립기념관에 갔다가 청원의 상수허브랜드에 들러 점심으로 꽃밥을 먹고, 바로 경북 문경으로 건너가 전통찻사발축제를 관람한 뒤, 경북 예천의 삼강주막촌으로 이동해 강변에서 텐트를 쳐놓고 놀다가 저녁에 대구로 내려올 수 있도록 스케줄을 한번 잡아보자구."

쌰오쨩과 헤어져 사무실로 오니 오랜만에 미숙이가 와 있었다. 늘 그랬다. 두 여자는 뭐가 통하는지 늘 쌍으로 오거나 바통터치하듯 이어서 왔다.

"오빠! 잘 지내셨어요? 근데 어디 다녀오세요?"

"쌰오쨩과 의논할 일이 있어 잠시 나갔다 오는 길이야."

두 사람의 신경전을 알고 있으니 슬며시 둘러대도 되는데 정혁은 그걸 못했다. 굳이 거짓말할 필요를 못 느꼈고, 시침 떼고 거짓말을 할 자신도 없었다. 자신의 투명함이 두 여자에게 다 상처가 될 줄 알면서도 그러지 못했다. 그런 면에서 정혁은 모자라도 한참 모자란 위인이었다.

"중요한 일이라도 있는 모양이지요?"

"중국 출장 건과 기타 업무가 있어서."

"이번엔 중국 어디요?"

"중국정부에서 서부종합개발계획을 수립해 의욕적으로 추진 중인 충칭(重庆, 중경)·씨안(西安, 서안)·난닝(南宁, 남녕)을 비롯해 중국의 서부, 남부, 중부, 동부지역과 화교들의 본거지인 홍콩, 마카오, 태국, 말레이시아, 싱가포르, 타이완 등으로 출장을 가려고……."

"난닝은 쌰오짱의 고향 아닌가요?"

미숙이 쌰오짱의 고향까지 알고 있는 줄은 몰랐다. 정혁은 당황했다.

"아까 말했잖아? 난닝도 중국정부에서 대대적인 종합개발계획을 수립해 추진하고 있는 곳이거든……."

"그런데 짱위에홍과 함께 간다고요?"

"그렇게 됐어. 그런데 아직도 두 사람간의 앙금이 남아 있는 거야?"

"오빠는 무슨 대답이 듣고 싶으세요?"

미숙의 반문에 정혁은 턱수염만 쓰다듬었다. 잠시 침묵이 흘렀다.

"오빠, 저 떠날 거예요. 그러니까 걱정 마세요."

"떠나다니 어딜?"

"그저께 보스톤대학교 대학원에서 입학통지서가 왔어요. 그래서 그 말하려고 온 거예요."

"장하다 미숙아! 드디어 꿈을 이룰 수 있게 되었네. 진심으로 축하한다. 그런데 전공은 뭐지?"

"오빠, 웃지 마세요. 국제정치학으로 선택했어요."

"잘했어. 정치판에서 실패한 경험도 경험이니 도움이 될 거야. 그래 언제 미국으로 떠날 거야?"

"출국준비가 되는 대로 최대한 빨리 떠날 생각이에요."

"유학 마치고 돌아오면 분명 좋은 기회가 찾아올 거야."

"학위논문 쓰다 막히면 도움 청해도 되지요?"

"그래. 이메일로 보내면 아는 만큼은 답을 해줄 테니 열심히 해봐. 미숙이는 분명히 잘 할 거야. 그런데 떠나기 전에 또 안 볼 거야? 왜 이리 서둘러?"

"예 오빠. 한 번 더 보려고 했는데 마음 접었어요. 나중에 미국에서 돌아오면 그때 뵈어요."

뒤늦게 대학공부를 마치고 보스톤 대학원에 입학한 미숙이 정혁은 한없이 대견스러웠다. 자신의 뜻을 펼치기 위해 미국까지 가려는 용기에 힘껏 박수도 보냈다. 사무실을 나와 술집에서 축배를 들며 마음껏 응원해 주었다. 헤어질 때쯤 정혁은 미숙에게 무슨 말을 해줄까 고민했다. 적당한 말이 떠오르지 않았다.

"정혁 오빠. 나 돌아올 때까지 무슨 일이 있어도 살아 있어야 해요. 나도 살아서 돌아올 테니까. 안녕히 계세요."

악수한 손을 놓을 때쯤 정혁의 입이 열렸다.

"미숙아, 난 너의 영원한 우군(友軍)이야. 알았지?"

미숙은 뒤도 돌아보지 않고 택시를 잡아탔다. 정혁은 그 자리에 붙박인 채 멀어지는 택시 뒤꽁무니를 배웅했다.

주말이 다가오자 정혁과 쌰오짱은 차이홍중국어학원 선생님들과 함께 전세 낸 미니버스를 타고 대구를 출발해 중부고속도로를 거쳐 충북 천안의 독립기념관으로 향했다. 독립기념관으로 가는 도중에 짱위에홍은 오정혁에게 최근 천주교 정의구현사제단 소속 박창신 신부의 발언에 대해 물었다.

"따거! 천주교 정의구현사제단 소속 박창신 신부의 북한의 연평도 포격사건에 대한 옹호성 발언을 어떻게 보시나요?"

"한마디로 국민들 가슴에 대못을 박은 꼴이지. 북한의 연평도 포격을 두둔하는 발언을 한 박 신부와 천주교사제단은 진심으로 국민 앞에 사과해야 될 뿐만 아니라 그런 언행을 한 사람에 대해서도 법적인 책임을 당연히 물어야 되지 않겠어?"

연평도포격은 3대 세습을 본격화한 북한이 2010년 11월 23일 오후 2시 30분 경, 연평도의 우리 해병대기지와 민간인 마을에 해안포와 곡사포로 추정되는 포탄 100여 발을 발사한 도발이었다. 북한의 이번 포격도발로 인해 해병대 전사자 2명, 군인 중경상자 16명, 민간인 사망자 2명, 민간인 중경상자 3명과 각종 시설 및 가옥 파괴로 많은 재산적 피해를 입었다. 1953년 7월 휴전협정 이래 민간인을 상대로 한 대규모 군사공격은 처음이었다. 당시 국제사회에서는 조선민주주의인민공화국을 규탄했으나, 조선민주주의인민공화국은 정당한 군사적 대응이었으며 전적인 책임은 대한민국에게 있다고 주장을 했다. 천안함 침몰사건에 이어 팔 개월 만에 벌어진 이 사건으로 인해 양측의 갈등은 더욱 심화되었다.

"바쁘고 피곤한 현대인들이라 어떤 사건을 깊이 파고들지 않는 경향이 있는데 종교계의 어른이 그러시면 판단이 흐려질 것 같아요. 언론에서도 육하원칙을 무시한 보도를 일삼아 공부하지 않으면 내막을 제대로 알기 힘들고요. 치엔뻬이처럼 내가 사는 세상을 제대로 보고 알기 위해 애쓰는 사람이 과연 몇이나 있을까요?"

"맞아 쌰오짱. 요즘은 쓰레기정보가 넘쳐나고, 입다운 입이 없는 게 문제인 세상이야. 믿고 살 수 있는 세상은 언제나 오려는지 원."

"치엔뻬이! 한국의 독립기념관은 언제 세워진 거지요?"

"독립기념관을 세우자는 논의는 1945년 광복 직후부터 일어났었지만, 그동안 여러 사정으로 뜻을 이루지 못하다가 1982년 일본교과서에 실린 식민지 서술 부분이 한국 국민들의 분노를 불러일으킨 적이 있었지. 이를 계기로 똘똘 뭉친 한국인들의 거국적인 국민운동으로 독립기념관 건립을 본격적으로 추진하게 되었어."

"따꺼! 독립기념관에는 어떤 유물들이 전시되어 있나요?"

"총 일곱 개 전시관에 구만여 점의 다양한 유물들이 전시돼 잔인하고 야만적인 일제의 만행과 지난했던 대한민국독립투쟁사를 말해주고 있어. 쌰오짱! 일본제국이 중국 헤이룽쨩성(黑龙江省) 하얼삔에 731부대라는 조직을 창설하고, 세균학 박사인 이시이시로(石井四

部) 중장을 사령관으로 임명해 1936년에서 1945년 여름까지 한국인, 중국인, 러시아인, 몽골인 등 총 삼천여 명을 대상으로 바이러스 · 곤충 · 동상 · 페스트 · 콜레라 등 각종 세균실험과 약물실험을 자행한 사실은 알고 있겠지?"

"물론이죠. 일본인들의 잔인함에 대해서는 역사시간에 배워 잘 알고 있어요. 동아시아 역사에서 배울 수 있듯이 과거 일본 지도자들의 잘못된 세계관과 탐욕으로 인해 인류에게 얼마나 많은 피해를 입혔는지 일본인 스스로 깊이 반성해야 해요. 그리고 치욕적인 과거를 송두리째 망각하고 오직 개인적인 이권다툼이나 당권투쟁을 위해 미사여구로 국민을 현혹시키며 허송세월을 보내는 국가의 지도자들은 하루빨리 각성해야 하고요."

"쌰오짱은 일본제국주의자들의 구체적인 잔악상에 대해 얼마나 알고 있지?"

"막연히 짐작할 뿐, 상세히는 몰라요."

정혁은 쌰오짱을 위해 아는 대로 들려주었다.

1947년 미 육군조사관이 도쿄에서 작성한 보고서에 의하면 1936년부터 1943년까지 731부대에서 만든 인체표본만 해도 페스트 246개, 콜레라 135개, 유행성출혈열 101개 등 수백 개에 이르고 있다. 특히 생체실험 내용을 살펴보면 세균실험 및 생체해부실험 등과 동상연구를 위한 생체냉동실험, 생체원심분리실험 및 진공실험, 신경실험, 생체총기관통실험, 가스실험 등으로 세분화되어 있다. 1940년 10월 27일에는 난찡(南京)의 1644세균전 부대와 함께 중국 닝뽀(宁波)에 페스트균을 대량 살포해 백 명 이상을 사망시켰으며, 1941년 봄 후난썽(湖南省)의 한 지역에서는 페스트 벼룩을 공중 살포해 중국인 사백여 명을 희생시키기도 했다.

최근 731부대 장교가 작성한 것으로 보이는 문서가 일본의 한 대학에서 발견돼 일본군의 세균전 및 생체실험이 사실로 입증되었다. 이에 따르면 페스트균을 배양해 찌린썽(吉林省) 눙안(农安)과 창춘(长春)에 고의로 퍼뜨린 뒤 주민들의 감염경로와 증세에 대해 관찰했다는 내용이 상세히 기록되어 있고, 이로 인해 중국인 수백 명이 목숨을 잃었다.

일제가 세균전을 위해 하얼삔(哈尔滨)에 세운 731부대를 제외하고, 516부대(치치하얼 : 齐齐哈尔), 543부대(하이라얼 : 海拉尔), 100부대(창춘 : 长春), 1644 부대(난찡, 南京), 1855부대(삐이찡 : 北京), 8604부대(꽝쪼우 : 广州), 200부대(만주), 773부대 (Songo), 9420부대(싱가포르) 등 동아시아 각지에 세워진 기관도 731부대와 유사하거나 731부대의 생체실험을 뒷받침하는 역할을 하였다.

독립기념관에 도착한 일행은 제1전시관에서부터 제7전시관까지 자세히 둘러보기 시작했다.

제1전시관은 겨레의 뿌리편에는 선사시대에서부터 조선 후기까지 한민족의 뛰어난 문화유산과 국난 극복사가 주제였다.

제2전시관의 겨레의 시련편에는 1860년대부터 1940년대, 즉 변화의 물결이 들이닥쳤던 개항기와 근대적인 자주독립국가로 발전하기 위한 개혁기가 있고, 한민족의 긴 역사가 일제의 침략으로 단절되고 국권을 상실한 일제강점기 당시의 시련이 고스란히 담겨 있었다.

제3전시관의 나라 지키기편에는 일제에 항거해 전국 각 지역에서 양반유생을 중심으로 전개된 전기와 중기, 후기의 의병전쟁사를 살펴볼 수 있었다. 또한 안중근 의사의 의거를 비롯해 을사늑약(乙巳勒約) 이후 국권회복을 위해 자신의 몸을 희생하면서 매국노와 침략자들을 처단했던 의사와 열사들의 투쟁과정이 매우 인상적이었다.

제4전시관의 겨레의 함성편에는 한민족 최대의 항일독립운동인 3·1운동을 주제로 전시되어 있었다. 즉, 3·1운동의 배경에서부터 진행과정, 일제의 탄압과 3·1운동이 세계에 미친 영향까지 전 과정을 가감 없이 펼쳐 보였다.

제5전시관의 나라 되찾기편에는 만주지역을 근거로 일제와 무장투쟁을 벌인 독립군의 활동과 개인 또는 단체를 이루어 일제의 침략기관과 주요 인물을 처단한 의혈투쟁, 그리고 중국 관내에서 조직돼 활동한 조선의용대와 한국광복군의 활동 등에 대해 자세히 소개했다.

제6전시관의 새나라 세우기편에는 일제의 민족말살정책에 맞서 전개된 국학수호운동, 민족교육 등과 학생·여성·노동자·농민 등 다양한 세력들이 주체로 참여한 민족독립운동, 독립운동의 중추기관이었던 대한민국임시정부의 수립과 활동모습이 있었다.

제7전시관의 함께하는 독립운동편에는 관람객들이 직접 독립운동가가 되어 독립만세를 부르고 임시정부에서 활동하며 항일무장투

쟁과 다양한 문화운동 등에 자유롭게 참여하도록 꾸며져 있었
다.[128]

독립기념관 내 각 전시관을 꼼꼼히 살펴본 정혁은 안중근 의사의
이토히로부미(伊藤博文) 저격사건뿐만 아니라 김좌진·나중소·
이범석 장군이 지휘하는 북로군정서군(北路軍政署軍)과 홍범도
장군이 이끄는 대한독립군의 합동작전으로 만주 청산리에서 일본군
을 대파시킨 청산리전투(青山里戰鬪)의 생생한 장면들이 아련한
추억처럼 되살아났다. 그래서 정혁은 그 자리를 바로 떠나지 못하고,
한동안 깊은 상념에 잠겨 있었다.

"따꺼! 거의 다 둘러본 것 같은데, 다음 장소로 이동하면 어떨까
요?"

멍하게 서있던 정혁에게 짱위에홍이 큰소리로 외쳤다.

정혁은 비로소 정신이 번쩍 들었다.

"알았어, 쌰오짱!"

험난한 국난 극복사를 대변해주고 있는 독립기념관을 둘러본
정혁과 그의 일행들은 무거운 마음을 간직한 채, 스케줄에 쫓겨
서둘러 충북 청원군에 있는 상수허브랜드로 출발을 했다.

상수허브랜드에 도착하니 이상수 대표가 기다리고 있었다. 모두
허브차를 한 잔씩 마시고 이상수 대표의 안내로 상수허브랜드를
둘러보기 시작했다. 지구상에 자생하는 약 3,500종의 허브 중에
550여 종의 진귀한 허브꽃들이 사계절 내내 대규모 온실에서 자라고
있었다.

---

128) 참고 : 독립기념관, 두산백과사전

• 두통을 가라앉히고 기억력과 집중력을 높이는 로즈마리 (Rosemary)

• 해열제나 화상치료용으로 쓰고 있는 재스민(Jasmine)

• 향수와 화장품의 원료로 사용하는 라벤더(Lavender)

• 밝은 녹색의 잎과 우산처럼 큰 꽃이 특색인 펜넬(Fennel)

• 고양이가 이 식물의 향을 특별히 좋아한다는 캐트닙(Catnip)

• 잎에 털이 없고 밝은 녹색에 연한 보라색 꽃을 피우는 슈퍼민트 (Super Mint)

• 짙은 자색의 꽃에 강한 향을 가진 헬리오트러프(Heliotrope)

• 억새처럼 생겼으나 잎을 손으로 비비면 레몬향이 나는 레몬글라 스(Lemon Grass)

• 벨벳처럼 촉촉한 잎에 산삼과 비슷한 향과 쓴맛이 나는 세이지 (Sage)

• 잎에서 달콤한 맛이 나는 스테비아(Stevia)

• 잎·꽃·줄기·열매·씨 등을 다양하게 활용할 수 있고 매운 맛이 나는 제노바실(Geno Basil)

• 둥근 잎에 파인애플 같은 향기가 나는 파인애플세이지 (Pineapple Sage)

• 같은 줄기에서 종(鐘) 모양 꽃이 아래로 향해 연이어 피어나는 디기탈리스(Digitalis) 등 원산지, 종류, 재배방법, 특성, 효능, 활용방법, 의미 등을 이상수 대표가 상세히 알려줬다.

"따꺼! 모양이 아름답기로 으뜸이고 그 맛은 황홀하기 이를 데

없다고 머나먼 중국까지 소문이 짜하게 난 허브꽃밥은 언제 시식할 수 있는 겁니까?"

"쌰오쫭! 벌써 배가 고픈 거야? 조금만 참으세요, 귀여운 중국아가씨!"

일행은 상수허브랜드 실내외를 전부 둘러보고 허브꽃밥을 먹기 위해 식당으로 들어갔다. 색색의 식용 꽃을 얹은 비빔밥이 올라왔다.

"이렇게 아름다운 꽃을 비벼먹는 건 죄악이에요!"

누군가 소리쳤다. 정말 차마 비비기가 죄스러운 아름다운 밥이었다. 젓가락으로 조심조심 비벼 한 입 들어가는 순간 입 안은 그대로 꽃밭이 되었다. 온갖 꽃의 향기가 도미노처럼 번져나갔다. 허브꽃밥이 주방에서 나올 때마다 식탁 여기저기서 환호성과 박수가 터졌다.

정혁은 중국어선생님들에게 그동안의 노고를 위로하며 허브막걸리를 대접했다. 아울러 허브가 들어간 된장·고추장·비누·향초·차를 한 세트씩 선물을 했다. 모두가 향기로운 시간이었다.

일행은 다음 행선지인 경북 문경의 '전통찻사발축제장'으로 향했다. 행사장에 도착하니 이미 사람들로 인산인해였다. 정혁은 인원의 원활한 통제를 위해 쌍위에홍을 불렀다.

"쌰오쫭! 사람들이 너무 많아 단체로 구경하기 힘들 것 같으니 선생님들에게 자유 시간을 드리고 오후 세시에 여기에 모이도록 하면 어떻겠어?"

쌍위에홍은 고개를 끄덕이며 바로 함께 온 중국어 선생님들에게 전달했다.

"치엔뻬이, 우리는 저쪽으로 가 봐요."

쌰오쟝이 생글생글 웃으면서 정혁의 팔을 꽉 붙잡고 끌어당겼다. 둘은 •문경전통도자기명품전 •도예명장특별전 •전국찻사발공모대전 •어린이도공전 •찻사발국제교류전 •국제사발공모전 등을 차례로 둘러보았다. 부대행사로 마련된 •전통혼례 •한시백일장 •민속놀이마당 •과거시험장 •전통유교문화체험장에도 구경했다. 그저 함께 다닐 뿐인데도 쌰오쟝의 얼굴은 활짝 피었다. 정혁도 기분이 좋았다. 즐거운 시간은 금세 지나갔다. 둘은 승합차가 대기 중인 약속장소로 갔다. 모두들 제시간에 맞춰 와 있었다.

이제 마지막 코스인 삼강주막촌만 남았다. 문경새재에서 경북 예천군 풍양면 삼강나루터까지는 금방이었다. 나루터에 도착한 일행은 한민족의 애환이 고스란히 깃들어 있는 삼강주막촌 옆 호젓한 장소를 선택해 대형천막을 쳤다. 그리고 정혁의 인사말과 더불어 쟝위에홍의 사회로 본격적인 장기자랑과 보물찾기를 했다. 경품도 푸짐하고 먹을거리도 잔뜩 사온 탓인지 모두들 기분이 좋아보였다. 정혁은 일행이 장기자랑과 보물찾기를 하는 동안 파전이며, 막걸리를 주문하기 위해 삼강주막촌으로 건너갔다. 그곳엔 영남 유생들이 한양으로 과거를 보러 갈 때 들렀던 당시의 체취가 나루터·주막·주모와 함께 고스란히 묻어났다.

내성천(乃城川)은 금천(錦川)을 끌어안고, 낙동강(洛東江)은 내성천(內城川)을 품고, 남쪽은 팔공산(八公山), 북쪽은 월악산(月岳山), 동쪽은 학가산(鶴駕山), 서쪽은 주흘산(主屹山)의 정기가 내려와 강변에 약속이나 한 듯 딱 멈춰 서 있었다. 정혁은 금천,

내성천, 낙동강의 세 가닥 물줄기를 바라보면서 인생의 단면을 떠올렸다. 만났다 헤어지고 헤어졌다 다시 만나는 자연의 섭리를 말이다.

오정혁과 짱위에홍, 오정혁과 김미숙, 김미숙과 짱위에홍은 다시 만날 기약도 없이 인생의 삼거리에서 잠시 만났다 각자의 길로 소리 없이 흘러갈지도 모를 일이다.

쌰오짱이 파전과 막걸리를 사러간 정혁이 돌아오지 않자 삼강주막촌으로 건너왔다.

"치엔뻬이! 여기서 뭐하세요?"

"주문한 파전과 막걸리가 아직도 배달이 되지 않았어?"

"아니에요. 따꺼가 오지 않으니까 걱정돼서 와본 거죠."

"내가 있으면 젊은 사람들이 불편할까봐 나 혼자 여기서 막걸리 한 잔 하고 있었어. 쌰오짱도 한 잔 할래?"

쌰오짱이 잔을 받으며 물었다.

"혹시 걱정거리라도 있으세요?"

"그럴 리가? 그냥 이것저것 생각하고 있었어. 모두들 재미있는 시간을 보내고 있나 모르겠네."

"산천이 떠나갈 정도입니다. 지금도 웃음소리가 삼강나루터를 완전히 뒤덮고 있잖아요."

일정이 모두 끝나고 귀가한 정혁은 중국출장에 필요한 서류를 다시 한 번 확인하고 잠을 청했다. 고단해서인지 쉽사리 잠이 들지 않았다. 정신 바짝 차리고 산다 싶었는데 어느 날 돌아보면 정신을 놓고 사는 것 같아 흠칫 놀란 게 한두 번이 아니다. 스스로를 너무

틀어쥐고 살아도, 지나치게 풀어주고 살아도 안 되는 인생, 살면 살수록 길은 오리무중이고 눈도 마음도 어두워져만 간다. 이 모든 게 오직 하나의 정답만을 찾느라 집착한 데서 오는 병폐일지도 모르겠다. 끊임없이 수정되는 오늘날의 진리와 정의를 뻔히 알면서……

그러고 보면 사람처럼 고치기 어려운 동물도 없다. 유전인자의 기억인지 학습 탓인지 몰라도 한 번 굳어진 인생관은 좀처럼 고쳐지지 않는다. 생긴 대로 산다는 말이 괜히 있을까? 사람은 다 제 생긴 대로 산다. 스스로에게 유익하지 않은 줄 알면서도 자기도 모르게 생긴 대로 산다. 그러다 보면 허무하게 한생이 지나간다.

다음날 아침 정혁은 동대구터미널 앞에서 쌰오짱과 그의 중국친구 왕삔(王濱) 씨를 만나 공항버스를 타고 함께 인천공항으로 향했다.

"왕삔 씨! 제주도 구경은 잘하셨나요?"

"세계7대자연경관지역이라서 그런지, 경치가 그야말로 환상적이던데요?"

"제주도 어디어디를 가봤습니까?"

"하귀해안도로, 협재해수욕장, 제주돌마을공원, 저지오름, 차귀포구와 월봉, 송악산전망대, 용머리해안, 용연구름다리, 용두암, 러브랜드, 중문단지, 외돌개, 천지연폭포와 새연교, 쇠소깍, 만장굴, 일출봉, 에코랜드, 우도등대공원, 마라도 등 유명한 곳은 거의 다 둘러봤습니다."

"저보다 더 많은 곳을 구경하셨네요."

그때 쌰오짱이 쇼핑백을 열고 주섬주섬 뭔가 꺼냈다.

"따꺼! 충무김밥 드세요. 왕삔도 먹어볼래? 이거 귀한 거야."

"이 아침에 충무김밥은 또 어떻게 구했어? 쌰오짱은 정말 재주도 좋네."

"치엔뻬이. 이거 오늘 아침 택배로 받았어요. 직접 만들진 못해도 이런 서비스는 언제든 가능하답니다. 충무김밥 말고 또 좋아하시는 것 있으면 말씀하세요."

쌰오짱의 머릿속에는 정혁만 들어 있는지 입 안의 혀처럼 잘 챙긴다. 때로 정혁은 이런 쌰오짱에게 감동해 쓰러지고 싶은 충동을 느낀다.

"됐네요. 아가씨."

충무김밥을 몇 개 맛있게 먹은 왕삔 씨가 정혁을 쳐다보며 물었다.

"오 박사님! 개성공단은 언제부터 조성되기 시작하였나요?"

"개성공단의 단초는 2000년 6·15공동선언[129] 이후 남북교류 협력의 하나로 2000년 8월 9일 남쪽의 현대아산과 북쪽의 아시아태 평양평화위원회(아태)·민족경제협력연합회(민경련) 간 '개성공 업지구건설운영에 관한 합의서'를 체결하면서부터 시작되었습니 다."

"그럼 개성공단 조성과 운영과정은 어떻게 되나요?"

"이 자리에서 상세히 설명드리기는 곤란하지만, 한마디로 많은 시행착오와 곡절을 거쳐 오늘에 이르게 된 셈이지요."

---

129) 2000년 6월 15일 평양에서 개최된 남북정상회담에서 김대중 대통령과 김정일 국방위원장이 남북관계개선과 평화통일 노력을 위해 발표한 공동선언.

정혁은 간단하게 요약해 설명해주었다.

- 2002년 11월 : 북한, 남측기업개성공단 진출을 위해 '개성공업지구법' 제정·공포
- 2002년 12월 : 남측의 현대아산, 한국토지공사와 북한의 아시아태평양평화위원회(아태), 민족경제협력연합회(민경련) 간의 개성공업지구 개발업자지정합의서 체결
- 2003년 6월 : 개성공단 착공식
- 2004년 6월 : 시범단지 2만8천 평 부지조성 완료
- 2004년 6월 : 시범단지, 18개 입주업체선정 및 계약체결
- 2004년 10월 : 개성공업지구관리위원회사무소 개소
- 2004년 12월 : 시범단지, 분양기업 생산된 제품 첫 반출
- 2005년 9월 : 본 단지, 1차 24개 입주업체 선정 및 계약
- 2006년 9월 : 본 단지, 1차 분양기업 첫 반출
- 2007년 6월 : 1단계 2차 분양업체 선정
- 2007년 10월 : 1단계 기반시설 준공
- 2010년 9월 : 입주기업생산액 10억 달러 돌파
- 2012년 1월 : 북측 근로자 5만 명 돌파
- 2013년 4월 : 북측 통행제한조치와 북한 측 근로자의 일방적 철수
- 2013년 5월 : 남측 모든 인력 귀환조치와 개성공단 잠정폐쇄
- 2013년 6월 : 북측 포괄적 당국 간 회담제의
- 2013년 9월 : 개성공단 재가동

"따꺼! 개성공단엔 어떤 종류의 기업들이 입주했나요?"

"2012년 3월 현재 섬유(72), 화학(9), 기계금속(23), 전기전자(13), 식품(2), 종이·목재(3), 비금속광물(1) 등 모두 123개 업체가 가동 중에 있어."

"오 박사님! 개성공업지구의 임대방식과 용도별 구분은 어떻게 되나요."

"개성공업지구법에 의하면, 토지임대기간은 '토지이용증'을 발급한 날로부터 오십년으로 하고, 토지임대차계약은 남측의 개발업자와 북측의 중앙공업지구지도기관의 동의에 의해 가능합니다."

"치엔뻬이! 근로자 채용은 입주기업 마음대로 할 수 있나요?"

"북측 근로자 채용을 원칙으로 하되, 관리인원과 특수직종의 기술자, 기능공 등은 공업지구관리기관에 통보를 하고 남측 또는 다른 나라의 인력들도 채용이 가능해."

"오 박사님! 개성공단의 긍정적이 면과 부정적인 면은 어떤 것이 있나요?"

"긍정적인 면은 최초의 남북합작공단으로서 남북 간 화해교류와 경제협력에 중요한 역할을 하는 거고요, 부정적인 면은 남북의 정치상황에 따라 안정적인 조업에 많은 제약을 받는 점이라고 봐야 하겠지요."

"따꺼! 근래 한국 신문을 보니까, 대륙횡단철도에 대해 관심이 많은 것 같은 데요?"

"철의 실크로드라고 유라시아국가들에게 물류혁명을 가져다줄 뿐만 아니라 한반도의 운명에도 지대한 영향을 미칠 것으로 모두들

기대하고 있지."

"한국정부에서는 몇 가지 노선을 검토 중에 있나요?"

"여러 가지 대안을 검토하고 있지만, 대략 두 가지 노선이 가장 유력하다고 봐야할 거야. 첫 번째 노선은 한국에서 출발해 북한과 러시아를 거쳐 유럽으로 가는 방안이고, 다른 하나는 한국에서 출발해 북한, 중국, 카자흐스탄을 거쳐 유럽으로 가는 방안이지. 단기적으로는 실현이 어렵겠지만, 장기적으로는 두 노선 모두 실행 가능한 복안이 아니겠어?"

"오 박사님! 대륙횡단철도가 한반도에 미칠 영향에는 구체적으로 어떤 것이 있을까요?"

"그야 이루다 말할 수 없겠지요. 요약해서 말씀드리면 첫째, 경제적인 효과로 많은 일자리를 제공해줄 것이고요. 둘째, 정치적인 효과로 평화체제구축이 가능해지겠지요. 셋째, 군사적인 효과로 전쟁위험이 많이 줄어들고요. 넷째, 문화적인 효과로 상대방의 문화를 깊이 이해할 수 있을 겁니다. 다섯째, 인도적 효과로 대민지원에 크게 도움이 될 테고, 여섯째로 기타적인 효과로 인종 간 갈등이 많이 줄어들지 않겠습니까?"

"치엔뻬이! 얼마 전 한국 대통령 박근혜와 러시아 대통령 푸틴이 지켜보는 가운데, 청와대에서 포스코 사장과 러시아철도공사 부사장 간에 '나진-하산 물류협력사업MOU서명식'을 하는 것을 봤는데, 이런 일들도 '대륙횡단철도시대'를 앞당기는 데 결정적인 역할을 하겠네요?"

"당연하지. 최근 박근혜 한국대통령이 부산에서 출발해 북한을 거쳐 유라시아를 관통하는 '실크로드익스프레스(SRX)'를 실현해 복합물류네트워크를 구축해야 한다는 구상을 발표한 것도 모두 같은 맥락이라고 볼 수 있겠지."

"오 박사님! 대륙횡단철도가 생기면, 중국의 동부 3성(省)에도 많은 변화가 찾아오겠네요."

"물론이죠. 그야말로 상전벽해가 따로 없을 겁니다. 특히 한반도, 중국, 러시아 3국이 만나는 지점에는 거대한 투자자금들이 몰려와 개발붐으로 몸살을 앓지 않을까싶네요? 왕삔 씨께서 이쪽에 관심이 많으신 것 같은 데, 미리 땅이라도 좀 사두시죠?"

"그럼 오 박사님 믿고 투자를 해볼까요?"

세 사람은 유쾌하게 웃었다.

"따꺼! 한반도 남부권 국제허브공항과 대륙횡단철도가 서로 결합을 한다면, 시너지효과는 그야말로 상상을 초월하겠네요."

"그렇고 말고. 아마 대한민국을 철의 실크로드시대의 개척자로, 또한 지구촌항공시대의 새로운 강자로 우뚝 서게 하지 않겠어? 나는 그 생각만 하면 가슴이 뛰고, 힘이 불끈불끈 솟아나는 것만 같아."

"치엔뻬이는 역시 사업가체질이에요."

세 사람이 충무김밥으로 아침을 때우며 다양한 주제로 대화를 나누는 가운데, 샤오짱이 오정혁에게 미래의 꿈에 대해 다시 물었다.

"아참. 따꺼는 앞으로 꼭 해보고 싶은 일이 뭐예요?"

"샤오짱은 어떤 꿈을 갖고 있는데?"

"저는 중국에 돌아가면 장관, 중국인민은행장, 전국인민대표대회

상무위원 또는 주한중국대사에 한번 도전해보려고요."

"쌰오짱은 이미 그런 능력을 모두 갖추고 있으니까 걱정 안 해도 돼."

"저는 치엔뻬이가 주중한국대사로 오면 어떨까 싶어요."

"그거야 내 마음대로 되는 게 아니잖아?"

"따꺼만큼 중국을 잘 알고 많은 중국인맥을 갖고 있는 한국 사람을 저는 아직 만나보지 못했어요. 치엔뻬이가 딱 적격이에요."

"그런가……? 그렇게 인정해주니 고맙구먼."

"그동안 주중한국대사로 온 분들의 이력을 살펴보니까 중국전문가는 한 사람도 없는 듯했어요. 이제는 구태의연을 벗고 중국을 잘 아는 분이 주중한국대사로 와야 해요. 그래야 한중 간의 관계가 훨씬 원활히 돌아가지 않겠어요?

"언젠가는 그런 날이 오겠지."

"따꺼. 북경서울대학 설립 추진은 어떻게 되어가고 있어요?"

"독지가 몇 분에게 북경서울대학의 절박성과 당위성에 대해 말씀을 드리고 있지만, 아직까지 확실하게 자금을 기부하겠다는 사람은 없어."

양성자생명수 특허권을 가졌던 안도환 박사 이후로는 사람이 없었다. 안타깝게도 안도환 박사가 일을 진행하는 도중에 불행한 일을 당해 더 이상 북경서울대학 설립을 추진하지 못하게 되었다. 새로운 독지가를 기다리지만 바다 건너 일이라 체감이 안 되는지 좀처럼 후원자가 나타나지 않았다.

"세상이 아무리 달라져도 착한 끝은 있다고 했어요. 치엔뻬이가 그렇게 노력하시는데, 조만간 좋은 일이 생기겠지요. 한중 간 엄청난 파급효과를 제대로 인식한다면 혜안을 가진 분들이 곧 나타날 거예요."

두서없이 대화를 나누다보니 어느새 공항버스가 인천공항으로 접어들고 있었다. 정혁과 쨩위에홍은 버스에서 내려 공항청사 안으로 천천히 걸어갔다. 그때 눈에 익은 여인이 청년들과 함께 앞쪽에서 걸어오고 있었다. 설마 했는데 정말 그녀였다.

"미숙이잖아? 여긴 웬일이야?"

"아이들과 함께 미국 가려고요."

"아이들 유학절차도 함께 밟았던 거야?"

"예."

곁에서 꾸뻑 인사를 하는 미숙의 아들 둘이 미끈하게 잘생기고 믿음직스러워 정혁은 적이 마음이 놓였다. 정혁의 눈은 저만치 보이는 은행에 가 닿았다. 학비에 보태라고 다문 얼마라도 달러를 환전해주고 싶어서였다. 그런데 조금 떨어져 있던 쌰오쨩이 바짝 다가오더니 팔을 잡아끌었다.

"치엔삐이! 출국시간이 얼마 남지 않아서 서둘러야 해요. 김미숙 씨, 잘 다녀오세요."

때마침 안내방송도 계속 흘러나오고 있었다.

"따꺼! 빨리 탑승절차를 밟지 않으면 늦는다니까요?"

정혁은 시간에 쫓겨 어쩔 수 없이 미숙과 간단한 인사만 나누고 헤어졌다.

이 더러운 기분이 뭔지 모르겠다. 정혁은 우유부단한 자신이

혐오스러웠다. 잠시 환전 좀 했다고 비행기를 놓치지는 않을 것이다. 저 아이들의 삼촌이었어도 그렇게 망설였을까? 게다가 아이들 모르게 턱을 훔치는 미숙을 보았다.

비행기가 이륙하자 쌰오짱이 손을 꼬옥 잡으며 말했다.

"따꺼! 제가 야속하지요? 그래도 어쩔 수 없어요. 사랑은 호환되지 않거든요. 저는 꼭 치엔뻬이여야 해요. 무슨 말인지 아시겠어요? 저 욕심쟁이예요. 그래서 참고 기다린 거고요. 김미숙 씨에게 허튼 희망 주지 마세요. 그 또한 제가 있는 한 죄악일 터이니."

정혁은 쌰오짱이 잡은 손에 힘을 주는 것 말고 아무것도 할 수 없었다. 쌰오짱도 마음이 편치 않은지 창밖만 내다보고 있었다. 비행기가 발해만을 지날 때쯤 정혁의 고개가 힘없이 쌰오짱에게 기울어졌다. 쌰오짱의 눈에서 수정 같은 눈물이 또르르 굴러 떨어졌다.

— 하권 끝 —

"남부권신공항, 우리의 생명줄이다(2012. 7. 30)"

중국경제문화연구소 대표

법학박사 윤 종 식

〈목   차〉

Ⅰ. 글로벌시대의 국제허브공항의 위력

무한경쟁 시대에 살아남는 방법은 정확한 정보와 빠른 인적·물적 교류에 달려있다. 한국은 국토도 좁고, 지하자원도 없이 남북이 분단된 상태에서 기적적으로 세계 10대 무역 강국으로 성장했다. 그러나 국제환경은 날이 갈수록 경쟁이 치열해지고 세계 여러 나라들은 글로벌시대에 주도권을 잡기 위해 국가간자유무역협정(FTA) 체결에 더욱 열을 올리고 있다.

한중 간 경제교류를 예로 들면, 1992년 한중 외교관계가 수립될 때 무역규모는 아주 미미했으나 2010년 중국의 수출입규모를 보면, 수출 1조 5,760억 달러, 수입 1조 3,700억 달러이다. 이 가운데 중국의 수출국 3위인 한국은 688억 달러, 중국의 수입국 2위인 한국은 1,380억 달러로 한국은 대중국 무역에서 700억 달러의 무역수지흑자를 보이고 있다.

근래 한중 간 FTA 체결을 위해 무역협상위원회(TNC)를 설치하고 상품·서비스·투자 및 무역규범 등 협상전반을 논의 중이다. 한중 간 FTA가 정식으로 체결되면 인적·물적 교류는 더욱 확대되어 항공수요도 폭발적으로 늘어날 것이다. 글로벌시대 정보가 홍수를 이루고 물자가 수없이 왔다 갔다 해도 혜택은 국가별·지역별·개인별 차이가 많이 나게 된다. 그 이유는 치열한 국제사회의 생리요, 개인별 능력의 차이와 인간의 삶이 천차만별이기 때문이다.

이런 관점에서 남부권 국제허브공항 조기건설의 필요성은 화급을 다투는 일이라 하지 않을 수가 없다. 기업이나 개인이나 교통이 불편하고, 삶의 질이 떨어지는 곳에서 생활하려고 하지 않는다. 특히 기업을 영위하는 사람들의 생각은 더욱 그렇다. 이런 시점에 남부권 국제허브공항의 조기개항 문제는 선택이 아니고 필수이며, 한민족의 미래와 대한민국의 명운이 달린 생명줄이다.

또한 통일 전후의 한반도 운명에도 지대한 영향을 미칠 것이다. 남부권신공항은 대구·경북, 부산, 울산, 경남, 전라남·북도, 충청남·북도 지역을 함께 아우르는 한반도 남부권의 중심관문이다. 남북이 통일되면 한반도에는 세 군데 국제허브공항이 필요하다.

즉 ▲남부권국제허브공항 ▲중부권국제허브공항(인천국제허브공항) ▲북부권국제허브공항(평양국제허브공항)으로 한반도를 먹여 살리는 하늘길이 될 것이다.

II. 지도자의 선견지명

우리와 접한 중국은 국제경쟁력 제고를 위해 주요거점에 '국제허브공항'을 서둘러 착공하고 있다. 이점 타산지석으로 삼아 미래를 준비하는 지혜가 우리에게 필요하다.

어떠한 대가를 지불하더라도 반드시 건설되어야 할 '남부권 국제허브공항'은 국가최고책임자의 의지에 달린 문제요, 민족 운명을 결정짓는 국가적 대사이다. 주지의 사실과 같이 신공항건설은 이명박 정부의 대통령공약사항이었다. 그러나 이명박 정부는 국가의 백년대계보다 정치적인 계산에 따라 국민의 여망을 깡그리 뭉개버렸다.

신공항은 일부 지역의 몽니나 정치 공학적으로 가볍게 접근할 문제가 결코 아니다. 차기대권에 도전하는 후보자들은 이 점 깊이 되새기고 작은 이익에 좌고우면할 게 아니라 도도히 흘러가는 역사에 주춧돌을 놓는다는 심정으로 임해야 할 것이다.
그렇지 않으면 국민들로부터 엄청난 저항에 부딪치게 될 것이고 대권의 꿈도 물 건너간다는 점을 명심해 주길 바란다. 근래 대권후보자들의 행태를 볼 것 같으면, 객관적·논리적·합리적 대안을 제시하는 후보자도 있는 반면, 일부 대권후보자는 득표의 유불리에 따라 함부로 '남부권 국제허브공항 후보지'를 입에 담고 있다.

국가의 지도자는 어느 한 지역만을 대표하는 게 아니라 대한민국의 운명을 손에 쥔 중요한 인물이다. 설령 자신에게 불리하더라도 국가전체와 국민을 위한 선택을 할 때, 역사는 훌륭한 지도자로 기록하게 될 것이다.

지금은 '남부권 국제허브공항 입지문제'로 지역 간 갈등이나 국민적 에너지를 소비할 때가 아니라 하루라도 빨리 '남부권 국제허브공항의 조기개항'에 방점을 찍어야 할 때다.

작금에 일어나고 있는 일부 유럽 국가들의 몰락을 우리들은 눈여겨 봐야한다. 우리 대한민국도 1998년 IMF으로부터 구제금융을 받고 혹독한 구조조정을 한 바가 있다. 그때의 후유증으로 아직까지도 여기저기에서 고통의 마찰음을 내고 있다. 기업은 부도나고, 가정은 해체되고, 신용불량자는 속출하고, 젊은이들은 옳은 직장을 구하지 못해 갖은 유혹에 빠지기도 하고 심지어 자살로 생을 마감하는 일이 빈번하다.

III. 직장이 최고의 복지

지금 우리에게 가장 중요한 문제는 '국가의 경쟁력이요, 고급일자리 조기창출이다.' 모두들 직장 구하기에 목숨을 걸고 있고, 작은 일자리마저 경쟁이 무척 심하다. 그래서 사전에 자격증도 따고 유학도 간다. 아무리 많은 능력과 경력을 겸비했더라도 미래가 보장되는 직장을 구할 수 없다면 무슨 소용이 있겠는가? 양질의 직장은 모두 기업에서 나오는 데, 하늘 길이 없는 곳에서 사업을 하려는 사람이 과연 세상에 얼마나 있을지 모르겠다.

영·호남지역의 주민과 기업이 인천공항을 이용하면서 지불하는 연간 1조 원에 육박하는 인적·물적 추가비용은 고사하더라도 수도권보다 시간이 하루 이틀 더 걸리니 분초를 다투는 기업인들의 입장에서 '국제허브공항'이야말로 바로 기업의 경쟁력이요, 국제사회와의 소통의 출발점이다.

지구촌의 환경은 우리에게 무한경쟁을 요구하고 있다. 근래 삼성과 애플 간의 지적재산권 싸움에서도 볼 수 있듯이 우리의 상상을 훨씬 뛰어넘는다. 특히 투기성자금이 지구촌 곳곳을 누비며 기업사냥에 혈안이다. 주위에 우수한 기업이 없다면 우리의 행복은 결코 장담할 수 없다. 고로 기업하기 좋은 환경 조기구축을 위해서라도 '남부권 국제허브공항'은 꼭 필요하다.

Ⅳ. 외자유치의 지름길

지금 지구촌의 많은 나라들은 외자유치에 사활을 걸고 있다. 자국민들에게 양질의 일자리를 제공하는 외국기업들을 위해 다양한 인센티브로 유혹할 뿐만 아니라 기업하기 좋은 환경을 만들기 위해 아주 열심이다. 정부와 정치인은 물론, 국민들도 이점 반면교사로 삼아 두 번 다시 국가가 거덜 나는 불행한 사태가 발생하지 않도록 시대적 흐름을 간파하고, 알찬 미래를 준비해야 한다.

그동안 정부에서 지역 균형발전을 수도 없이 부르짖었지만 제대로 실행된 적이 거의 없다. 지역의 인재와 자금은 지금도 수도권으로 계속 몰리고 있다.

이렇게 된 가장 큰 요인은 ▲지도자들의 수도권 중심적 사고

▲중앙집권적 행정체제 ▲예산과 정보의 중앙 집중 ▲기업의 수도권 집중 ▲취업선택의 기회증가 ▲뛰어난 교육환경 ▲높은 국제화 수준 ▲고급의료서비스 ▲교통수단의 발달 ▲국제허브공항의 One Airport 정책 실시 등이다.

빠른 시일 내에 '남부권 국제허브공항'이 개항 되지 않는다면 국내외 기업유치에 빨간불이 켜질 뿐 아니라 남부권에 있는 기업들 마저 하나둘씩 수도권이나 해외로 빠져 나가게 되어있다. 기업은 이윤추구가 목적인데 갈수록 경쟁력이 떨어지는 곳에 남을 이유가 없기 때문이다.

▲포항국가산업단지 ▲경산지식산업지구(행정절차 진행 중) ▲대구국가산업단지(행정절차 진행 중) ▲대구첨단의료복합단지(공사 진행 중) ▲구미국가산업단지 ▲울산국가산업단지 ▲창원국가산업단지 ▲거제조선국가산업단지 ▲사천항공산업단지 ▲부산국가산업단지 ▲광양국가산업단지 ▲여수국가산업단지 ▲목포대불국가산업단지 ▲광주전남빛그린국가산업단지 ▲광주하남산업단지 ▲군장국가산업단지 ▲익산주얼리국가산업단지 ▲당진석문국가산업단지 ▲아산국가산업단지 ▲대산산업단지 ▲대전산업단지 ▲오창과학산업단지 ▲오송생명과학단지 등 남부권산업단지의 국제경쟁력은 하루아침에 무너져 우리들의 삶도 장담할 수 없게 될지 모른다.

V. 지역 균형개발의 촉매제

다른 한편 남부권은 ▲불교문화권 ▲유교문화권 ▲신라문화권

▲가야문화권 ▲백제문화권이 산재되어 풍부한 역사유물과 아름다운 자연유산이 즐비하다. 이런 것들은 한민족 정체성의 토대가 되었을 뿐 아니라 우리 민족이 대대로 먹고 살 수 있는 중요한 유무형자산이다.

21세기는 문화가 지배하는 시대라고 이구동성으로 말하지만, 아무리 훌륭한 문화유산이 있더라도 접근성이 떨어지면 무용지물이 되고 만다. 글로벌시대의 생존은 정보교류와 국제왕래인 줄 모르는 사람은 없을 것이다.

그동안 하늘 길을 여는 문제에 우리들은 너무나 소홀히 한 점이 많았다. 멀지 않은 장래 지구촌이 일일생활권으로 바뀌면, 사람과 상품은 대부분 국제항공을 이용할 게 뻔하다. 항공수요가 기하급수적으로 늘어나면 '남부권 국제허브공항의 중요성과 역할'에 국민들은 다시 한 번 탄복하게 될 것이다.

지도자는 미래를 정확하게 내다보는 안목과 결단력이 있어야한다. 우유부단하거나 작은 이익에 얽매여 중요한 결정을 미루거나 하는 과오를 더 이상 되풀이해서는 안 될 것이다.

'남부권 국제허브공항'이 생기면 "기업유치와 외자유치에 획기적인 전환점이 될 뿐 아니라 외국관광객들도 물밀듯이 몰려올 것이다."

▲포항—대구—전주—익산—군산 간 고속도로 개설 문제 ▲대구—고령—거창—함양—남원—광주 간 88고속도로 4차선 확장공사 조기완공 문제 ▲영덕—청송—상주—청원 간 고속도로 개설 문제 ▲울진—봉화—단양—제천—충주—음성 간 고속도로 개설 문제 ▲영천—군위—상주 간 고속도로 개설 문제 ▲함양—거창—합천—

창녕—밀양—울산 간 고속도로 개설 문제 ▲울산—경주—포항—영덕—울진—삼척—강릉—양양—속초—고성 간 동해고속도로 개설 문제 ▲대구—광주 간 철도 개설 문제 ▲김천—성주—고령—합천—진주 간 철도 개설 문제 ▲포항—영덕—울진—삼척 간 동해중부선 철도 개설 문제 등도 함께 탄력을 받을 게 분명하다.

이처럼 '남부권 국제허브공항'이야말로 "지역 균형개발의 신호탄이요, 국제경쟁력강화에 필수불가결한 요소이다."

VI. 결론

글로벌경쟁에서 한 번 뒤쳐지면 따라잡기가 거의 불가능하다. 한국은 지정학적으로 미국·일본·중국·러시아 등 대국에 둘러싸여 운신의 폭이 상당히 좁다. 이들 나라와 경쟁하려면 '남부권 국제허브공항'은 다른 어떤 시설투자보다 우선적으로 투자해야 할 중요한 사회기반시설이다. 즉 이익을 찾아 쉼 없이 움직이는 것이 기업의 생리임을 안다면 우리의 자세가 어떠해야할지 자명해진다.

만약 남북 간 분쟁이나 천재지변으로 인천국제공항에 문제가 생긴다면 큰일이 아닐 수 없다. 차기대선후보들과 국민들은 이점 분명히 알고 미래를 준비해야 한다.

끝으로 '남부권 국제허브공항의 입지선정 문제'는 국내외 전문가 그룹에 맡겨 객관적, 합리적 결정이 될 수 있도록 사회적 소통과 합의를 위한 노력이 필요하다. 이 문제로 더 이상 지역 간 갈등이나 정치적 논리에 휘말려 주요 국책사업이 뒤틀어지는 일이 없기를 진심으로 기대한다.

북경 여피랑 하

초판 1쇄 발행 2014년 1월 10일

초판 2쇄 발행 2015년 12월 26일

지은이 : 윤종식
교정/편집 : 김현미 / 이수영
표지 디자인 : 일필휘지
펴낸이 : 서지만
펴낸곳 : 하이비전
신고번호 : 제6-0630
신고일 : 2002년 11월 7일
주소 : 서울시 동대문구 신설동 97-18 정아빌딩 2층
전화 : 02)929-9313
홈페이지 : www.hvs21.com
E-mail : hivi9313@naver.com

ISBN 978-89-91209-33-6 (04810)

값 : 13,000원